Il **DEPRECABILE** tempismo degli **EX**

Barbara Morgan

ISBN 978-1-915077-27-1

Website: http://www.ghostlywhisper.com

Facebook: https://www.facebook.com/ghostlywhisperltd

Instagram: https://www.instagram.com/ghostlywhisperltd

Twitter: https://twitter.com/GW_BooksEtc

Beauty and the Chicks Whisper

If I kiss you like this
And if you whisper like that
It was lost long ago
But it's all coming back to me
If you want me like this
And if you need me like that
It was dead long ago
But it's all coming back to me
It's so hard to resist
And it's all coming back to me
I can barely recall
But it's all coming back to me now
But it's all coming back

(Céline Dion, "It's all coming back to me now")

CAPITOLO 1

«Questa sarà una grande notte, me lo sento! Un vero sballo!»

Certo, come no! Rebecca se lo sente sempre. Sollevo appena lo sguardo dal foglio mentre lascio scivolare la matita rossa tra le dita. Sono piuttosto abile, potrei sempre fare domanda come giocoliere in un circo. Si usa ancora la parola "sballo"?

«Fanny, mi ascolti?» Rebecca mi si piazza proprio di fronte con le mani posate sui fianchi. «Allora, cosa ne pensi?»

Muove due passi avanti e indietro, poi si gira e si volta nuovamente verso di me, proponendomi una delle sue sfilate accompagnate da sorriso ammiccante incorporato. Sempre in posa. Del resto, è Rebecca O'Hara. Bellissima, divertentissima, sempre di ottimo umore. Capelli rossi e grandi occhi verdi, sguardo da gattina. Anche il vestito è rosso questa sera, con una scollatura generosa che evidenzia le sue forme perfette.

«Mmh… stai bene, Becky. Che ti devo dire?»

Smetto di giocare, stringo la matita nel pugno e la mordicchio nervosa.

«Perché non ti metti addosso qualcosa di adeguato e non vieni con me?»

Rebecca incrocia le braccia e arriccia il nasino in una smorfia quasi risentita.

«Stai bene, però io aggiungerei…» Non raccolgo la sua proposta ma il mio occhio clinico si posa sulla sua scollatura.

Mi alzo dal mio tavolo da lavoro e parto alla ricerca, mi inginocchio di fronte a uno dei cassetti posizionati nella colonnina laterale. Conosco perfettamente l'esatta collocazione di tutte le mie creazioni.

Sì, è perfetta per quel vestito. Mi sollevo con uno scatto reggendo la collana, come se fosse appesa tra le mie dita. Oro bianco intrecciato magistralmente, un grosso rubino al centro e due più piccoli laterali. In teoria, almeno. In realtà è tutto finto ma fa comunque la sua figura. È il mio pezzo migliore. Non dispongo dei materiali adatti, purtroppo. Sono solo una povera disegnatrice di gioielli, a volte realizzo degli esemplari solo per proporli a possibili acquirenti.

Certo, l'ambiente frequentato da Rebecca richiede ben altro che la mia collana d'oro e di rubini falsi. Ogni tanto mi fa il favore di indossare qualche mia creazione e in alcune occasioni mi sono stati commissionati dei gioielli personalizzati. Ma questi casi si possono contare sulle dita. Di una sola mano.

«Dove la tenevi nascosta questa meraviglia?»

Il volto di Rebecca si anima di una luce nuova e sembra genuinamente entusiasta. Ma non ne sono certa, potrebbe anche fingere. Ha imparato bene, forse fin troppo.

«Non è nulla di eccezionale. Così com'è non rende, però...» Mi stringo nelle spalle e sono già pronta a riporre la collana nel suo nascondiglio segreto.

«La voglio indossare, Fanny. Crei dei gioielli stupendi. Sono opere d'arte, le tue.»

«Non sono gioielli, Becky. È solo bigiotteria. Pezzi di rame, ferraglia e gemme finte.»

Sbuffo posandomi le mani sulle tempie. Non ne verrò mai a capo. Inutile intestardirmi, inutile continuare a perfezionarmi e lanciarmi in nuove sfide, nuove idee. Il classico colpo di fortuna a me non capiterà mai. Sono anni che ho finito la Master Design International Jewellery e ho seguito un corso di specializzazione alla Lloyd Jewels Art and Craft. Per niente. Non avrò mai gli agganci giusti. O forse devo arrendermi al fatto che quello che mi manca è proprio il talento.

Rebecca crede che prima o poi per me arriverà la grande occasione. Intanto indossa le mie creazioni durante alcune delle sue uscite, a volte anche durante qualche sfilata. Io spero sempre che qualcuno dell'ambiente mi chieda di collaborare e di produrre qualche gioiello. O magari, come è già accaduto, qualche signora che assiste alle sfilate, qualche marito alla ricerca di un regalo per la moglie o l'amante.

Il mio sogno però è collaborare con una grande azienda. Sono riuscita a lavorare per alcuni gioiellieri ma non erano abbastanza importanti. O forse ero io a non essere adeguata a loro. Mi hanno sempre detto che le mie idee sono troppo innovative e anche restando nell'ambito di una produzione tradizionale o tendente all'antico i materiali che vorrei usare e il tipo di lavorazione è troppo elaborata e costosa per il loro budget. Mi rendo conto che forse sono solo scuse. Ma sono costretta ad accettarle.

«Certo che se persisti con questo atteggiamento...» Rebecca mi prende la collana dalle mani e se la posa delicatamente sulla scollatura. Poi si volta e con un cenno mi indica di aiutarla ad allacciarla. «Dovresti uscire un po'. Spassartela. E non si tratta solo di lavoro.»

Allaccio la collana e la sistemo mentre Rebecca si volta. Evito di guardarla negli occhi. So esattamente cosa intende. Il mio cuore è spezzato. Vuoto. Focalizzo lo sguardo sul finto rubino al centro della collana. Ecco, anche il mio cuore sembra finto ormai. Senza alcun valore.

«Magari una delle prossime sere. Divertiti, Becky.»

È ciò che ripeto, alternativamente, a Rebecca e talvolta anche a Scarlett, la mia altra coinquilina.

Rebecca smette di insistere, per fortuna. Ha imparato a interpretare i miei sguardi. La lascio andare. Si porta in giro la mia collana finta, in cerca di fortuna. Che la consideri il mio pezzo migliore finora realizzato ho evitato di farlo presente.

Aspetto che esca a vado a piazzarmi sul divano di fronte alla televisione spenta.

Venerdì sera a Manhattan. Me ne sto chiusa in casa a riflettere sul mio futuro. E sul mio passato, prevalentemente. Ormai sono diventata anche peggio di Scarlett Jones, l'intellettuale rabbiosa del nostro gruppo.

In realtà lo siamo un po' tutte e tre, arrabbiate col mondo che non corrisponde esattamente ai nostri sogni di gloria. Siamo soprattutto ancora poco propense ad accettare la realtà dei fatti.

Una disegnatrice di gioielli senza prospettive, un'aspirante modella che alterna qualche sfilata al prestarsi come accompagnatrice di uomini facoltosi e una giornalista di viaggi che si guadagna da vivere come guida turistica in giro per New York.

Siamo quello che siamo. Ma almeno siamo insieme e ci sosteniamo a vicenda. Nonostante le nostre disavventure professionali e sentimentali sono certa che la vita sarebbe molto più dura, alcune esperienze sarebbero state molto più frustranti e dolorose se non fossimo state insieme. A condividere, in bene e in male, questa parte di esistenza, questa parte di mondo.

CAPITOLO 2

Sono rimasta sola in casa. A quanto pare questa sera anche la seriosissima Scarlett Jones si è data alla bella vita. Sarà da qualche parte a fare la ritrosa e la scontrosa con Rusty Foreman, un suo probabile collega. Probabile perché lui lavora davvero in un giornale di viaggi, ma qualche volta si adatta a fare da guida per aiutare Scarlett e toglierle un po' il peso di essere a stretto contatto con i turisti che non tollera quasi mai.

Chiunque, osservandoli solo per qualche minuto, capirebbe che Rusty è pazzo di Scarlett. Chiunque tranne Scarlett, appunto.

Mi rigiro nel letto senza riuscire a prendere sonno. Sta facendo sempre più caldo. E la primavera è iniziata da appena una settimana. Mi sollevo su un gomito e controllo il cellulare appoggiato sul comodino. Che ore sono? Le due di notte.

Rebecca avrà proseguito la serata con qualcuno di suo gradimento, spero. Magari Clint Stewart, il suo cliente abituale, tornato dal suo ultimo viaggio di affari.

Scarlett avrà finalmente ceduto le sue grazie a Rusty? Ne dubito. Starà progettando un viaggio in qualche meta esotica per poi scrivere un grande libro che andrà a riempire lo scaffale di letteratura di viaggio di ogni libreria del paese. È il suo grande sogno.

Provo un po' compassione per Rusty e questo suo amore inconfessato e forse impossibile. Quasi quanta ne provo per me stessa. Che però, al contrario di Rusty, ho amato e perduto. No, diciamo la verità. Amato e perduto è una versione distorta della verità, fin troppo poetica. Sono stata tradita e mollata, ecco.

Che ore saranno a Parigi? Faccio un rapido calcolo. Forse le nove, le dieci…

Sì, probabile. Seleziono il numero prima ancora di pensarci, è stata una connessione mentale involontaria.

Reese mi risponde al terzo squillo. La sua voce è assonnata. Temo di aver fatto male i calcoli. O forse è comunque un sabato mattina a Parigi e si tratta di Reese Christensen. Anche mezzogiorno sarebbe stato troppo presto.

Reese è la quarta componente del nostro quartetto, ora diventato un trio. Abbiamo frequentato le stesse scuole, anche se il suo sogno è sempre stato quello di disegnare abiti. Io mi sono appassionata di gioielli, invece. Mi ha sempre affascinato il mondo delle gemme, delle pietre preziose e anche dei metalli.

«Non volevo svegliarti, Reese...» O forse sì. Ma fingo comunque di essere dispiaciuta.

«Sai cosa odio di più al mondo nelle chiamate di prima mattina, Fanny?» Sì, lo so. Ridacchio mentre lei mi pone la domanda. «La tipica espressione dispiaciuta accompagnata dalle tipiche parole "Non volevo svegliarti..." E non c'è niente da ridere, Fan. Io ho una vita, qui!»

«Una vita particolarmente notturna, direi.»

Mi metto seduta sul letto e incrocio le gambe in una posizione tendente allo yoga meditativo.

«Sì, infatti...» La sento alzarsi e muoversi. «Molto... intensa, ecco.»

«Oops, scusa... stavi con qualcuno...»

Conosco Reese talmente bene che leggo tra le righe anche se si tratta di poche parole.

«Sì! E ci staresti anche tu se ti decidessi a mollare quel mondo in cui ti stai crogiolando da mesi e ti trasferissi qui!» Reese alza gradualmente il tono di voce. Immagino la sua espressione accigliata. «Potresti fare fortuna, come ho fatto io. Sì, insomma. Come sto facendo io, più o meno. Ma soprattutto, potresti trovarti qualcuno e lasciare andare il passato.»

Rimango in silenzio. L'ultima frase è particolarmente significativa. E dura. Involontariamente Reese scava una ferita, un solco ancora più profondo nel mio cuore. Come se avesse la certezza assoluta che per me non c'è e non ci sarà più possibilità. Sì, perché colui che mi ha tradita e mollata è Jason Christensen. Suo fratello.

«Lo so, Reese...»

Se lei stessa mi incoraggia a lasciare tutto e trovarmi un altro... Ovviamente sa più di quello che potrei sapere io. Nessuna speranza in un ritorno. Nessun ripensamento.

«Fanny... lo so anche io, credimi. Insomma...» Tentenna. Deve aver capito di avermi ferita. Ma una componente fondamentale del carattere di Reese è l'impulsività. Soprattutto quando non riflette ed è presa alla sprovvista diventa spudoratamente sincera. «L'hai più rivisto?»

«Non lo sai già? La città diventa incredibilmente piccola quando si cerca di non incontrare qualcuno...»

Sospiro e mi stendo. Eppure, siamo a New York, non in un fottuto paesino di campagna. Certo, abitare a pochi isolati di distanza nell'Upper West Side non aiuta.

«Lo sai come la penso. È stato uno stronzo. Gliel'ho pure detto, un'infinità di volte. Ma questo non cambia la situazione, Fan. Tu ti devi dare una mossa.» La sento masticare. Immagino Reese addentare un croissant francese e quasi sono davvero tentata di raggiungerla. «Una mossa lontana da lì, possibilmente. Per il timore di incontrare quei due stronzi non esci più, non hai più una vita sociale.»

«Hai ragione, Ree... Però io...»

La mia frase viene interrotta da una risatina e da un improvviso cambio di tono da parte della mia amica.

«Ma no... che fai? Lasciami, Jacques...»

Continua a ridere. Immagino che qualcuno l'abbia abbracciata e baciata da dietro cogliendola di sorpresa. Un certo Jacques, per la precisione. Il suo amante francese. Visualizzo la scena e improvvisamente mi sento il terzo incomodo, l'amica sfigata di turno.

Aggancio senza terminare la frase e senza nemmeno salutare. Sono contenta per lei. Si sta divertendo. Forse dovrei davvero ascoltare il suo consiglio, darmi una mossa e raggiungerla. Cancellare gli ultimi mesi della mia vita.

Parigi in cambio di Jason Christensen. Dei suoi capelli chiari in contrasto con i profondi occhi scuri, della sua pelle dorata che ho sempre sentito mia. Parigi in cambio del suo tradimento con Amy Lloyd, quella per cui tutti al liceo avevano perso la testa. Quella i cui nonni sono stati i fondatori della scuola di specializzazione per orafi e artigiani del gioiello che ho frequentato. Che scherzo del destino! Che destino stronzo. E ora, quasi sette anni dopo, Jason ha dimostrato di averla ottenuta, la splendida Amy Lloyd. Di averla avuta vinta. Che strazio!

Scuoto la testa. Non voglio pensare a lui. A Jason e ad Amy Lloyd insieme. Lei, la bella e ricca del liceo. La bionda conquistatrice. Jason nemmeno lo vedeva, per lei era sempre stato uno qualunque. Io invece… Sì, appunto. Io invece adesso sono qui, chiusa in casa. Per riuscire ad attirare di nuovo la sua attenzione dovrei trasformarmi. Diventare come Amy. O come Rebecca. Ma io sono io, non posso cambiare. E forse nemmeno voglio.

Lo disprezzerei se la realtà non fosse così mortificante. Sono ancora innamorata di lui, nonostante tutto. Non mi servirà allontanarmi, per questo non sono ancora partita per Parigi. Oltre al fatto, decisamente meno romantico, di non avere da parte abbastanza soldi per il biglietto aereo. Potrei farmeli prestare, però.

Reese ha ragione. Dovrei fare esattamente come lei. Andarmene. Un taglio netto. Tocca a me dimostrare qualcosa ora. Che posso cambiare la mia vita. E non si tratta solo di trovarmi un nuovo ragazzo.

Mi alzo dal letto e vado a sedermi al mio tavolo da disegno. Scosto la tenda e guardo fuori dalla finestra. Notte fonda. Accendo il mio computer. Voglio prepararmi psicologicamente, almeno. Avvio una ricerca di voli New York - Parigi.

CAPITOLO 3

Nessun biglietto per Parigi. Torniamo alla realtà. Non ho abbastanza soldi sul mio conto al momento. Anzi, mi basterebbero ma resterei completamente a secco. Però sognare non costa nulla. Mi sono rimessa a letto nel vano tentativo di addormentarmi, ma il mio sonno è stato tormentato da una molteplicità di sogni incasinati che si intrecciavano tra loro come una spirale perversa.

Sento movimenti in soggiorno o in cucina. Mi decido ad alzarmi, tanto sto solo perdendo tempo cercando di prendere sonno. Ormai è mattina. Le sette e trenta. Forse mi conviene prepararmi un caffè spacca stomaco e tentare di mettermi al lavoro.

Arranco fino alla cucina con il mio pigiamone felpato. Dovrei decidermi ad abbandonarlo, sta facendo decisamente troppo caldo in questi giorni. È un miracolo, intanto, che sia arrivata sana e salva senza andare a sbattere contro qualche spigolo.

Riesco a mettere a fuoco l'immagine di Scarlett già abbigliata da donna in carriera incazzata col mondo. Giacca e pantaloni scuri abbinati, capelli biondi raccolti in una treccia. Tutto per celare il più possibile la sua femminilità. Il tentativo è quello di rendersi invisibile, ma non ci riesce mai. Vestita e truccata in modo più femminile avrebbe un portamento ancora migliore di quello di Rebecca.

«Merda, è finito il caffè!» È il suo dolce buongiorno. «Come cazzo fa a finire il caffè in una casa decente?»

«Mmh... Ma noi siamo indecenti, Lett. Lo hai dimenticato?»

Merda, però! Anche da parte mia. Ne avevo proprio bisogno di quello schifo di caffè spacca stomaco ma che almeno mi

15

induce a buttarmi sotto la doccia e riprendere a sopravvivere un altro giorno. Assurdo essere assonnata senza aver dormito. In teoria potrei anche tornare a letto senza riuscire comunque ad addormentarmi. Eppure, ho sonno. Vivo in uno stato di sonnolenza perenne. Bello schifo!

«Bah… Mi toccherà prendere qualcosa qui sotto. Devo portare a spasso le belve.» Gli occhi scuri di Scarlett lanciano un'occhiata intorno. Afferra la cartelletta lasciata sul bancone della nostra ampia cucina a vista e poi la borsa abbandonata sul divano. Raccoglie le brochures inserite nel portariviste e le infila brutalmente nella cartelletta. «Oddio che palle. Ho quattro gruppi oggi.»

«Non hai mai pensato di andare via, Lett?»

Mi aggrappo al bancone della cucina per restare in piedi e mi arrampico sullo sgabello.

«Via dove?» Scarlett inclina il viso e increspa le labbra. «Penso sempre di andare via. Giorno e notte.»

«No, dico… via del tutto. Non solo per un viaggio. Via come Reese o forse anche di più…»

Sono io che ci sto pensando. Forse ho solo bisogno di un incoraggiamento. Un altro.

«No, io no. Tornerei comunque sempre qui, alla base. Io amo questa città, nonostante tutto.»

La risposta di Scarlett è decisa e perentoria. Ma del resto già la conoscevo. Lei ama New York, ogni quartiere, ogni angolo. Da sempre, è un rapporto indissolubile. New York, sfavillante e oscura. New York con tutte le sue luci e le sue infinite contraddizioni. Un mondo tutto da scoprire che cela sempre qualcosa di nuovo, di elettrizzante o misterioso.

Io invece amo qualcuno che sta a New York. Che stava con me a New York. Che progettava una vita con me a New York. Per quanto mi riguarda avremmo potuto trasferirci anche sulle Montagne Rocciose, in Groenlandia o a Timbuctu. Mi sarebbe stato indifferente.

Scarlett sospira e se ne va. Mi rivolge uno sguardo compassionevole prima di uscire. Non le ho nemmeno chiesto dov'è stata e a che ora è tornata. Inizio a sentirmi un po' come una madre che vigila sulla vita privata notturna delle sue figlie.

Forse sto vivendo di riflesso. Da mesi, ormai. Ed è anche finito il caffè. Per quanto schifoso era pur sempre una certezza.

Non posso continuare così. Questa è un'altra certezza. Mi infilo nella doccia e ci resto fino a sentire freddo. Ma allo stesso tempo mi sembra di avere la febbre, la mia pelle brucia. Sarà l'insofferenza in cui mi trascino.

Mi infilo degli indumenti intimi inguardabili. Bianchi, elastici e senza fronzoli. Sopra felpa blu extralarge. Ovvio, è un residuo della storia di sette anni con Jason. Ma ormai è diventata mia. E pantaloni della tuta. Asciugo rapidamente i capelli, poi ci rinuncio e li raccolgo ancora umidi in un mollettone marrone enorme. Almeno fa un tutt'uno con i capelli. Niente trucco, tanto scendo solo da Starbucks per il caffè. Devo soltanto attraversare la strada, prendere il caffè al volo e risalire al sicuro nel mio appartamento al terzo piano.

Raggiungo il portoncino d'ingresso e mi scontro quasi con Rebecca che sta rientrando. Sembra che la notte non l'abbia minimamente scalfita. È sempre stupenda.

«Lo sai che dovrebbe essere illegale uscire così, Fanny?» Sgrana gli occhi verdi su di me. «Se fossi un agente ti arresterei!»

«E io invece ti arresterei per essere ancora così dopo una notte trascorsa a…» Mi mordo le labbra e gesticolo in modo un po' convulso.

«A fare sesso sfrenato con un sexy sconosciuto. Sì, puoi ben dirlo.» Sogghigna concludendo la frase al mio posto.

La ignoro. Ignoro anche le sue proteste e il suo tentativo di proseguire la conversazione. Mi precipito verso la caffetteria. Non sono dell'umore adatto per paragonare la mia vita con quella di Becky. Non senza qualche litro di caffeina in corpo.

Caffè, subito. Come apro la porta a vetri di Starbucks individuo Scarlett seduta tranquillamente a uno dei banconi che danno sulla vetrata principale.

«Non eri di fretta, Lett? Le belve...»

Prendo posto di fianco a lei.

«Si occuperà Rusty del primo turno. Mi concede un po' di tempo per sistemare qualche articolo.»

Scarlett sorride appena e si stringe nelle spalle. Come se le fosse dovuto. Invece non lo è ma lei nemmeno se ne accorge.

«Quel ragazzo è un tesoro. Lo sai, vero?» Sì, faccio decisamente parte del fan club a favore di Rusty Foreman. Se non ci può stare lui con la nostra gelida e imperturbabile Scarlett Jones, non ci può stare proprio nessuno. «Un vero tesoro.»

«Credo sia libero. Se lo vuoi ci posso mettere una buona parola.»

Eccola! Tipico di Scarlett. Fingere di non afferrare il messaggio e rigirare la situazione. Che stronza. Sì, per quanto le voglia bene da anni Scarlett è una vera e propria stronza. Si approfitta di quel povero Rusty senza ritegno. E lui glielo permette.

Sollevo gli occhi al cielo e scuoto la testa. Intanto Scarlett si alza e raccoglie le sue cose. Controlla l'orologio.

«Vado a salvare il vero tesoro, prima che le belve lo azzannino.» Raggiunge il bancone delle ordinazioni. Qualche minuto dopo torna con un bicchiere di cartone che appoggia di fronte a me. «Il tuo espresso macchiato caldo. Hai l'aria di non riuscire a muovere un altro passo, oggi. Ripigliati, Fanny.»

«Mmh...» annuisco e sollevo una mano in segno di ringraziamento.

Sospiro e appoggio i gomiti al ripiano mentre Scarlett schizza verso l'uscita. Non ho nemmeno la forza di sostenere la testa. Mi sento distrutta.

Mi aggrappo all'espresso macchiato caldo come a un'ancora di salvezza. Sospiro di nuovo, sdegnata. Perché mi sono ridotta così? Perché non riesco a riprendermi? Perché non provo a uscire con qualcuno? Perché non mi trovo un uomo come Rusty? Così servizievole, gentile, dolce…

«Perché le donne amano gli stronzi?» Lo chiedo al mio espresso macchiato caldo. Come se lui avesse una faccia, due occhi, una bocca e potesse rispondermi. Soprattutto come se avesse un cuore e una mente per articolare la risposta.

«Piacerebbe saperlo anche a me!»

Sobbalzo per la sorpresa. Ma no, il mio espresso macchiato caldo non ha preso vita per rispondermi. Mi volto appena, di un mezzo quarto soltanto. Abbastanza per individuare il tizio che si è seduto sullo sgabello accanto al mio. Bruno, barba incolta. Occhi chiari. Qualche piccola ruga intorno. Sembra reduce da una nottata insonne, pure lui. Non mi interrogo sul tipo di nottata. Ha la camicia azzurro scuro stropicciata e ha appoggiato la giacca sul bancone.

Scuoto la testa e decido di rivolgere le mie attenzioni al mio espresso macchiato caldo. Evitiamo di lasciare libero sfogo all'immaginazione perversa. Con un perfetto sconosciuto, soprattutto. Sono disperata, è vero. Ma non così disperata.

Il tizio mi imita. Espresso anche per lui. Restiamo così, io e il perfetto sconosciuto reduce da una nottata insonne. In silenzio, in un sabato mattina qualunque, immersi in un caffè. A interrogarci sui misteri della natura umana.

«In pochi sono in giro il sabato mattina così presto…»

Evidentemente il tipo si sente in dovere di fare conversazione. Ma non è assolutamente necessario. Anzi, io sarei già dovuta tornare nel mio appartamento, al riparo tra le mie quattro confortevoli mura. Scendo dallo sgabello con una gamba. Devo cercare di trattenermi per reggermi in piedi.

«Già, nessuno si alza presto il sabato mattina a meno che non sia obbligato.» Rispondo più per educazione che per voglia di iniziare una conversazione.

«A meno che non sia ancora andato a dormire…» Ecco, appunto. Come da copione. Ce l'ha scritto in faccia.

Voglio tornare a casa. Subito. Magari prima ordino altri quattro o cinque caffè da portare via. Accenno un sorriso di circostanza prima di allontanarmi. No, niente caffè. Porto via il mio espresso macchiato ormai non più caldo. Mi sento ridicola nella mia felpa extralarge appartenuta al mio ex. Mi sento ridicola a prescindere.

E non me la sento neanche di andarmene a casa. Probabile che ci sia ancora in giro Rebecca, gongolante per la nottata appena trascorsa.

Mi avvio a testa bassa verso Central Park. Mi rifugerò in un angolino isolato a soffrire in silenzio sulle mie disavventure amorose e lavorative. All'ombra di un salice piangente.

CAPITOLO 4

«Dove sei?»

Forse avrei dovuto evitare di rispondere a Rebecca. Sicuramente sta preparando un'altra predica nei miei confronti. Ultimamente lei e Scarlett si danno il cambio nell'accanirsi contro di me. Insieme a Reese, ovviamente. Ma almeno lei lo fa via telefonica o chat, non dal vivo.

«Parco.» Rispondo schematica, senza aggiungere altro. Appoggio la nuca all'albero alle mie spalle. Non è un salice piangente ma fa comunque il suo dovere.

Allontano il cellulare dall'orecchio, tentata di spegnerlo.

«Torna a casa. Ora. Ti devo parlare.» Sospira e sbadiglia. «Prima di addormentarmi...»

«Ci siamo viste anche prima...»

Cerco di protestare. Mi manca l'aria. La felpa di Jason mi sta facendo l'effetto di una camicia di forza oggi.

«Lo so! Ma sei scattata fuori come una furia prima che io potessi dirti...» La sento sbuffare spazientita. «Merda, non c'è più caffè in questa casa! Voglio il mio cappuccino!»

«Se fai la brava mi fermo a prendertene uno prima di rientrare.»

Insieme ai quattro o cinque di cui ho bisogno io stessa per rimettermi in piedi. Mi sento troppo buona. Un angelo. Non sono nemmeno certa che Rebecca lo meriti.

Rientro in casa con due cappuccini. Uno per Rebecca e uno per me. Passo di fronte allo specchio nell'atrio. Sono ridotta peggio che dopo due ore di corsa. Dietro a un taxi. Nella pioggia. I capelli sono una massa informe e sudaticcia, trattenuti in alto dalla morsa del mollettone marrone. Però ciuffi ribelli mi cadono sulla fronte e intorno al collo. Ho il viso arrossato e gli occhi castani ridotti a due fessure. Ho bisogno assoluto di un'altra doccia.

«Grazie...» Rebecca afferra il cappuccino, alza un sopracciglio incontrando il mio sguardo ma evita commenti sul mio aspetto. Intanto si sistema in un angolo del divano grigio, facendomi spazio. «Comunque, quello che stavo cercando di dirti prima di poter finalmente sprofondare nel mio meritato riposo... Ho incontrato qualcuno interessato alle tue creazioni ieri sera... ieri notte...»

Sorseggia il cappuccino e mi scruta in attesa di un'esclamazione gioiosa da parte mia che invece non arriva.

«Ah...» Tutto quello che sono in grado di esprimere. Sarà la solita ex modella che pretenderà una collana enorme per nascondere le rughe del decolté. O il solito omuncolo desideroso di compiacere l'amante adolescente o di farsi perdonare dalla moglie tradita. Però non dovrei lamentarmi. È sempre lavoro. «Grazie, Becky.»

«Certo, potrebbe essere stato un espediente per portarmi a letto. Ma non ne avrebbe avuto bisogno questa volta. Era belloccio, ci sarei stata comunque.»

«Oh, fantastico!» Alzo gli occhi al cielo e scuoto la testa. «Che bella collana, ne vorrei una uguale per la mia fidanzata ufficiale. Andiamo a letto?»

Il mondo è folle. Ma che mi piaccia o meno ne faccio parte.

«Ma no!» Rebecca mi guarda seria poi scoppia a ridere. «Non è andata così. Nel senso che era già nato qualcosa prima. Cioè... non esageriamo. Nato qualcosa per dire...» Rebecca arriccia il naso con espressione allusiva.

«Okay, chiaro. Il tipo è sexy e te lo sei fatto volentieri. Complimenti.»

Non voglio conoscere i dettagli. Soffro di un'invidia patologica in questo momento. Non per il tipo sexy che non ho nemmeno mai visto. Ma per la libertà di Rebecca. Fisica e mentale. Io invece sono ancora imprigionata nella mia storia con un ex traditore finita sei mesi fa. Come in una camicia di forza. Come nella felpa di Jason che ancora porto addosso.

Seguendo l'istinto la sfilo con furia e la getto per terra, in un angolo. Rebecca mi punta addosso uno sguardo stranito.

«Comunque... Dopo il sano divertimento lui si è molto interessato alla mia collana. Alla tua, cioè. O forse già prima... o nel mentre...» Ora è lei che si sta divertendo un mondo a tenermi sulle spine. La conosco. E ancora di più a mostrarmi quanto sia diventata patetica la mia esistenza. «Ma la cosa strana... è che mi ha dato l'impressione di uno che se ne intende parecchio. Poi però... ha messo di mezzo sua madre. E questa è davvero una stranezza.»

«Sua madre? Perché? Viene a letto con te e cerca un regalo per sua madre?»

Certo, tutto è possibile.

«Non ho capito bene, non ero molto lucida. Non lo sono nemmeno adesso, in realtà.» Rebecca si attacca al suo cappuccino e torna a sorseggiarlo con aria disgustata. «Amaro... Oddio, ho bevuto troppo ieri sera...»

«Lasciamo perdere. Hai bisogno di dormire, Becky.» E anche io. Abbiamo dei sonniferi in casa?

«Ma no, mi ha lasciato il biglietto da visita.» Apre la borsetta di raso rosso, dello stesso colore e tessuto del vestito che si è sfilata e ora giace steso sul divano. Rovista affannosamente. «Giuro di averlo messo qui, da qualche parte... Spero di non averlo lasciato sul comodino della stanza dove siamo stati...»

«Vorresti rivederlo?»

Non mi importa molto del nuovo uomo sexy di Rebecca. E nemmeno del fatto che vorrebbe una collana per sua madre. Probabilmente non se ne farà niente.

«Ma no! Uff... Magari è uno strano. Insomma, uno che cerca gioielli per sua madre dopo essere stato a letto con una donna... Potrebbe essere tipo Norman Bates in *Psycho*. Magari tiene il cadavere in decomposizione della madre da qualche parte, potrebbe attrarmi a casa sua con l'intento di uccidermi nella doccia con un coltellaccio da cucina.»

«Mi sembrano motivi abbastanza validi per evitare di rivederlo. Non è male che tu abbia perso il suo biglietto da visita.»

Finisco il mio cappuccino. E in contemporanea prendo una decisione. No, non dormirò. Mi farò un bel bagno rigenerante con sali energetici e poi uscirò ad affrontare la mia nuova vita. Senza felpa extralarge di Jason Christensen.

«Tanto magari lo rivedrò alla prossima sfilata. Se è nuovo in città e frequenta l'ambiente ci sarà sicuramente.» Rebecca si stira e si sgancia la collana che ancora porta al collo, me la riconsegna con un sorriso incoraggiante. «Arriverà il tuo momento, Fanny. Lo sento. Le cose cambieranno.»

«Forse.» Prendo la collana e l'appoggio sul divano. Per un attimo sono tentata di buttarla a terra, a fare compagnia alla felpa di Jason. «O forse devo essere io a cambiare.»

CAPITOLO 5

Ho lasciato Rebecca ai suoi dolci e meritati sogni. Me ne vado in giro per la città senza meta. Mi fermo davanti alle vetrine di tutte le gioiellerie, passando prima da Madison Avenue poi lungo la Fifth Avenue. Meticolosamente. Ogni tanto mi dedico a questo tipo di tour da addetta ai lavori. Procedo sempre fino ad arrivare di fronte all'Olimpo. Lo lascio intenzionalmente per ultimo. Di fronte alla vetrina di Tiffany, insomma. E nella testa mi risuona la colonna sonora del film, le note di *Moon River* e mi vedo Audrey Hepburn che sorseggia un caffè addentando un croissant.

Mi brontola lo stomaco. Torno con la mente a Parigi. A Reese che si diletta tra croissant e parigini. Ed è una palla bella e buona il fatto di non avere abbastanza soldi sul conto per il volo. Potrei comunque prestare attenzione e approfittare di qualche offerta speciale.

La verità è che ho paura. Di spiccare il volo. Non solo con un aereo di linea. Ho paura di rinunciare definitivamente alla mia vita qui. Ho paura di voltare pagina.

La verità è che vivo ancora nella speranza che Jason rinsavisca. Anche se non oso confessarlo a nessuno. Il più delle volte nemmeno a me stessa.

La verità è che me lo immagino anche. Inginocchiarsi davanti a me, supplicandomi di perdonarlo. Cosa che non accadrà mai, ovviamente.

Jason in ginocchio? No, non esiste proprio. Non su questo pianeta. Non in questo universo. Non di fronte a me, soprattutto.

Quindi, in fondo, ci sono tante verità. Ma nessuna depone a mio favore. Nessuna contempla la mia libertà. Perché questo tipo di libertà, sono costretta ad ammetterlo, mi spaventa.

Se ci sapessi fare, se sapessi muovermi con grazia e con stile, potrei tentare di fare la modella come Rebecca. Ma dovrei anche avere il suo carattere, la sua personalità disinvolta. No, non è così facile vestire i panni di un'altra persona. Io credo di non saper essere altro che me stessa. Anche se il più delle volte sono inadeguata, inadatta, un totale disastro insomma.

Che poi in realtà anche Rebecca ha i suoi scheletri nell'armadio. Uno soprattutto. E bello grosso. Imponente, ingombrante anzi. Tom Prescott, militare nell'esercito. Di base in Italia in questo momento, se non sbaglio. Ma prevalentemente in giro per il mondo. Pronto a scattare agli ordini dei suoi superiori ma non a quelli di Rebecca O'Hara.

Così anche Becky si è dovuta rassegnare al fatto che l'unico uomo per cui ha mai provato un autentico interesse, se proprio non si vuole esagerare parlando d'amore, abbia preferito la carriera militare a lei. Abbia scelto l'esercito. Non lei.

E io ho la sensazione che ogni sua avventura, ogni sua relazione temporanea, ogni sua nottata di sesso con il primo che capita, siano una costante ripicca contro Tom Prescott. Una vendetta, anche se Tom non ne verrà a conoscenza per cui è impossibile che ne resti ferito.

Forse dovrei provarci anche io. Contro Jason. Se non temessi che quella a restare davvero ferita alla fine sarei proprio io. Solo io. Non ho il carattere di Rebecca, purtroppo. Non sono in grado di assorbire il colpo e cancellare. Non dopo un rapporto durato così tanti anni. Non dopo una vita di conoscenza, di complicità, di amicizia poi trasformata in amore. Almeno da parte mia.

Lancio un'ultima occhiata, carica di desiderio, alla vetrina di Tiffany. Evito di focalizzarmi sui singoli pezzi esposti per non deprimermi ancora di più. È il mio mondo, quello vero. Ma io non ne faccio parte. Mi sento esclusa, respinta, trascurata.

Inizio a camminare a passo più spedito, raggiungo la 46th Street e oltrepasso Times Square. Mi avvio verso casa, il giro almeno è servito a rigenerarmi un po'. Arrivo e trovo ancora

Rebecca che invece di dormire beatamente nella sua stanza, vaga per il soggiorno sgranocchiando una mela. Poi va a posizionarsi sul divano, davanti alla tv. Dove la raggiungo.

«Effettivamente è un po' pazzo.»

«Stai ancora pensando al tipo sexy? Ma non lo avevi mai visto prima?»

In realtà non ho nessun interesse in proposito. Però mi sembra strano che Rebecca non si sia fiondata a dormire allo scopo di essere abbastanza rilassata per questa sera. Ha bisogno delle sue otto ore di sonno, lo ripete da anni. Non è da lei trascinarsi dietro stanchezza e occhiaie da una serata all'altra. Ed è ancora meno da lei restare in casa il sabato sera.

«Ti ho già detto di no. O non abbiamo mai frequentato lo stesso ambiente o non c'era proprio. È comparso dal nulla.» Rebecca sospira attirandosi le ginocchia al petto. «Uffa, non riesco a dormire.»

«Perché pensi al tipo sexy?»

Che sia nato un autentico interesse? Strano, ma tutto è possibile.

«No, insomma non lo so. Bel ragazzo eh... non c'è che dire. Moro, occhi verdi. Ma...»

Rebecca appoggia i gomiti alle ginocchia e con le mani si sostiene la testa. Indossa un babydoll di seta azzurra, in netta opposizione al pigiama di flanella che uso io abitualmente per dormire.

«Ma...?»

Tanto lo so per esperienza che il suo "Ma..." lasciato in sospeso implica una domanda da parte mia. Allo scopo di scandagliare i suoi pensieri e i suoi dubbi più profondi.

«Forse dovrei tenermi stretto Clint Stewart appena torna dal suo viaggio ed evitare quelli nuovi...» Si stringe nelle spalle e gli occhi improvvisamente le diventano lucidi. Credo di conoscere abbastanza bene la mia amica, ma in questo momento mi sfugge dove voglia arrivare. «Quello di ieri sera mi piaceva, okay. Almeno fisicamente. Anche se non mi interessa rivederlo o proseguire. Però...»

Ecco, altra frase lasciata in sospeso. Sta diventando preoccupante ora. Non è più la solita Rebecca O'Hara. Oppure... è la Rebecca O'Hara che sogna un futuro, e anche un presente, diverso. Con l'uomo che vaga per il mondo e torna occasionalmente a farsi vedere sconvolgendo i suoi equilibri.

«Clint mi ha già fatto capire più volte che vorrebbe approfondire il rapporto con me.» Prosegue prima che io possa intervenire. «E io inizio a credere che mi converrebbe pensarci su e accettare prima di... restare completamente sola.»

«E tu credi davvero che funzionerebbe tra voi?»

Mi stiro sul divano e appoggio un cuscino dietro alla testa, poi mi sciolgo i capelli dal mollettone. Oddio, sono un disastro tale da incastrarmi le dita, come una trappola infernale.

«Non sarebbe nulla di diverso da ora. Ma invece di cercarmi altri, sarei solo con lui.» Rebecca si morde le labbra con una forza eccessiva. Sembra quasi che il suo linguaggio corporeo stia lottando per negare ciò che le sue parole hanno appena espresso.

«Ti avrebbe in esclusiva.» Lascio perdere i miei capelli e mi volto verso di lei, spostando le gambe sul divano. «Becky... è davvero quello che vuoi? Stare solo con lui. Anzi, diciamo... stare con lui? Funziona?»

«Funziona...» Mi lancia un'occhiata interrogativa.

Questa volta sono io a non concederle il tempo di terminare la frase.

«Funziona uscire tutte le sere e andare a letto con uno o con tanti di cui non ti importa nulla, per non pensare all'unico che vorresti davvero? Serve davvero?»

Ecco, l'ho detto. Non avrei dovuto. Lo so.

Rebecca, sempre con la risposta pronta, questa volta non ribatte. Si alza semplicemente e se ne va. Quello che mi arriva, in soggiorno, è il fragore della porta sbattuta della sua stanza.

«Lo prendo per un no...» Mi stendo completamente sul divano, guardando il soffitto. «Non funziona.»

CAPITOLO 6

Con la mia frustrazione di casalinga disperata sono riuscita a contagiare anche Rebecca, che per carattere è completamente diversa da me. Inconcepibile!

Sta di fatto che, come da copione, mi rifugio anche io nella mia stanza a contemplare vecchie foto mie e di Jason. Quelle in cui mi bacia, quelle in cui mi stringe. La vacanza a Los Angeles di due anni fa. Insieme, da soli e in compagnia. Vecchie fotografie del liceo, la festa del mio ultimo anno. Una rassegna di noi. Scandita dalle diverse fasi della nostra storia.

Ora io e Rebecca resteremo in assetto di guerra fino a data da destinarsi. Quindi o attenderemo il ritorno di Scarlett per cui la presenza di un'altra persona ristabilirà gradualmente l'equilibrio costringendoci a scambiare una parola dopo l'altra per poi tornare alla "normalità". Senza affrontare il motivo reale dell'attrito. Oppure una delle due sarà costretta a cedere.

Quando Reese viveva ancora con noi il tutto si risolveva con una costrizione da parte sua ad affrontare il problema. Reese è sempre stata più propensa all'esplosione del conflitto in tutto il suo fragore, esprimendo esattamente ciò che si pensa per liberarsi completamente dell'ostacolo. Per poi ristabilire la serenità e passare oltre. Un po' come ora vorrebbe che affrontassi il problema con Jason per riuscire a distaccarmene completamente. Anzi, per lei dovrei essere già alla seconda fase in questo momento.

Sento bussare alla porta. Butto tutte le fotografie nella grande scatola con il cuore rosa applicato sul coperchio e la nascondo rapida sotto al letto. Poi mi ci siedo sopra con le gambe incrociate, sistemo un cuscino dietro alla schiena e mi ricompongo prima di rispondere.

«Avanti...»

Rebecca si affaccia con espressione contrita. Ha ceduto lei, stranamente. Interpreta la mia espressione tranquilla come un invito. Entra e si siede sul mio letto.

«Non serve. Ma aiuta.» Ecco, ha ripreso il discorso di prima. «Almeno lo spero. Spero che prima o poi cambi qualcosa. Perché ti assicuro che non serve nemmeno che Tom ogni volta torni a cercarmi, che io ogni volta non riesca a resistere... e che lui poi se ne vada per riprendere la vita che si è scelto. Che non comprende me.»

Annuisco brevemente. Sì, forse ha ragione lei.

«Non sono il tipo di donna che aspetta un uomo a casa, Fanny. Non lo sono mai stata. Un uomo che ha scelto la sua carriera sopra tutto e sopra tutti. Anche i suoi genitori non erano d'accordo... Ma lui ha fatto comunque quello che ha voluto. Ecco chi è Tom Prescott. Uno che fa sempre quello che vuole. E io... cerco di fare lo stesso. Di vivere. Per me stessa, senza di lui.» Punta il dito verso di me, sforzando di ritrovare un sorriso quasi divertito, nonostante tutto. «Cosa che dovresti fare anche tu, lasciatelo dire.»

«La nostra situazione è diversa, Becky.» Sì, la situazione è palesemente diversa. E anche noi due lo siamo, la nostra reazione agli eventi. «Io sono stata lasciata per un'altra. Per Amy Lloyd. Tom ha scelto la carriera, ma... insomma non è un'altra donna.»

«Ti assicuro che la carriera di Tom riesce a essere più ingombrante di Amy Lloyd!» Rebecca inclina il viso e sbuffa insoddisfatta. «Contro Amy Lloyd potrei anche sperare di combattere... contro un intero esercito...»

«Sì, ma insomma... non è una donna!» Comprendo che Rebecca sta cercando di paragonare le nostre situazioni per non farmi sentire troppo sfigata. La perdente di turno. Ma lo sono, è evidente. «Comunque tu hai ragione per quanto riguarda me. E anche Reese ha ragione. È arrivato il momento di buttarmi il passato alle spalle. Quindi i casi per me sono due: o Parigi o un altro uomo.»

«Magari un altro uomo a Parigi!»

Rebecca solleva le mani e si mette in posa come per una copertina femminile arricciando le labbra in un bacio.

«Non ho abbastanza soldi per il biglietto per Parigi. Comunque, una volta arrivata non vorrei pesare troppo su Reese.» Scuoto leggermente la testa, imitando poi l'atteggiamento di Rebecca. «E poi non so una parola di francese a parte "Bonjour" "Bonsoir" e "Je t'aime".»

«Credo sia tutto quello di cui hai bisogno...» Rebecca scoppia a ridere buttando indietro la testa.

«No, aspetta... so dire anche "merci" e "croissant"...» Rido anche io, forte.

«La cosa migliore potrebbe essere trovarti un altro uomo e nel frattempo mettere via i soldi e fare un corso di francese.» Rebecca continua a ridere e propone la sua soluzione ideale.

Ne frattempo anche Scarlett, appena rientrata e probabilmente attratta dalle nostre risate, si è affacciata alla porta della mia stanza rimasta aperta.

«Anzi, sarebbe carino se ci andassimo tutte e tre!»

Rebecca batte le mani ancora più entusiasta. Dov'è finita la sua idea di frequentare Clint Stewart in esclusiva? Archiviata, sicuramente.

«Sapete che vi dico? Potrei anche essere d'accordo. Non ne posso più delle belve!» Scarlett sbuffa passandosi entrambe le mani sugli occhi. «Sono tornata solo per la pausa pranzo. Avevo bisogno di un po' di pace... Un'ora e si torna allo zoo.»

«C'è una cosa che io devo fare...» Con un balzo salto giù dal letto e atterro direttamente in ginocchio. Sollevo il copriletto ed estraggo la scatola del mio grande dolore e rimpianto. La apro lasciandola in bella mostra sul pavimento sotto gli occhi delle mie amiche. «Mi aiutate a bruciarle?»

«Ci sto. Pur di non provocare un incendio nel palazzo.» Scarlett è la solita esagerata. «Non è più facile tagliarle a pezzetti piccoli piccoli e poi buttarle nella carta straccia?»

«No. Bruciarle è un atto più plateale e romantico. Un gesto simbolico.» Ecco, Rebecca ha colto proprio nel segno.

Entrambe mi puntano gli occhi addosso, serie. Troppo.

«Basta che tu non corra a cercare le copie da qualcuno. Da Reese o da altri. Magari già domani.» Scarlett si abbassa, raccoglie la scatola e la posa sul letto. Sfiora con le dita le fotografie raccolte in gruppetti in ordine cronologico, in base alle date e agli eventi. Mi lancia poi un'occhiata severa, inflessibile.

«No, assolutamente! Dal computer le avevo già cancellate!» Poso una mano sul cuore. La sinistra, poi la destra. Alzo l'altra mano in segno di promessa solenne. «Anzi, getterò via tutto ciò che di tangibile mi ricorda Jason Christensen. Tutto ciò che è rimasto in questa casa.»

«Io faccio appena in tempo a mangiare qualcosa e poi devo andare al lavoro...» Scarlett sbuffa risentita.

«Possiamo fare questa sera...» Propone Rebecca incrociando le gambe nella posizione yoga del loto. «Sono disposta a rinunciare all'uscita del sabato sera pur di partecipare all'opera di disinfestazione di Jason Christensen dalla casa.»

«Sono d'accordo.» Scarlett annuisce. Stanno decidendo tutto loro, come se io non ci fossi. Oltretutto dalla serietà delle loro espressioni sembra stiano discutendo su una missione di estrema importanza per la salvezza dell'universo e dei suoi abitanti. Sposto lo sguardo da una all'altra senza intervenire. «Ma tu ci credi che non frignerà per riaverle, già domani?»

«Non ci credo neanche un po'!» Rebecca mi rivolge una smorfia disgustata. «Ma noi la lasceremo frignare. Anzi, oggi chiamerò Reese chiedendole di non cedere alle sue suppliche.»

«Stronze... e malfidenti!» Incrocio le braccia corrucciando la fronte. «E comunque Reese non le ha tutte. Alcune le ho solo io e... mmh...» E lui. Magari nemmeno lui. Non più. «Comunque, stasera si farà. Bruciate, tagliate in mille pezzi, gettate nello scarico... E no, non tornerò più indietro. Mai più.»

CAPITOLO 7

Lo abbiamo fatto davvero, sabato sera. Tagliate in pezzetti piccolissimi, come suggerito da Scarlett. Per evitare di mandare a fuoco l'intero palazzo, far intervenire i vigili del fuoco... e magari finire in manette alla centrale di polizia per procurato danno alla salute pubblica e incendio doloso.

E mentre tagliavamo io avevo l'impressione che fosse il mio cuore ad essere continuamente tagliuzzato. A sanguinare. Mentre osservavo Jason, il suo volto... le sue labbra. I suoi baci, le sue carezze cadere a pezzi in un mucchietto che le mie amiche accumulavano impietosamente per poi gettare nel cestino della carta straccia.

Ho trascorso la domenica a vagare per casa come una convalescente costretta a rimettersi in sesto il più velocemente possibile. Evitando di ascoltare le solite canzoni romantiche post rottura. *All at once* di Whitney Houston, in primis. Non ho canticchiato neanche le parole questa volta, nemmeno mentalmente. Ci sono già passata sei mesi fa. Anzi, per essere più precisa, sono sei mesi che ci passo.

Oggi è lunedì. Mi sono alzata presto. Il giorno giusto per ricominciare, per iniziare una nuova vita. Vorrei sapere da quale parte, però.

Decido di prendere in mano la situazione. Selezionare i miei disegni migliori potrebbe essere un'idea. Mi metto seduta tranquilla al mio tavolo, facendo spazio. È abbastanza ampio ma sempre stracolmo di cose inutili che servono solo a distrarmi. Brochure varie, materiale pubblicitario, bigliettini, matite e album di cui al momento non ho bisogno. Sposto anche il computer e mi sforzo per concentrarmi. Ho una leggera emicrania ma non importa.

Suonano alla porta. Come non detto. Visto che le mie coinquiline fanno finta di non sentire, devo andare io. So che sono entrambe in casa. Ma aspettano sempre che un'altra muova il culo fino alla porta. Io.

«Ciao, Rusty.»

«Ehi…» Tipico saluto di Rusty Foreman. Gli occhi azzurro verde che scrutano oltre la mia testa e le labbra che accennano un sorriso. «Scarlett è in casa?»

«Sì, suppongo che nascosta da qualche parte ci sia.»

Gli faccio cenno di entrare e lui non si fa pregare.

«Ho una notizia sensazionale…» Il sorriso di Rusty si anima mentre va a sedersi su uno degli sgabelli della nostra cucina.

Bel ragazzo, Rusty. Indubbiamente. Non il mio tipo ma bel ragazzo. Quegli occhi a volte così dolci. E qualche piccola lentiggine sul naso che gli dà un aspetto tenero, innocente nonostante abbia quasi trent'anni. Oltre a essere un "vero tesoro". Ma che diavolo vado a pensare? Rusty nemmeno mi vede. E in realtà nemmeno io ho mai visto lui, prima della mia decisione solenne di abbandonare il passato e trovarmi un nuovo uomo. Ecco, appunto. Un nuovo uomo. Non "Rusty-innamorato-perso-di-Scarlett". E nemmeno il primo che passa per la strada.

«Che notizia?» Scarlett trascina se stessa e la sua perenne aria incazzata fino alla cucina. «Non ci hai portato nulla da mangiare o da bere, Rus?»

«Se vuoi ti porto fuori a cena stasera!» Rusty sorride e le strizza l'occhio. Quest'uomo è un santo. O un angelo. Un angelo santificato. «Comunque… la notizia è che uno dei colleghi di "Big Apple Adventure" se n'è andato. Quindi per te potrebbe esserci una buona opportunità di entrare a far parte della redazione del giornale.»

«Oh…» Scarlett sgrana gli occhioni scuri su Rusty. Ma invece di correre ad abbracciarlo e baciarlo si appoggia con la schiena alla parete e resta nel più totale silenzio.

«Mi sembra un'ottima notizia.» Spezzo l'incanto che si è creato tra i due. Forse sono di troppo. «Scarlett...»

Sembra ancora in trance, sotto shock. Sia io sia Rusty ci aspettiamo una reazione da parte sua, una qualunque.

«Quindi potrei... scrivere...» Forse sta assorbendo la notizia, finalmente. «Smettere di portare a passeggio le belve per quattro soldi su un pulmino sgangherato, a piedi sotto il sole, il vento, la pioggia, la tempesta. Smettere di rispondere, giorno dopo giorno, alle stesse domande idiote... Se mi prendessero a tempo pieno...»

Si morde forte le labbra. Vedo un principio di commozione nella nostra gelida regina dei ghiacci Scarlett Jones? La mia indole romantica unita al mio essere parte del fan club dedicato a Rusty Foreman ora imporrebbe un abbraccio e poi un bacio che potrebbe segnare l'inizio di una grande storia d'amore tra lui e Scarlett. Forse, in cuor suo, anche il povero Rusty se lo aspetta.

«Chi se n'è andato? E dove? Trasferito?» Scarlett invece delude entrambi chiedendo delucidazioni a proposito di colui a cui deve la sua insperata fortuna.

«Ehm... si tratta di Don Taylor, una vecchia gloria del "Big Apple"...» Rusty esita. Dove lo avranno trasferito? In una zona di guerra? «In realtà si è trasferito... insomma, come dire... è passato a miglior vita, ecco.»

Ecco. Ecco che Rusty Foreman precipita sotto lo zero nella mia scala di gradimento. Niente più fan club in suo onore. Lo guardo sotto un'altra luce, ormai. E niente più "vero tesoro", ovviamente.

«E secondo voi io dovrei approfittare dell'essere passato a miglior vita di qualcuno per prendergli il posto?» Anche Scarlett dubita, a quanto pare. Passa lo sguardo da me a Rusty, soffermandosi però su di lui. «Sinceramente speravo in un'occasione un po' meno... macabra.»

Io sollevo le mani in segno di resa. Me ne tiro fuori, non mi esprimo in proposito.

«Se non ci sarai tu al suo posto, ci sarà qualcun altro. Ti conviene approfittarne, stanno già cercando un sostituto e presto inizieranno a selezionare qualcuno per un impiego a tempo pieno.» Rusty sospira e abbassa il viso. Forse inizia a sentirsi un po' in colpa nei confronti del caro estinto che in fondo è stato anche un suo collega. Poi torna a guardarci, più sicuro e deciso. «Ragazze, la vita è una giungla. Dobbiamo per forza accettarlo, rassegnarci all'evidenza e cogliere le opportunità quando capitano. O si vince o si perde.»

Scarlett annuisce convinta. Il suo sguardo diventa sfrontato, come se si stesse preparando ad affrontare una battaglia. Io resto dubbiosa. Rusty probabilmente ha ragione. La vita è una giungla. O si vince o si perde. Io fino ad ora, mi costa ammetterlo, sono sempre stata piuttosto brava a perdere.

CAPITOLO 8

Di nuovo sabato sera. Ho trascorso gli ultimi cinque giorni a meditare sull'inconsistenza della mia vita. Sulle parole di Rusty a proposito della vita e della giungla, anche. E infine a rimettere insieme i pezzi e a cercare di ricompormi. A darmi una "ripulita" per rendermi presentabile.

Ora sono pronta. Più o meno. Ho deciso di accompagnare Rebecca a una delle sue sfilate, presentazioni o come accidenti si chiamano. Cercherò di conoscere gente nuova e inserirmi nell'ambiente. Lo faccio anche per il mio lavoro. Soprattutto per quello. Fino ad ora si è rivelato del tutto inutile mandare in giro il mio curriculum con le qualifiche ottenute e proporre alcune delle mie creazioni.

E la verità... è che finché sono stata con Jason ho sempre creduto al colpo di fortuna. Credevo in lui, in quello che mi raccontava. Non gli andava a genio che mi mischiassi con certa gente. Reese, essendo sua sorella, gli rideva in faccia. A lui e al suo lavoro di praticante avvocato tuttofare. Lei faceva comunque le sue scelte. Ma io, invece, lo ascoltavo. Per me il suo parere era importante.

Poi ci è capitato di ritrovare proprio quella Amy Lloyd che nessuno di noi aveva mai sopportato. Alla consegna dei diplomi del mio corso di specializzazione alla Lloyd Jewels Art and Craft. Meno di un anno fa. Proprio un bell'affare, quel corso. Mi è servito a molto. A farmi tradire e mollare nel giro di sei mesi, soprattutto.

Seguo Rebecca senza opporre resistenza. Mi sono fatta addirittura vestire. Ascolto i suoi consigli ma senza contrastare troppo il mio gusto personale, almeno per la prima volta. Indosso un semplice tubino nero con le maniche trasparenti a tre quarti, non troppo scollato e non troppo corto. Con una cintura argentata in vita a segnarmi le forme. Forse dovrei perdere un po' di peso, mi sono curata davvero poco ultimamente. Una collana d'argento, intrecciata a fili più fini e più spessi. Con uno zaffiro in mezzo, come pendente. Falso. Ma l'argento è vero, per lo meno. E orecchini abbinati.

Rebecca chiama un taxi. Si è vestita d'oro lei. Con un abitino in stile charleston. Io ho tentato di abbinare alcuni dei miei gioielli al suo vestito ma senza esagerare. Qualcosa di fine e leggero. Ha già troppo oro addosso.

Non guardo dove stiamo andando. Forse non lo voglio nemmeno sapere. Il taxi procede a velocità sostenuta. Mi rendo conto però che ci stiamo dirigendo verso Brooklyn. Infatti, attraversiamo il ponte. Non credo che la meta sarà uno dei soliti locali dove sfila Rebecca e nemmeno uno degli showroom per cui lavora. Dove stiamo andando? Non ho ascoltato cosa ha detto al tassista. Chiudo gli occhi e mi rilasso con un respiro profondo. Meglio non pensarci.

«Stai tranquilla, Fanny.» Evidentemente Rebecca si sente in dovere di tranquillizzarmi. Posa la mano sulla mia e la stringe piano. «Qualsiasi cosa accada... pensa a ciò che è meglio per te, okay?»

Detto così sembra quasi una minaccia.

«Okay...» rispondo automaticamente.

Apro gli occhi e la guardo. Per quanto mi sia vestita, truccata al meglio e con i capelli sciolti in morbidi boccoli che mi sfiorano le spalle, non riuscirò mai a diventare bella e sicura come lei. Io mi sento in totale imbarazzo nel mio semplice tubino nero. Lei invece è la ragazza dai fluenti capelli rossi vestita d'oro. E sfoggia tutto quanto con una disinvoltura che io non raggiungerò mai.

Scendiamo dall'auto. Siamo arrivate di fronte al giardino di una specie di villa. No, non una specie. È proprio una villa antica. Mi guardo intorno e mi sento smarrita, ma Rebecca richiama la mia attenzione. Intanto un uomo oltrepassa il cancello e ci viene incontro con un sorriso compiaciuto. È Clint

Stewart, l'ho visto solo un paio di volte ma lo riconosco. Un uomo benestante. Molto affascinante anche se non bellissimo e non più giovane, folti capelli scuri e taglienti occhi azzurri. Gestisce alcuni tra i più importanti showroom della città e un paio di alberghi, a quanto ne so.

Ha un debole per Rebecca anche se frequenta altre donne. Probabilmente potrebbe rinunciare alle altre se lei accettasse di concedergli l'esclusiva. E, cosa fondamentale, non è sposato e per quanto ne so non ha nemmeno ex mogli a cui pagare gli alimenti. A differenza della maggior parte degli uomini del suo calibro.

Stare con lui farebbe una grande differenza per Rebecca. Molte donne al suo posto avrebbero già accettato. Ma io credo che una parte del suo cuore, anzi la parte preponderante del suo cuore, appartenga ancora a Tom Prescott e non sia ancora pronta a rassegnarsi alla sua completa perdita.

Clint saluta me con un cenno del capo e Rebecca con un bacio sulle labbra. La prende per mano e ci accompagna verso l'interno della villa. Non so se appartenga a lui o a chi altro. Certo che come prima uscita avrei preferito qualcosa di meno grandioso e ufficiale.

Attraversiamo il giardino illuminato e mentre saliamo i gradini che ci separano dall'interno, rimprovero Rebecca con un'occhiata che lei però non raccoglie. Sembra stranamente tranquilla al fianco di Clint. Rilassata ma con un velo di tristezza che non può passare inosservato. Non a me che la conosco bene.

Mi sento persa. Tanto che mi aggrapperei per tutta la sera al braccio della mia amica. Sono un'aspirante disegnatrice di gioielli preziosi ma questo mondo non fa per me. Forse non me ne sono mai resa conto prima.

Ci fermiamo a depositare la giacca e la borsetta nel guardaroba. Una volta giunti nel salone principale, Clint Stewart, molto gentilmente, porge un calice a me e uno a Rebecca. Stringo mani a persone di cui un minuto dopo ho già dimenticato il nome. Sorrido con indosso un abitino che mi rende più bella e desiderabile e con in mano il mio calice di champagne dalle mille bollicine dorate. E intanto sogno il mio pigiama di flanella e il mio caffè spacca stomaco. Oppure l'espresso macchiato caldo di Starbucks. E un uomo che non sia come Clint Stewart, ma sia...

No, cazzo! Non qui! Rebecca coglie la mia espressione che un istante dopo diventa anche la sua.

«No, cazzo!» Stesso pensiero, ma lei lo esprime ad alta voce. Spogliandosi per un attimo delle vesti di Venere d'oro imperturbabile. «Fan, non li vedo da una vita quei due coglioni a un evento del genere... Ogni tanto i genitori della stronza fanno presenza, ma quasi mai.»

Jason ed Amy. Per mano. Non molto distanti da noi, se ne stanno proprio al centro della sala, conversano con un'altra coppia, sorridono e sembrano perfettamente a loro agio. Io invece mi sento cascare a terra, annientata. Per poi ricompormi un istante dopo.

L'ho fatto a pezzi, quell'uomo. In tanti minuscoli pezzettini poi finiti nell'immondizia. Non posso crollare per un incontro casuale. Improvvisamente mi tornano in mente le parole di Rusty. "La vita è una giungla. O si vince o si perde."

E io mi sono stancata di perdere. Devo superare questa prova, anche se è dura. E la tentazione di scappare via, prendere un taxi e farmi riaccompagnare a casa è quasi irresistibile.

«Va tutto bene, Becky.» Distolgo immediatamente l'attenzione da loro e cerco con lo sguardo la mia amica. «Ero assolutamente seria la scorsa settimana, anche se forse tu e Letty ci avete creduto poco.»

È stata una pessima idea questa serata. Cerco di fare in modo che la mia espressione non contraddica le mie parole. E cerco anche una via di fuga, nel frattempo. Non me ne andrò, ho solo bisogno di allontanarmi per qualche minuto.

Rebecca mi scruta poco convinta. «Se vuoi andiamo a casa. Anzi, andiamo a ubriacarci in un pub lungo la strada, io e te da sole! Una sbornia come si deve.»

«No, Becky. Sei troppo meravigliosa questa sera per un pub e una sbornia qualunque. E Clint ti sta aspettando.» Le sistemo la collanina costellata da piccoli strass turchesi sul decolté. «Io esco sul terrazzo a prendere una boccata d'aria. Mi trattengo e cerco di… non so, di fare amicizia e di parlare con qualcuno. C'è tanta gente interessante qui. Non voglio buttare via la serata, non per lui. Non se lo merita.»

Mi ripeto ancora una volta, mentalmente: "La vita è una giungla. O si vince o si perde." Grazie, Rusty Foreman. Ritorni ai vertici della mia classifica personale di "veri tesori" e rientro immediatamente a far parte del tuo fan club.

Mentre Rebecca annuisce, apparentemente convinta, mi muovo ondeggiando sui miei tacchi verso la grande portafinestra che dà sul terrazzo. Mi fermo solo per posare il mio calice ormai vuoto su uno dei tavoli del buffet accostati alle pareti del salone. Poi fluttuo imitando le modelle delle pubblicità e delle sfilate. E sì, imito un po' Rebecca e anche Amy Lloyd oltrepassando un buon numero di persone. Recito una parte non mia, ma mi ci metto di impegno. È una questione di principio.

Raggiungo la meta. Appoggio una mano sul petto e sento il cuore battere forte, come se fossi reduce da una corsa a ostacoli. Ancora qualche passo per raggiungere il parapetto.

Vorrei per lo meno avere più consapevolezza di questo luogo, invece mi è totalmente estraneo. No, non riesco a restare. Qualche minuto, in modo da tranquillizzare Rebecca e non rovinarle la serata. Magari appena la perderò di vista prenderò un taxi e mi farò portare a casa. Dal mio pigiama felpato e dal mio caffè spacca stomaco.

Guardo il cielo. È buio. Senza stelle. Mi sento persa. Ma da un certo punto di vista penso che se riuscirò a superare indenne questa serata tutto il resto sarà in discesa.

«Fanny...»

La sua voce. Alle mie spalle. La riconosco. Certo, in discesa. In scivolata. Caduta libera. Con una bella botta al culo che toccherà le mattonelle color ocra del terrazzo. Guardo a terra. Mi sento improvvisamente davvero poco stabile sui tacchi.

Ma con una forza di volontà di gran lunga superiore alla mia stabilità emotiva mi volto verso di lui. Lo affronto fissandolo dritto negli occhi.

«Ciao, Jason.»

Non sono preparata ad averlo così vicino. Non sono preparata alla sua voce. Un tuffo al cuore, inevitabile.

«Fanny, io...» Allunga una mano verso di me per poi lasciarla ricadere lungo il fianco, fasciato da un elegante completo nero. Non sono abituata a vederlo così. Impeccabile e ordinato. Sembra un manichino. Così poco lui. Per nulla il mio Jason. «Mi dispiace, non credevo di trovarti qui... Insomma, mi dispiace.»

«Certo, come avresti potuto?»

E anche se lo avessi saputo? Avresti rifiutato di accompagnare sua altezza Amy Lloyd? Sorrido forzatamente mentre gli occhi mi pungono e se ne fregano del mio orgoglio. Maledetti!

«No, io intendo... Mi dispiace per tutto. Mi sembra di non essere mai riuscito a trovare il modo di dirtelo davvero.» Insiste. Infierisce. «Ma ora ti trovo bene, per cui...»

Ah, certo! Finché ero ridotta uno straccio non era il caso di affrontare il discorso. Adesso che mi sono ricomposta e ho indossato un abbigliamento adatto è arrivato il momento di scusarsi e lavarsi la coscienza. Bastardo.

Ho una gran voglia di dirglielo in faccia. Anzi di gridarlo a pieni polmoni. Attirando l'attenzione di tutti e facendo pure una figura di merda. Giuro, lo farei. Ma questo ambiente... questo mondo... in fondo mi serve, ne ho bisogno.

"La vita è una giungla. O si vince o si perde." Benvenuti nella giungla, allora. Nella giungla dell'apparenza e dell'ipocrisia.

«Sto davvero molto bene, Jason. Grazie.»

Mi esce una voce melliflua da gran dama, da signorina snob mesta e contenuta. Ma sono decisamente ancora troppo poco stabile sui tacchi, meglio evitare di muovere passi avventati. Perché dentro mi sento un vulcano in eruzione.

«Fanny...» sospira e scuote leggermente la testa. Si è pure tagliato i capelli, oppure sarà l'effetto del gel che li trattine all'indietro. Non ha un ciuffo fuori posto. Con le basette perfettamente allineate. Sembra un damerino. Un manichino, un damerino imbalsamato. Un... mah, non saprei nemmeno io come definirlo. Ma è così diverso da quando stavamo insieme. «Mi manchi, sai? Ci sono cose di te, di noi... che mi mancheranno sempre. Cerca di capire...»

Ma cosa vuole? Quando se ne va? Lo sta facendo apposta? Vuole farmi crollare? Già sto insieme per miracolo. Contegno, Fanny Moore. Contegno.

«Capisco. Sì, anche a me...» Mantengo il mio tono tra l'accondiscendente e l'amichevole.

Col cazzo che capisco! Ma vaffanculo, Jason! Dove l'hai lasciata la stronza? Al cesso a rifarsi il trucco da diva egocentrica?

«Rientriamo?» Imita il mio sorriso e il mio tono amichevole. Solleva di nuovo la mano però non osa sfiorarmi.

«No.» Perentoria. Troppo, forse. Alleggerisco la tensione. «No, grazie. Resto qui a prendere ancora un po' d'aria.»

Per non prendere te a calci nel culo da qui al salone principale.

«Va bene...» Inclina leggermente il capo, sospira e mi guarda. Socchiude appena gli occhi come se volesse analizzare cosa mi passa davvero per la mente. Forse, conoscendomi da così tanto tempo, è riuscito a decifrare l'enorme "vaffanculo" tra le righe delle mie parole falsamente cortesi. «Ciao, Fanny.»

Si volta e se ne va. Finalmente. Sia ringraziato il cielo e tutti i santi. Mi volto anche io e afferro la balaustra come se la volessi scardinare dalla cementificazione del terrazzo con la forza bruta delle mie braccia.

Chiudo gli occhi per un attimo. Il pensiero di rientrare mi annienta. Vorrei essere già a casa grazie a poteri telecinetici che purtroppo non possiedo. Senza voltarmi muovo qualche passo laterale e mi sposto in un angolino più appartato.

Non è possibile! È tornato! Percepisco la sua presenza alle mie spalle. Si schiarisce la gola. Tipico di lui quando vuole proseguire un discorso che ritiene non concluso. Ma adesso è davvero troppo! Sono stanca di trattenermi e di fare la brava ragazza, compita, educata e superiore a tutto, anche agli affronti e al dolore a cui mi sottopone imponendomi la sua presenza!

«Ma insomma, che cazzo vuoi ancora? Non ti è bastato, sei tornato a infierire? Ma vaffanculo Jason, vai a farti fot...»

«Buonasera anche a te, signorina "le donne amano gli stronzi".»

E questo da dove diavolo spunta? E cosa ha appena detto? Capelli scuri, barba incolta. Occhi chiari. Abbigliamento un po' sgualcito, con la giacca aperta e la cravatta allentata. Sembra capitato qui per sbaglio. Oddio...

«Sì, sono davvero io. Non sono la risposta immaginaria ai tuoi desideri più sfrenati.»

Si passa una mano tra i capelli e mi affianca, appoggiandosi alla balaustra.

«Non ho nessun desiderio sfrenato in questo momento.»

Lo riconosco! Quello sguardo ironico, il modo di increspare le labbra e arricciare leggermente il naso. Il tipo della caffetteria che ho incrociato la settimana scorsa! Perché il mondo a volte deve essere così assurdamente piccolo?

«Dall'accoglienza non sembrava.» Si piega con le braccia verso il parapetto, come se volesse mettersi a fare le flessioni. Poi si stacca e si volta verso di me. «E anche con il tuo amico di prima... sembrava volessi cavargli gli occhi. Con grande grazia e grande stile, non lo nego...»

«Non ti hanno insegnato che è maleducazione stare ad ascoltare una conversazione privata?»

Incrocio le braccia, seccata. Mi devo spostare da qui. Devo andarmene. Lancio un'occhiata oltre il parapetto. Magari un bel salto nel vuoto.

«L'altra volta parlavi con il caffè. Questa volta con uno che sembra aver infilato un manico di scopa su per il culo. Avevi più feeling con il caffè, a mio parere.»

Si gratta il mento e poi mi rivolge un sorriso sarcastico. Sfrontato. Stringe leggermente gli occhi e riesco a individuarne il colore. Sono verdi.

Cerco di trattenermi. Ci metto davvero tutto il mio impegno. Un manico di scopa infilato su per il culo. Nessun'altra definizione potrebbe essere più calzante a descrivere l'aspetto attuale di Jason.

Non mi trattengo, infatti. Inizio a ridere. A ridere forte, quasi colta da un attacco isterico, irrefrenabile. Mi tappo la bocca con la mano nel timore di esagerare. Ma il ragazzo invece di placarmi mi imita, senza ritegno.

«A proposito... io sono Jake...» Si presenta tra una risata e l'altra.

«Mmh... Fanny...»

Tolgo la mano dalla bocca per stringere la sua, che mi porge dopo la simulazione di un inchino.

«Fanny da... Fanny, davvero?» Increspa leggermente le labbra.

«Da Frances.» In questo momento mi sento come quando la Baby di *Dirty Dancing* confessa il suo vero nome a quel gran figo del ballerino. «Ma tutti mi hanno sempre chiamata Fanny, in effetti. Tu invece? Proprio Jake?»

Lo dico solo per dire qualcosa. Per resistere alla tentazione di salire in piedi sulla balaustra e buttarmi in volo. Nel vuoto o su di lui. Però dubito che mi afferrerà come in *Dirty Dancing*.

Mi sento ubriaca. Eppure, ho bevuto solo un bicchiere di champagne. Sarà un effetto collaterale del contrasto tra stato depressivo funereo seguito da euforia incontrollata.

«Da Jacob. E tutti mi hanno sempre chiamato Jacob, in effetti. Ma se ci tieni a sopravvivere alla serata tu chiamami Jake, solo Jake. D'accordo?»

«D'accordo, solo Jake.»

CAPITOLO 9

Prima o poi dovrò decidermi a muovermi da qui. Cerco di dare un'occhiata verso l'interno, nella vana speranza di intercettare Rebecca.

«Quindi, il tizio di prima...» Jake si volta per seguire la direzione del mio sguardo.

«Ex...» sbuffo e mi stringo nelle spalle. «Storia finita male. Non credo che ce ne siano finite bene...»

«Confermo. Mi trovo in una situazione abbastanza simile.»

«Anche tu?» Mi guardo intorno come se la presunta ex potesse spuntare da un momento all'altro. «Lei è qui?»

«No, è rimasta a San Francisco. Abbastanza lontana, insomma.»

Il suo sguardo finora allegro e scanzonato si incupisce. Sospira e abbassa il viso, sembra improvvisamente perso in altri pensieri.

«Mi dispiace.»

Chiederei dettagli vari, tra cui quanto sono stati insieme, da quanto tempo si sono lasciati... Cose così, tanto per dire qualcosa e mostrarmi partecipe. Ma non mi sembra il caso. Forse nemmeno mi importa. Senza forse. Non mi sento in vena di ex, né mio né altrui.

«Vuoi restare qui ancora per molto?»

Torna a fissarmi e in un attimo i suoi occhi sono esattamente come prima. Allegri, quasi divertiti. Ora tendenti al verde intenso.

«In realtà no.»

Voglio andare a casa. Più che mai. Ma non voglio mostrarmi come una ragazzina isterica e impaziente.

«Vuoi rientrare? Bere qualcosa?»

Mi guarda con la classica espressione di chi sta tentando di estorcere le parole di bocca a una persona.

Non ha tutti i torti. In un modo o in un altro devo decidermi a spostarmi. Non posso diventare parte del terrazzo.

«Ma sì, rientriamo.»

Tanto ormai ho preso molto più di una boccata d'aria. Peccato però che incamminandomi accanto a Jake verso la portafinestra venga avvolta dalla dolce e insinuante melodia di una vecchia canzone d'amore. Non la riconosco all'istante. Ma quel che vedo è anche peggio. Alcune coppie al centro della sala si sono messe a ballare. Lentamente, restando soltanto in piedi per la verità. Aggrappati l'uno all'altra. E tra le coppie ci sono anche loro.

Dannazione! Non avevo avuto l'impressione che fosse la tipica festa in cui ci si potesse lanciare in questo tipo di balli lenti. Nessun tipo di ballo, in realtà. Ma del resto che ne posso sapere io. Il mio nuovo ingresso in società, in questo tipo di società soprattutto, è avvenuto soltanto questa sera.

Mi accorgo che in un angolo della sala è posizionata una cantante dai lunghi capelli biondi vestita come una figlia dei fiori, in netto contrasto con gran parte delle donne presenti, accompagnata da un tastierista e un chitarrista. Abbiamo anche la musica dal vivo.

Qualche istante dopo la nostra entrata inizia a cantare *Because you loved me*. Céline Dion. Davvero? No, questo non lo posso proprio accettare. Niente contro Céline. E niente nemmeno contro la figlia dei fiori, anzi è piuttosto brava.

«Vuoi ballare?» Jake mi afferra per un gomito stringendolo delicatamente. Intanto cerca di ricomporsi, allacciandosi la giacca.

Voglio ballare? No, non voglio. Voglio solo sprofondare nel mio abisso di disperazione. Lo sguardo mi cade nuovamente su Jake e Amy... i loro volti così vicini, le sue braccia intorno alla vita di lei...

«Lascia che te lo dica, Frances. Non è bello che resti qui impalata a fissare quei due con l'aria di una...»

Pronunciando il mio nome "reale", Jake riesce ad attrarre la mia attenzione. Lo vedo aggrottare la fronte nel tentativo di trovare un paragone adeguato alla mia condizione attuale.

«Una povera disperata, tradita, mollata e con il cuore a pezzi.» Concludo io la frase che Jake ha lasciato in sospeso. «Hai ragione... non dovrei dargliela vinta. Di nuovo.»

«Non si tratta di dargliela vinta. Con i sentimenti non c'è mai chi vince o chi perde.» Ha ancora la mano stretta intorno al mio gomito, risale verso la spalla. «Chissà, magari arriverà il giorno in cui capirà di aver perso lui. O magari no... e dovrai accettarlo, fartene una ragione e andare avanti.»

«Jake... io non so come sia andata a te, ma...» Sospiro e appoggio la mano sulla sua che tiene ancora posata sulla mia spalla. «Cosa si fa, nel frattempo? Perché... insomma ormai sono sei mesi e io...»

Perché mi sto confidando con un totale estraneo? Forse perché non ho altro. Mi sento sola e abbandonata in mezzo a tutta questa gente. Eppure... due delle persone che conosco meglio nella mia vita sono presenti. Però Rebecca si è appartata chissà dove con Clint e... Jason si trova a pochi passi da me, ma così lontano ormai. Un totale estraneo, ancora più di Jake e di tutti gli altri messi insieme.

«Si passa il tempo, Frances. Perché scorre comunque, a prescindere da noi.»

Perché continua a chiamarmi Frances? Sembra quasi che lo faccia apposta, per puntiglio.

«Allora balliamo, Jacob?» Accenno un sorrisetto quasi perfido. «Mi piace questa canzone.»

«Va bene, ma ballerai con Jake. Con Jacob rischi di ritrovarti alle prese con un altro tizio con un manico di scopa infilato...»

Si interrompe e mi afferra per la vita attirandomi a sé con un braccio, stringendomi più forte del dovuto. Più forte di quanto mi sembra stiano facendo le altre coppie "ufficiali", compresa quella formata dal mio ex ragazzo e la sua attuale fidanzata.

«...su per il culo, capito!»

Rido agganciando le mie braccia intorno al suo collo, tanto da accarezzargli la nuca. Ci ritroviamo avvinghiati e lui mi stringe ancora di più in modo che i nostri corpi aderiscano.

Che diavolo sto facendo? Non è da me mettermi in mostra in un modo così... indecente! Tantomeno in pubblico. Una parte della mia mente mi fornisce immediata la risposta. Sto cercando di vendicarmi di Jason. È tutta una ripicca nei suoi confronti. Indipendentemente dal fatto che funzioni o meno. Sono una stupida! Una povera cretina!

Mi soffermo involontariamente sulle ultime parole della canzone. Lui mi ha amata? Mi ha amata davvero? I fatti hanno dimostrato il contrario.

«Jake...»

Mi stacco mentre la canzone termina e percepisco le note che anticipano la successiva.

«Vuoi andare via?»

Sento il suo respiro sulla fronte, siamo ancora vicini, stretti una all'altro. Il suo tono ha assunto un'inflessione compassionevole, insieme ai suoi occhi che mostrano ora un vivo dispiacere nei miei confronti.

«Non sono mai stata brava a fingere, Jake.» Chiudo gli occhi per un attimo, prima di tornare a guardarlo. «Ora io... chiamerò un taxi e mi farò portare a casa. Grazie per aver tentato di aiutarmi.»

Non attendo la sua risposta. Mi sgancio completamente dal suo abbraccio e mi avvio decisa verso il guardaroba, fissando il pavimento per non guardare in faccia nessuno. Sono tentata di lanciare una rapida occhiata a Jason ma forzo me stessa per resistere. Mi avvicino al guardaroba, pronta a chiedere alla ragazza all'ingresso la mia giacca e la mia borsetta.

«Non devi per forza fingere.»

Alle mie spalle, ancora lui. Perché insiste così? Ci sono altre ragazze qui intorno, sicuramente più allegre e disponibili di me. Più belle, più simpatiche, più rilassate. Più tutto.

«Hai fatto un voto, Jake?» Mi giro di scatto verso di lui, con in mano la giacca e la borsetta appena recuperate. «Aiutiamo un povero caso umano a settimana, per redimermi di tutti i miei peccati compiuti nel corso degli altri giorni...»

«Così ti consideri, Frances? Come un caso umano?» Mi aiuta a infilarmi la giacca e io lo lascio fare. «Perché ti assicuro che quando ti rilassi e non hai questa concezione assurda di te stessa, con l'aria avvilita da povera martire, sai essere piuttosto bella e provocante.»

Ecco, sono pronta. Giacca infilata e con la borsetta minuscola in mano. Contiene solo qualche spicciolo, il rossetto, il rimmel, le chiavi... Oh no, ho lasciato a casa il cellulare! Magari uscendo troverò un taxi già disponibile per me. Respiro profondamente e punto gli occhi addosso a Jake. Non rispondo alla sua domanda a proposito della considerazione che ho di me stessa.

«È stato un bene che tu non abbia più voluto ballare...» Continua lui a parlare, non capisco dove voglia arrivare. Quest'uomo mi sorprende più di quanto sia disposta ad ammettere. «Quando ci siamo staccati ho guardato casualmente in direzione del tuo ex, sembrava pronto per venire a prendermi a pugni.»

«Non raccontare balle, Jacob!» Lo colpisco io, con un pugno leggero sulla spalla. Inevitabilmente però mi strappa un sorriso. Apprezzo l'impegno. «Non mi freghi.»

«Ti garantisco che è vero! Se mi lasci qui da solo rischio di fare una brutta fine...» arriccia il naso in una smorfia da cucciolo indifeso. «Mi avrai sulla coscienza.»

«Tu, da solo? Ma figuriamoci!» sospiro e scuoto la testa. «Appena io varcherò la porta di uscita tu ne avrai già beccata un'altra con cui trascorrere il resto della serata!»

Jake non mi risponde. Evidentemente ho ragione e lui lo sa. E sa anche che io lo so, che ho capito com'è fatto. Ho delineato il tipo ed è probabile che le mie parole, così schiette, lo abbiano spiazzato.

Esco e mi guardo intorno. Mi incammino verso il vialetto che porta al cancello. Ci sono delle macchine parcheggiate. Non vedo nemmeno un taxi. Devo per forza rientrare e chiedere a qualcuno di chiamarlo per me. Ma perché diavolo ho lasciato a casa il cellulare? Perché occupava troppo spazio nella borsetta. Tutto quanto lo spazio. Maledetta borsetta!

Non importa. Inizio a camminare. Non voglio rientrare, a costo di camminare fino al mezzo pubblico più vicino. Magari, con un minimo di fortuna, incrocerò un taxi nel frattempo. Voglio andare via. Solo andare via. Domani penserò a cosa fare della mia vita. Domani. Ma non oggi.

CAPITOLO 10

«Non è che in realtà sei un angelo custode e ti posso vedere soltanto io?»

Non sto scherzando. Mi sta sorgendo il dubbio.

Mentre io mi dirigevo verso l'uscita Jake ha chiamato il taxi dal suo cellulare. Poi è salito insieme a me, ci siamo fatti lasciare in centro a Manhattan e ora passeggiamo per Times Square. Non abbiamo una meta precisa e ci incamminiamo verso Madison Avenue. Io più che camminare barcollo.

«Mmh... non mi avevano mai definito così!» sogghigna, poi si fa serio e mi guarda fissandomi il viso, costringendomi a fermarmi. Quando riprendiamo a camminare mi sorregge, lasciando che mi appoggi a lui. «Mi piace! Hai cambiato idea rispetto a prima?»

Preferisco non interrogarmi sul mio aspetto in questo momento. Mi sento completamente disfatta. Non reggo a lungo in questo tipo di abbigliamento.

«Che cosa ci facevi a quella festa, Jake? Non sembra affatto il tuo ambiente... Ed è strano esserci già incontrati sotto casa mia.»

«La vita è fatta di infinite coincidenze. E poi non l'hai appena detto anche tu? Sono il tuo angelo custode.» Mi indica un fast food aperto ventiquattro ore. «Affamato in questo momento.»

«Mmh...»

Anche io ho fame. E non ho voglia di tornare a casa nonostante i tacchi mi stiano distruggendo i piedi. Non ancora.

Lo seguo senza discutere. Mi porto la mano alla gola e sfioro la mia collana. La serata non mi è proprio servita a nulla. Nessuno si è accorto di me. Ovvio, appena ho intercettato i due stronzi sono andata a rifugiarmi sul terrazzo per poi nascondermi in un angolino scarsamente illuminato.

«Secondo te...»

Seduta al tavolino di un fast food di fronte a Jake sorseggio la mia bibita. No, non posso chiederglielo. Ma in realtà voglio. Non ho dimenticato quello che mi ha detto prima, anche se forse stava scherzando o voleva soltanto sollevarmi il morale.

«Secondo me...?»

Mi incoraggia a proseguire prima di addentare il suo panino.

«No, niente, cioè...» Poso il mio bicchiere sul tavolo e afferro il panino con doppio strato di formaggio. «Quella cosa che hai detto su Jason... il mio ex...»

«Che mi voleva prendere a pugni?»

Sul volto di Jake si dipinge un sorriso a labbra chiuse. Vuole indurmi a proseguire, vuole mettermi in imbarazzo.

«Lo hai detto tu, non io.»

Io invece forse voglio solo ricevere delle conferme, ma è un'altra cosa.

«Lo so» annuisce tranquillo e inclina il viso, stringe gli occhi scrutandomi con quell'espressione un po' canzonatoria che sto imparando a identificare in lui pur conoscendolo solo da pochi giorni. Poche ore, anzi.

«Quindi, può aver pensato...»

«Avrà notato che siamo andati via dopo che abbiamo ballato. E se non ci ha proprio visti uscire insieme, guardandosi intorno avrà capito che non ci sei più tu, non ci sono più io...» Jake solleva le spalle e riagguanta il panino per portarselo alla bocca e dargli un gran morso. «Due più due...»

«Fa quattro...» bisbiglio io appoggiandomi con la schiena alla sedia.

Provo vergogna. Però mista a una punta di soddisfazione, lo ammetto. Per nascondere entrambe sollevo il bicchiere e sorseggio la mia bibita.

«Esatto. Probabile che in questo momento si stia visualizzando la scena di noi due che ci rotoliamo avvinghiati in un letto.»

Tossisco per impedire che la coca cola mi vada di traverso.

«Ma no, Jason non lo penserebbe mai…»

«Il tuo caro Jason è un uomo. Ti assicuro che lo pensa. Oltretutto è il tuo ex. Quindi, Frances, lo pensa all'ennesima potenza, stanne certa!»

Forse ha ragione. Ma la verità è che, indipendentemente dal fatto che Jason lo pensi oppure no, Jake sta inducendo me a pensarci! Sono io adesso a visualizzare la scena. Meglio, molto meglio, andare di corsa a casa. Prima che oltre a visualizzare mi prenda la voglia di mettere in pratica.

Muovo la sedia all'indietro provocando uno stridio quasi infernale. Tutti coloro che ci stanno intorno, seduti ai tavoli vicini, mi lanciano occhiate cariche di disprezzo allo stato puro. Per quanto abbia scherzato con Rebecca e Scarlett sull'idea di un altro uomo. Per quanto Jake sia sensuale, divertente e davvero sexy con quell'aria un po' trasandata, inquieta e tenera allo stesso tempo, con quegli occhi verdi e quel sorriso disarmante… No, io non sono così. Io non posso. Io non ci riesco. Non con un estraneo o quasi.

«Sono davvero stanca, Jake. Vorrei andare a casa.»

E ho perso anche il conto dell'ora. Guardo fuori dalla porta del fast food cercando di indovinare quanta parte di notte sia già trascorsa.

«Ti accompagno.»

Jake si alza e raccoglie i nostri scarti per gettare tutto nei rifiuti.

«Non è il caso.» Mi alzo anche io e mi passo le dita sotto gli occhi. «Non abito poi così lontano e non ho paura.»

«Mi è indifferente. Io non lascio una ragazza da sola in piena notte.»

Sorride e si avvia verso l'uscita del locale con le mani in tasca.

Camminiamo in silenzio, lentamente, verso casa mia. Dopo aver mangiato ed essermi seduta un po' mi sento meglio. Lui mi segue. Forse non si era reso conto che abito proprio di fronte alla caffetteria dove ci siamo incontrati la prima volta.

Arriviamo davanti al mio portoncino. Il cielo intanto si sta rischiarando. Fra poco sarà l'alba.

«Grazie, Jake.»

Gli sorrido e gli accarezzo il braccio, però stacco subito la mano dalla sua giacca.

«Figurati...»

Si stringe nelle spalle. Per la prima volta sembra sentirsi quasi in imbarazzo.

Credo sia giunto il momento, inevitabile, dei saluti. Però... una parte di me è tentata di chiedergli di salire. Ma cosa potrei dire o fare poi? Chiedergli di salire implicherebbe... Insomma, ci conosciamo appena. Non siamo amici. Solo conoscenti occasionali. Mi ha solamente aiutata in una situazione complicata.

«Posso avere il tuo numero?» Mi precede, prima che io possa pronunciare qualche parola di commiato.

«Jake, io...»

«Scusa, come non detto.» Abbassa la testa e si stringe nelle spalle, poi alza gli occhi verdi su di me. «Buona fortuna, Frances. Fanny...»

«Mmh... io... Sono ancora un po'...» Sono una cretina. Me ne rendo perfettamente conto. Devo fare qualcosa. Ma cosa? «Se vuoi... puoi lasciarmi il tuo...»

«Va bene.»

Sorrido e cerco nella borsetta. Non ho il mio cellulare dove registrare il numero. Non ho nemmeno un pezzettino di carta e una penna. Sto complicando tutto. Mi aspetto che Jake mi volti le spalle mandandomi al diavolo come meriterei. Invece si tasta il petto, le tasche della giacca e della camicia. Corruccia la fronte e scuote la testa. Nessuno più gira con un'agendina e una penna ormai! Io di solito sì, ma non in quella borsetta minuscola dove ci sta appena un fazzolettino, due cosmetici e le chiavi di casa.

«Hai una buona memoria, Fanny?» sorride mentre io estraggo dalla borsetta la matita nera per gli occhi. «Oh, perfetto!»

Mi prende la matita dalla mano. E anche la mano. Mi attira a sé e inizia a scrivere, un numero dopo l'altro. Dal mio palmo verso l'avambraccio. Ridacchio provando un leggero solletico. Io sono una pazza. Ma anche lui non scherza.

«Ti chiamerò, Jake.»

Lo dico con una vocina flebile, forse troppo mielosa. E non lo dico tanto per dire. Vorrei davvero rivederlo. Lo penso in questo momento. Magari fra cinque minuti cambierò idea, però…

«Ci conto, davvero» annuisce e rigirandomi la mano, mi bacia il dorso.

Le sue labbra sulla pelle mi provocano un brivido improvviso e imprevisto. Oltre a dargli il mio numero adesso gli chiederei pure di salire e di… Ma lui indietreggia, sorride, si volta e se ne va.

Lo guardo allontanarsi, fisso la sua schiena per un istante. Anche il suo fondoschiena, a essere sincera, mordendomi le labbra. Poi non mi resta altro da fare che aprire il portoncino in legno e salire le scale che conducono al mio appartamento.

CAPITOLO 11

Apro la porta con l'intenzione di precipitarmi immediatamente in camera mia, alla ricerca di un foglietto e di una penna per segnarmi il numero di Jake. Prima che si cancelli. Tengo la mano aperta e staccata dal corpo. Ho memorizzato il numero appena oltrepassato il portoncino ma meglio non rischiare. Non mi sento molto lucida.

Questa strana frenesia ha un significato ben preciso, conoscendomi. Jake mi piace. Nonostante lo abbia appena incontrato. Mi piace abbastanza da pensare di rivederlo. Mi piace fin troppo. Forse anche perché mi è venuto in soccorso in una situazione difficile e imbarazzante. In ogni caso mi conviene vivere il momento, cogliere l'attimo senza interrogarmi troppo. Visualizzo di nuovo la scena che lui mi ha descritto e mi sento avvampare. Accidenti!

Appena varcata la soglia, invece, vengo accolta dagli sguardi accigliati di Rebecca e Scarlett, sedute sugli sgabelli della nostra cucina a vista che devo per forza oltrepassare per raggiungere la mia stanza. Sembrano due mamme in agguato pronte a rimproverare la scapestrata figlia adolescente non rientrata all'orario prefissato.

«Si può sapere dove sei finita?» Rebecca mi punta addosso il dito smaltato di rosso. «E si può sapere perché non ti sei portata il cellulare?»

«L'ho dimenticato... Insomma, non mi ci stava in questo buco di borsetta, quindi...»

Non oso confessare la mia urgenza di dover correre in camera a segnarmi il numero di telefono che un ragazzo mi ha scritto sul braccio perché io ho voluto fare la preziosa rifiutando di dare il mio.

«Quindi ha continuato a squillare ininterrottamente nella tua stanza. Prima Becky, poi anche…» Scarlett alza gli occhi al cielo. «Ovviamente a lui non ho risposto. Ho dovuto spegnerlo per farlo smettere.»

«E si può sapere con chi sei andata via?» Rebecca ha dismesso i panni da "ragazza d'oro" per indossare un'enorme maglietta rosa delle principesse Disney. «Mi sono appartata un attimo con Clint e tu…» schiocca le dita come io non sarò mai in grado di fare. «Puff! Sparita!»

«Io mi sono messa a parlare… con… insomma, prima con… poi con uno…» Mi chiedo quando finirà il terzo grado. Prima mi spingono a uscire, a darmi da fare, e poi…

«Quando sono tornata Jason stava girando a cercarti per tutta la villa.» Rebecca incrocia le braccia e sospira profondamente, spazientita. «Mi ha detto che sei andata via ubriaca con un tipo poco raccomandabile e potevi essere nei guai.»

Respira, Fanny. Respira.

«Allora…» Continua a respirare, Fanny. Calma… pazienza. Calma e pazienza un cazzo! «Tu te ne sei andata chissà dove con il tuo amante… E va bene, anzi te l'ho detto io di… insomma di fare con comodo, di non preoccuparti, tanto… tanto me la sarei cavata! E nel frattempo lui, quel… quella testa di cazzo, quello stronzo… con un manico di scopa infilato su per il culo… viene da me con la sua aria patetica e… "Mi dispiace Fanny, sai mi manchi… Cerca di capire…" Ma sapete una cosa? Io non voglio capire! Io mi sono stancata di capire!»

«Fan…» Scarlett, mossa a compassione, si avvicina e mi accarezza i capelli. Un gesto tenero inaspettato da parte sua.

Anche Rebecca si avvicina. Ha gli occhi lucidi, si sente in colpa ora. Ma non era questa la mia intenzione.

«Non è questo il punto, ragazze.» Ora mi sto intristendo pure io. E pensare che poco prima stavo quasi bene. «Sono andata via perché… non sopportavo di vedere Jason, è vero. E tutto l'insieme non faceva proprio per me, però… Non sono andata via con un tipo poco raccomandabile e non ero nei guai, ecco. Quello che mi fa infuriare, davvero, è che Jason si intrometta nella mia vita e...»

E forse Jake non aveva tutti i torti. Per reagire così Jason deve aver pensato che tra me e lui... Ammetto che non mi dispiace affatto come idea. Ridacchio internamente, soddisfatta di me stessa. Esternamente invece cerco di trattenermi e mantenere un'espressione triste e cupa, non vorrei cantare troppo presto vittoria di fronte alle mie amiche per poi essere smentita.

«L'importante è che tu stia bene, Fanny. Di quel cazzone non ce ne importa proprio niente.» Rebecca sorride e mi accarezza dolcemente la guancia. «Peggio per lui se si preoccupa!»

«Sto bene, davvero.» E non mi va di raccontare cosa è successo con Jake durante le ore che ho trascorso insieme a lui. Nemmeno a loro. Che poi non è successo proprio niente. Abbiamo passeggiato, parlato e mangiato un panino. Però non vedo l'ora di ritirarmi nella mia camera per segnarmi il suo numero di telefono. «Ho solo bisogno di riposare un po', qualche ora di sonno e tornerò come nuova...»

Sonno. La parola magica. Entrambe annuiscono comprensive e così io ricevo il tacito permesso di ritirarmi nella mia stanza.

Entro in camera quasi correndo. Penna, foglio e numero di Jake sano e salvo e trasferito dal mio braccio a un pezzo di carta. Ecco, sto molto meglio ora. Posso dormire. Poi quando mi sveglierò penserò a cosa fare. Tutto sommato, domani è un altro giorno. No, anzi... tra qualche ora in realtà. Ma va bene comunque. Il tempo passa e la vita continua.

CAPITOLO 12

Domenica mattina. Primo pomeriggio, anzi. Mi sento riposata e serena. Nonostante tutto. Mi trascino verso la cucina alla ricerca del mio amico di sempre. Il mio caffè.

In casa regna un silenzio inconsueto. Non c'è ombra di Rebecca e di Scarlett, almeno tra la cucina e il soggiorno. Preparo il caffè e mi sistemo placidamente sul divano. Accendo la tv e continuo a cambiare canale meccanicamente soffermandomi solo un paio di secondi su ognuno.

Silenzio anche dalle loro stanze. O stanno dormendo ancora o sono uscite. Entrambe? No, strano. Staranno dormendo, almeno una delle due. Probabilmente Rebecca.

Socchiudo gli occhi e focalizzo l'attenzione sulla tv, anche se non trasmettono nulla che mi interessi. Accendo il cellulare. Provo quasi timore mentre vedo le luci e sento la musichetta che mi segnala che il telefono sta per accendersi e presto sarà pronto per l'uso.

Chiudo gli occhi, completamente. Uno, due, tre, forse più… I suoni si confondono. Segnali di messaggi. Un altro suono per un messaggio vocale in segreteria… anzi, due.

Rebecca… che vuole sapere dove mi trovo. E poi lui. Il suo nome appare sul display e la tentazione è irresistibile. So che dovrei essere irremovibile. Agire come le ragazze forti che si vedono nei film. Quelle che ignorano gli ex stronzi che tornano alla ribalta probabilmente solo per marcare il proprio territorio per poi comportarsi in modo ancora più stronzo.

Ma io non sono così. Io sono fragile, sentimentale e ancora molto vulnerabile. Io sono una rammollita. Sono come gelatina. Non sono la stronza per cui tutti gli uomini perdono la testa.

"Sono preoccupato, Fanny. Per favore non fare sciocchezze."

E uno. La mia sciocchezza più grande evidentemente è stata perdere il mio tempo con te. Idiota!

"Fanny, rispondi al telefono. Quel tipo non mi piace affatto e tu non sei in te!"

E due. Mai stata più in me di così negli ultimi sei mesi. Cazzone!

"Sono serio!!! Temo che ti faccia del male, che si approfitti di te!!!! Rispondi o richiamami. Per favore!!!!!"

E tre. Ma gli danno in omaggio un'altra Amy Lloyd tascabile se abbonda con i punti esclamativi nei messaggi? Non lo aveva mai fatto prima. Non li aveva mai usati così a sproposito.

Evito di ascoltare i messaggi vocali. O sono suoi o di Rebecca. Non voglio correre il rischio, tanto Rebecca ormai sa che sono sana e salva a casa. E la sua voce, con tonalità che variano tra il cupo, il dispiaciuto, il colpevole e il preoccupato non la voglio sentire neanche per mezzo secondo.

Non mi interessa. Mi interessa solo sapere chi non può essere. Non può essere Jake perché non ha il mio numero. Chiunque altro, richiamerà.

«Ti sei svegliata, finalmente!»

Rebecca rientra in casa, con le mani cariche di sacchetti. Certo, come se lei fosse la regina delle mattiniere.

Dietro di lei entra Scarlett. Altri sacchetti. E non sono sacchetti di shopping vario ed eventuale. È spesa vera e propria.

«Non guardarci così! Abbiamo intenzione di cucinare, una volta tanto.» Scarlett appoggia tutto sul ripiano e poi si volta a guardarmi accigliata. «Cosa fai con quel telefono in mano?»

«Niente.» Mi stringo nelle spalle con una smorfia e appoggio cautamente il cellulare sul divano. «Ho solo controllato i messaggi.»

Silenzio. Le mie amiche si guardano tra loro, poi mi rivolgono un'occhiata ancora più truce.

«E va bene, ho letto anche i suoi! Ma non ho ascoltato i messaggi vocali. E assolutamente non gli ho risposto!» So che comunque Scarlett non ha letto i messaggi da parte di Jason sul mio telefono. Erano ancora chiusi. «Ho salvato il numero del ragazzo che ho incontrato ieri sera...»

In realtà l'ho solo salvato su un foglietto di carta, prima di dormire. Ma non scendiamo nei dettagli. Lo dico per deviare l'argomento di conversazione. Non voglio parlare di Jason. Non voglio raccontare quello che mi ha scritto e dover giustificare i miei sentimenti in proposito.

«Ah, sì... come si chiama? Com'è?» Forse funziona. Rebecca si dimostra interessata. Si appoggia con la schiena al bancone e mi osserva attenta.

«Jake. Carino, simpatico...» E vorrei rivederlo, sì. Lo dico tra me. Vorrei provare, almeno. Ma aspettare un po', prima di dare alla sensazione nei suoi confronti una definizione. «Cosa avete comprato? Vi aiuto a cucinare?»

Non ne ho nessuna voglia. Anzi, tornerei volentieri a dormire.

«Non se ne parla!» Scarlett scuote la testa, perentoria. Poi si sistema meglio i capelli in un elastico che tiene intorno al polso. «Per oggi ce ne occupiamo noi. Tu stai tranquilla. Rilassati... chiama questo Jake, fai quello che ti va, insomma.»

«Mmh...»

Non è trascorso neanche un giorno. Troppo presto per chiamarlo.

In fondo sono stata una stupida a non dargli il mio numero e a chiedere il suo. Lascia a me la totale responsabilità di fare il primo passo. E si suppone che non debba avvenire già il giorno successivo. Anzi, solo alcune ore dopo. O no?

«Ti piace?» Rebecca mi si avvicina con uno sguardo assorto, come se intendesse scrutare nei meandri del mio cuore e della mia mente.

«Ma non lo so... l'ho appena conosciuto...» Risposta retorica da brava ragazza un po' frustrata.

«Te lo faresti?» Ecco, Rebecca O'Hara, al contrario di me, non conosce mezzi termini. «Se è così chiamalo subito! Aspettare è solo un'inutile perdita di tempo.»

«Ma... Becky!» Mi sento avvampare e mi mordo le labbra. Repentina mi rimbalza nella mente la scena di me e Jake avvinghiati in un letto.

«Io lo interpreto come un sì.» Scarlett stringe gli occhi scuri e anche lei mi rivolge uno sguardo attento, da psichiatra pronta a psicanalizzare la povera paziente sedotta e abbandonata.

Ma non dovevano dedicarsi alla cucina da brave massaie queste due? E io non dovevo stare tranquilla e rilassarmi?

Invece si sono associate contro di me. Scarlett Jones e Rebecca O'Hara. Unendo il nome di una e il cognome dell'altra si ottiene come risultato la protagonista di *Via col vento*. Io e Reese le abbiamo sempre prese in giro in proposito.

Scarlett O'Hara. Il suo modo di sfruttare gli uomini a proprio uso e consumo, approfittarsene per le sue necessità, amarli ma mai più di se stessa. Una donna forte, indomita, inarrestabile. Una donna che lotta per sopravvivere. Forse dovrei imparare. Provare a imitarla un po'.

«E va bene, mi piace» annuisco convinta e assumo un tono di voce deciso, fermo, determinato. Che non ammette repliche. «Lo chiamerò. Lo vedrò... E me lo farò!»

CAPITOLO 13

Sono stata quasi forzata a ritirarmi in camera mia. Rebecca e Scarlett hanno insistito perché lasciassi a loro l'incombenza di cucinare. Pasticcio di carne e patate, involtini farciti e torta di pesche. Mi chiedo se la nostra povera cucina reggerà. Non che io sia molto meglio di loro ai fornelli, anzi. Però mi hanno detto che Rusty sta arrivando per dare una mano. Forse c'è ancora speranza.

Comunque, credo che abbiano combinato tutto di comune accordo per tirarmi su il morale. Apprezzo lo sforzo. Intanto, seduta al mio tavolo da lavoro, continuo a prendere in mano il telefono per poi riporlo. No, è decisamente troppo presto!

Mi metto a lavorare tranquilla, vediamo se riesco a estrapolare nuove idee. Sento più movimento proveniente dalla cucina, credo sia arrivato Rusty. Fra poco li raggiungerò, anche solo per resistere alla tentazione di inviare a Jake un messaggio. O di rispondere a Jason. Mentirei se dicessi che la sua preoccupazione nei miei confronti mi è indifferente. Sono arrabbiata con lui, talmente tanto da non poter evitare di insultarlo. Però... Però resta ancora l'unico uomo che io abbia mai amato in quasi ventisette anni di vita. Mi ha fatto male, mi fa ancora male. Ma come faccio a cancellare tutto?

Abbandono il telefono in camera, insieme ai miei pensieri, e torno nuovamente in cucina. Prima di fare qualcosa di cui mi pentirei.

Avevo ragione. È arrivato Rusty a dirigere i lavori culinari. Se mi si chiedesse di descrivere la perfezione maschile, indicherei senza alcun dubbio il nostro Rusty Foreman. Sa anche cucinare divinamente. Intanto ci spostiamo verso il tavolo del soggiorno, accanto alla finestra che dà sulla strada principale.

66

Cerco di perdermi un po' nei loro discorsi mentre aiuto ad apparecchiare, le ragazze servono a tavola e iniziamo a mangiare. L'intervento provvidenziale di Rusty ha reso tutto davvero delizioso. Ho bisogno di distrarmi. Ho bisogno che il tempo passi per riuscire a dare una giusta dimensione ai problemi, alle situazioni che si sono create dentro e fuori di me.

«Allora, lo hai chiamato?» Rebecca punta gli occhi verdi da gattina su di me mentre addenta la sua fetta di torta di pesche.

Sospiro pesantemente. «Ritengo sia troppo presto...»

Dal lavoro di Scarlett siamo passati alla moda primavera estate attraversando l'idea di un viaggio di Rusty in Patagonia con l'intenzione di scrivere un romanzo in stile Bruce Chatwin... per poi ricadere sulla mia noiosissima e deprimente vita sentimentale. Che tristezza!

«Chiamato chi?» No, Rusty. Non ti ci mettere anche tu! Torna a pensare alla Patagonia e a Chatwin che sono senza dubbio più interessanti.

«Ma uno che ho incontrato ieri sera...» Minimizzo. So cosa stanno cercando di fare, li conosco. Mettermi alle strette prima che io faccia qualcosa di cui potrei pentirmi, come chiamare Jason al posto di Jake. Anche loro mi conoscono. «Comunque, quando intendi partire, Rusty? Mi sembra un itinerario interessante.»

Rusty gentilmente mi risponde senza infierire oltre. Il discorso così torna sulla Patagonia e sui programmi per l'estate.

Quando mi ritiro in camera con la scusa di lavorare un po' ormai sono già oltre. Oltre la tentazione di rispondere a Jason, soprattutto. E con la ferma intenzione di aspettare qualche giorno prima di mandare un messaggio a Jake. Che nel frattempo potrebbe anche dimenticare chi sono.

Mi immergo a capofitto nel mio lavoro. Mi sento ispirata anche se il mal di testa non mi abbandona. Seduta al mio tavolo, butto giù qualche schizzo. In realtà sono più che altro elaborazioni e sviluppi alternativi sul modello della collana che avevo prestato a Rebecca la settimana scorsa. Incomincio a esserne abbastanza soddisfatta.

Poi decido di lanciarmi in qualcosa di nuovo. Magari di audace, sfrontato. Penso alla sensazione che ho provato quando... sì, quando ballavo con Jake, quando mi stringeva tra le braccia, quando rideva e mi faceva ridere. Argento, oro... platino... un insieme di metalli fusi? No, è una follia. Penso a una gamma di pietre verdi, qualcosa di particolare, di inconsueto... Il colore degli occhi di Jake, quando brillavano così vicini a me, al mio viso... No, non un semplice smeraldo. Ho bisogno di altro.

L'idea è lì... la devo solo raggiungere e afferrare. Chiudo gli occhi e cerco di rilassarmi. Audace, sfrontato... ma dolce allo stesso tempo. Protettivo. Solare. Tenero. Invitante.

Sono costretta ad aprire gli occhi e a risvegliarmi dal mio stato di trance meditativa perché qualcuno sta bussando alla porta della mia stanza. È Rebecca. Mi vede seduta al mio tavolo con una marea di schizzi davanti e aggrotta la fronte dispiaciuta.

«Stai davvero lavorando, scusami non volevo disturbarti...»

«Non importa. Stavo solo raccogliendo qualche idea.»

«Volevo soltanto dirti che ho ritrovato il biglietto da visita del tizio interessato alla tua collana. Era rimasto incastrato nella taschina interna della mia borsetta di raso.» Sorride e si avvicina, appoggia il cartoncino sul mio tavolo. «Jacob Stephen Knight – Sorensen Creations.»

«Sorensen Creations?» Resto allibita, incredula. «Becky, la Sorensen Creations di Jennifer Sorensen... Quella donna è forse la più grande designer di gioielli al mondo! Sicuramente del paese...»

«Ah... mmh... Sì, la conosco, l'ho sentita nominare, però... ne so parecchio di stilisti e case di moda, abbastanza di gioiellieri, ma per quanto riguarda i disegnatori di gioielli non sono molto aggiornata, Fanny...» Rebecca si giustifica e assume un'aria un po' colpevole. «Mi dispiace, se solo avessi saputo che era così importante... Ma puoi comunque chiamarlo! Ero mezza ubriaca, d'accordo, ma quel tipo sembrava seriamente interessato alla collana. Forse ancora di più che a entrare nelle mie mutande. Gli piaceva l'intreccio, insomma tutto l'insieme. Penso abbia creduto che sia stata io ad averla disegnata, forse mi sono spiegata male...»

«Ho mandato il mio curriculum alla Sorensen, più di una volta, allegando alcuni dei miei disegni... non mi hanno mai risposto.» Mi stringo nelle spalle e scuoto la testa. «Forse non è il caso.»

«Ma prova a chiamare direttamente lui! E fagli capire chi sei, che la collana l'hai disegnata tu.» Rebecca si infervora, come sempre, contro la mia tendenza a scoraggiarmi prima di tentare per evitare un'ulteriore delusione. «Che hai da perdere? Magari poi vuole solo fare un regalo a sua madre, ma meglio di niente!»

«In effetti, hai ragione.» Lancio un'occhiata distratta al biglietto da visita e lo inserisco nell'agenda. «Ma sì, lo chiamerò! Appena finito questo nuovo progetto, tenterò la sorte!»

CAPITOLO 14

Chiamare o non chiamare? È domenica, magari mi conviene aspettare domani... Lo so, dovrei avere più coraggio. Più consapevolezza di me stessa e del mio talento. Sempre che ci sia. È il mio modo di pormi a danneggiarmi. Non sono abbastanza sicura e audace. Mi metto troppo in discussione. Rebecca e Scarlett me lo dicono sempre. E anche Reese.

Riapro la mia agenda e la sfoglio fino ad arrivare al punto in cui ho inserito il biglietto da visita di... rileggo il nome, che non ricordo avendo focalizzato tutta la mia attenzione sulla Sorensen Creations.

Jacob Stephen Knight. Molto formale come biglietto da visita. Con sotto lo stemma dorato contornato da una sottile linea nera della Sorensen. Una J inserita nella S, Jennifer Sorensen.

Sbuffo e poso il cartoncino sul tavolo, poi lo riprendo e ci gioco un po' facendolo roteare tra le dita. Mi sento assalire da un inconsueto stato di ansia mista a frustrazione. Cosa devo fare? Presentarmi a questo sconosciuto al telefono:

"Ciao, scusa il disturbo. Sono quella che ha disegnato la collana che indossava la rossa che ti sei fatto la settimana scorsa... mentre eravate entrambi ubriachi. Ci sarebbe un posto per me alla Sorensen?"

Dannazione! Meglio dimenticare tutto e lasciar perdere. Torno al mio lavoro, ho deciso. Con calma, serietà e determinazione.

Però... però a volte un po' di audacia e di sfrontatezza ci vogliono! E anche una buona dose di incoscienza. Del resto, il numero lo ha lasciato lui... La fortuna aiuta gli audaci. Non si dice così?

Afferro il cellulare decisa. Forza Fanny! Ora o mai più! Inizio a digitare il numero. Una cifra, due cifre... poi la terza, la quarta... e poi...

E poi il numero di questo tizio della Sorensen inizia a diventarmi stranamente familiare. Quei due otto attaccati... poi il sette, lo zero...

Visualizzo il mio braccio. Il numero scritto con la matita nera per gli occhi. Dal palmo su fino al gomito. La sensazione di solletico. Le sue labbra sul dorso della mia mano. Poi io che cerco di decifrarlo per scriverlo velocemente sul foglietto, prima che si cancelli.

«Oh, mio dio!»

Senza rendermi conto ho lanciato un urlo. Cerco di trattenermi tappandomi la bocca con la mano, ma ormai è tardi.

Sento uno scalpiccio di passi, poi la mia porta si spalanca di colpo, senza bussare.

«Dov'è?» Rebecca entra con una scopa in mano. Seguita da Scarlett e Rusty.

La guardo sconvolta mentre lei passa in rassegna il soffitto e i muri della mia stanza.

«Dov'è...» ripeto meccanicamente, cercando di ripristinare il cervello alle sue normali funzioni.

«L'insetto schifoso, il ragno gigante... insomma, il mostro!» Rebecca sgrana gli occhi spazientita e anche gli altri due si guardano intorno. «Dall'urlo che hai lanciato!»

Io non ho mai lanciato urla esagerate per i ragni o gli insetti in generale. Rebecca mi confonde con un'altra. Con se stessa, forse.

Sollevo piano il biglietto da visita per mostrarlo a Rebecca, tenendolo agli angoli, tra due dita come se scottasse. Come se fosse proprio questo cartoncino l'insetto schifoso da debellare.

«Oh, cazzo! Vuoi dire che alla fine ti sei decisa a chiamarlo e ti ha presa!» L'espressione di Rebecca muta completamente, ora è entusiasta e si muove saltellante verso di me. «Dobbiamo festeggiare, allora!»

«Ehm, no…» Passo lo sguardo da Rebecca a Scarlett e infine a Rusty che se ne sta appoggiato alla parete, accanto alla porta. Sono tutti in attesa di una mia parola. No, niente insetto schifoso… e niente lavoro dei miei sogni… Indico con gli occhi il nome sul biglietto. «Lui… è Jake.»

Silenzio. Sicuramente Scarlett e Rusty ne sanno quanto prima. E anche Rebecca non sembra aver afferrato il concetto. Cerco affannosamente il foglietto di carta dove mi sono segnata il numero di Jake. Lo tengo tra le dita dell'altra mano, sventolandolo sotto gli occhi perplessi dei miei amici.

«Insomma, questo Jacob… è Jake! Il mio Jake!» Ora forse è più chiaro, credo. O forse no. Cioè "mio" per specificare che è quello che ho conosciuto io. Meglio spiegare. «Intendo quello che ho conosciuto io ieri sera… è lo stesso che tu ti sei… ehm… la settimana scorsa! E anche lui si chiama Jacob in realtà… ma con tutti i Jacob che esistono al mondo, proprio…»

«Quindi ciò significa che tendenzialmente questo Jake o Jacob se ne fa una a settimana e ha beccato proprio voi due?» Scarlett interrompe il mio sproloquio. «Devo stare attenta a dove andrò il prossimo week end, niente feste strane.»

«Okay…» Rebecca sta meditando sulla situazione preparandosi nel frattempo qualcosa da dire. «Quindi lo hai già incontrato e ti piace pure… meglio di così!»

«Ma… ma…» Come può fare tutto così semplice? Mi alzo dalla mia sedia e inizio a camminare avanti e indietro. Neanche la mia stanza fosse una suite imperiale. Mi fermo di fronte a lei. «Non capisci… Lui è… è venuto a letto con te! E io stavo per…»

«Per chiamarlo e tentare di instaurare una conoscenza che potrebbe portare a una relazione a tempo indeterminato, visto che il ragazzo ti piace?» Rebecca allarga le braccia lungo i fianchi e alza gli occhi al cielo. «E allora? Chiamalo! Parlagli! Unisci l'utile al dilettevole, Fan.»

«Ma tu…»

Sono ancora confusa. Jake, il "mio" Jake, è questo Jacob Stephen Knight che lavora per la Sorensen. Ed è stato con una delle mie migliori amiche. No, ancora non riesco ad assorbire la notizia. Mi fa l'effetto di un enorme pugno nello stomaco.

«A me non interessa, mi sembrava ovvio anche prima!» Rebecca alza il tono di voce.

«È un po' strana come cosa...» Scarlett stringe leggermente gli occhi piegando la testa e massaggiandosi la spalla. «Però non è nulla di così sconvolgente, non le stai rubando il fidanzato o il marito.»

Scuoto la testa e abbasso gli occhi. Mi sento... non lo so come mi sento. Come se il sogno, l'illusione che mi ero costruita su Jake fosse crollata completamente, sommergendomi.

«È stato con te...» bisbiglio appena e mi volto verso la finestra.

E io non voglio più uomini in condivisione. Sì, capisco che Jake possa avere avuto altre avventure o relazioni, anche nei giorni precedenti, magari oggi stesso. Ma con Rebecca...

«Mmh... Se vuoi ti presto Clint per una notte, così siamo pari!» Rebecca si avvicina e si mette di fronte a me, con le mani posate sui fianchi. «Fanny, ascoltami. Non mi importa di Jake o di Jacob o come si chiama... come non mi importa particolarmente di Clint. E tu lo sai. Eravamo a un party dopo una sfilata, eravamo ubriachi ed è successo. Poi mi chiedeva della collana... e io ho preso il suo biglietto da visita dicendo che lo avrei contattato. La mattina mi ha accompagnata a casa ed è finita lì! Alla festa ieri sera non l'ho nemmeno visto, altrimenti te lo avrei presentato io stessa. Ma a quanto pare...»

«Quando tu sei rientrata, sabato scorso... io stavo andando in caffetteria. E lì l'ho incontrato la prima volta. Per quello ieri sera, mentre stavo parlando con Jason sul terrazzo, si è avvicinato... e ci siamo riconosciuti. Così abbiamo iniziato a parlare...»

Ora è tutto chiaro. Fin troppo. Ma nella mia mente c'è il buio più totale.

«Non perdere un'occasione così a causa mia, Fanny.» Rebecca, al contrario di me, non ha dubbi in proposito. «E smettila di farne una tragedia! Non lo è affatto.»

«Sei sicura? Ecco, io… a me questa cosa che sia stato con te crea dei problemi…» Forse il mio problema fondamentale è che non sto parlando di Jacob, che lavora per la Sorensen e potrebbe concedermi un'opportunità sensazionale. Ma di Jake, il ragazzo simpatico e divertente che mi ha aiutata a superare una serata difficile. «Noi siamo amiche, Becky.»

«Ma figurati! Io e Reese al liceo ci siamo scambiate l'intera squadra di hockey!» Rebecca scoppia a ridere e mi accarezza i capelli. «No, okay… saranno stati giusto un paio… però il concetto non cambia. Può succedere. Capisco, non a te che eri ossessionata con Jason fin dalle medie o a Scarlett che si interessava solo del giornalino del liceo e delle olimpiadi di matematica… Ma poi, insomma, ti riprenderesti Jason che è stato con quella stronza egocentrica di Amy e non dai una possibilità a Jake che è stato con me quando era ubriaco e ancora non ti aveva incontrata? Non ha senso!»

«Concordo, non è così grave.» Scarlett annuisce e sorride. «Chiamalo, Fan.»

«Concordo anche io!» Rusty, rimasto in silenzio in un angolo, alza la mano e mi strizza l'occhio. «Quello che facciamo noi uomini da ubriachi non conta proprio.»

Rebecca riesce a strapparmi un sorriso. Appoggio la testa alla sua e la abbraccio. Rinuncerei a Jake-Jacob se lei me lo chiedesse o se intuissi che è interessata a lui. Ma non lo è, lo so. Perché so fin troppo bene a chi appartiene il suo cuore sfrontato, impertinente ma allo stesso tempo dolce e generoso.

«Sei completamente folle. Però è vero… sono tentata. Lascerò passare ancora qualche giorno e poi lo chiamerò.» Gli sguardi poco convinti delle ragazze e di Rusty mi attraversano.

«Smettetela, ho detto che lo chiamo! Lo chiamo davvero...
Promesso!»

CAPITOLO 15

Forse invece di chiamarlo è meglio mandargli un messaggio. Più discreto e meno compromettente. Ancora mi chiedo perché diavolo non gli ho dato il mio numero quella sera... notte... alba. Mi sarei evitata tanti problemi visto che queste situazioni mi imbarazzano da sempre.

Sì, ho deciso! Gli mando un messaggio. Ma a chi? A Jake o a Jacob? Riprendo in mano il biglietto da visita. Jacob Stephen Knight. In fondo non fa molta differenza. Resta comunque un estraneo.

"Ciao, come stai? Io volevo solo ringraziarti per la serata e per avermi accompagnata a casa."

Oh no, che banalità! Un messaggio così avrebbe potuto scriverlo anche Rebecca. O una qualunque delle donne che seduce e poi accompagna a casa. A quanto pare è una sua abitudine.

Sì, probabilmente lo fa con tutte. Cosa aveva detto in proposito? "Io non lascio una ragazza da sola di notte..."

Cancello rapidamente il messaggio e decido di riprovarci.

"Ciao, Jake. O Jacob. Ho scoperto delle cose su di te, so chi sei."

Ma no! Che cos'è, una minaccia? So chi sei, so cosa hai fatto... un milione di dollari per il mio silenzio. Patetico! Cancellare immediatamente, via viaaa!

Okay, con calma. Accidenti, è peggio che scrivere i biglietti di auguri di Natale per parenti e amici!

"Ciao Jake, sono Fanny. Sono riuscita a scrivermi il tuo numero prima che mi si cancellasse dal braccio. Non so se sia una fortuna per te, ma se ti va di passare per un caffè ora hai il mio numero."

Non è molto meglio... Anzi, fa abbastanza schifo pure questo. Però lo invio lo stesso perché sono consapevole che se aspettassi qualche idea migliore tra due anni sarei ancora qui. Quanto sono pessima in queste cose! Indipendentemente dalla rivelazione successiva sull'identità di Jake-Jacob.

Sospiro e metto da parte il telefono. Sono decisa a dedicarmi attivamente al lavoro anche perché nel caso rispondesse dovremo affrontare anche quel discorso.

No, non mi va. Potrebbe pensare che l'abbia contattato solo per quel motivo.

Sbuffo annoiata. Magari è meglio farmi un giro, svagarmi. Potrei organizzare un'altra uscita con Rebecca o con Scarlett. Lancio un'occhiata al telefono. Ora vivrò in trepida attesa di una sua risposta. Sono davvero una donnetta patetica. Era così anche con Jason, all'inizio. È uno sbaglio, lo so. Devo cercare di rimuovere completamente il pensiero e dedicarmi alla mia vita, alle mie priorità.

Allontano ancora di più il cellulare dal mio campo visivo e mi immergo davvero nel lavoro. Avevo messo da parte alcuni abbozzi per dei nuovi gioielli. Vorrei proprio tentare qualcosa di completamente nuovo. Magari un'intera linea coordinata. È un progetto che accarezzo da tempo anche se di difficile realizzazione con le mie scarse risorse.

Devo lasciarmi coinvolgere, anima e corpo. Non è la cosa più semplice perché i pensieri vanno sempre dove vogliono, non riesco mai a comandarli e sono consapevole di essere un po' distratta. Un po' tanto. Ma devo sforzarmi comunque.

Prendo gli schizzi dalla mia cartelletta e li distribuisco uno dopo l'altro sul tavolo. Chiudo gli occhi per un attimo in attesa dell'ispirazione che di solito non tarda ad arrivare.

Uno squillo proviene dal mio telefono. Ho ricevuto un messaggio. Riapro gli occhi e lo afferro rapidamente, con impazienza. Mi tremano anche le mani. Non ci ha messo tanto a rispondermi.

"Fanny... perdonami per averti assillata. Lo so che non è più un mio diritto, ma non posso, non riesco a non pensare a te, a non preoccuparmi."

Mmh... no, non si tratta di Jake. Niente affatto.

Jason. Se mi avesse scritto una cosa vagamente simile solo una settimana fa avrei esultato. Mi sarei illusa. E sì, sarei stata anche disposta a mettere da parte la mia rabbia, il mio risentimento nei suoi confronti per quello che mi ha fatto. Invece si fa vivo adesso, quando aspetto di ricevere un messaggio... da un altro.

Mi alzo nervosa e spengo il telefono con stizza. Non gli rispondo ovviamente. O forse dovrei, per dare un taglio netto e definitivo alla situazione.

Ma è quello che voglio davvero? Un taglio netto con Jason? In fondo è stato lui stesso a mettere fine alla nostra storia e a me non è rimasto altro da fare che accettare la sua scelta.

Lascio perdere e mi sposto verso la cucina. Potrei mettermi a cucinare qualcosa. Niente di impegnativo, solo dei biscotti. Biscotti per sfogare la tensione repressa. Sono certa che abbiamo gli ingredienti.

Prendo il necessario dagli scaffali e appoggio tutto sul bancone. Più che appoggiare gli ingredienti li scaravento. Poi li guardo come se dovessi affrontare una missione impossibile. Mi chiedo se sia il caso. Potrei anche mandare a fuoco la cucina considerato il mio stato emotivo.

Scatto verso la mia camera, mi siedo sul letto e accendo il telefono. Niente. Nessun altro messaggio oltre a quello lasciato da Jason a cui non ho intenzione di rispondere.

Torno rassegnata in cucina. Biscotti al cioccolato, a noi due. Forse avrei dovuto mandare il messaggio a Jacob Stephen Knight, non a Jake. Forse quella serata è archiviata ormai e non è stata una mossa giusta da parte mia. Poco intelligente e poco furba. Far prevalere il "sentimento" sulla "ragione".

«Stai cercando di convincere gli ingredienti a mescolarsi da soli con la forza del pensiero?» Scarlett, appena rientrata, mi osserva ferma sulla porta.

«Mmh... ci sto provando, non si sa mai.» Sollevo le spalle e raggruppo tutto per iniziare a darmi da fare. Anche se non ne ho nessuna voglia. La cucina come antistress non mi è mai stata utile. «Tu? Con il lavoro come va? Sei riuscita a...»

«A prendere il posto del morto?» Scarlett conclude la frase che io ho volutamente lasciato in sospeso. «Non ancora, ma ho dovuto approfittare dell'occasione. Mi faranno sapere al più presto. A volte la vita è davvero una giungla, ha ragione Rusty.»

Scarlett si siede su uno sgabello dall'altro lato del bancone, spezza la tavoletta di cioccolato destinata alla preparazione dei biscotti e ne addenta un quadratino.

«Sì, ci ho pensato anche io recentemente.» Annuisco e ne prendo un pezzetto. «Sei fortunata ad avere Rusty.»

«Siamo tutte fortunate.» Scarlett, con il suo abituale atteggiamento noncurante, si stira e poi si alza avviandosi verso la sua stanza. «Rusty non mi appartiene. Non è una mia proprietà esclusiva.»

CAPITOLO 16

Due giorni senza una risposta. Sono tesa, nervosa e facilmente irritabile. Scatto per un nonnulla. Mi sento rifiutata, respinta. Da tutti i punti di vista.

Mai mi sarei aspettata di restare così in sospeso, in attesa della risposta di un uomo che non è Jason. L'ironia della sorte è invece che proprio Jason mi ha cercata, con chiamate e messaggi a cui io stessa non ho risposto.

Il destino è proprio stronzo. Un bastardo!

Non che mi sia fatta chissà quali pensieri riguardo a Jake, sia chiaro. Però… non capisco la ragione del suo silenzio. È stato lui a insistere, lo voleva lui il mio numero!

Intanto me ne sto chiusa in casa a cercare di lavorare il più possibile, quasi affannosamente. Le uniche uscite che mi sono concessa sono state quelle per scendere in caffetteria. Che cosa mi aspettavo? Che comparisse lì, seduto al mio fianco, per magia?

Rebecca e Scarlett si sono informate più di una volta sull'evolversi della situazione ma poi hanno lasciato perdere per non infierire oltre. Sono confusa e disorientata. Lui non sa ancora che io sono "la ragazza della collana". Forse nemmeno gli importa, a questo punto. La cosa certa è che non gli interesso io. Sono due cose distinte, mi rendo conto, due faccende separate. Ma anche se mandassi un messaggio a Jacob presentandomi come "la ragazza della collana" non credo che farebbe differenza.

Suonano alla porta. Non riceviamo visite tanto spesso, a parte Rusty. Magari è solo qualche vicino che ha bisogno di qualcosa. Mi do una rapida sistemata ai capelli e corro ad aprire. Dovremmo chiedere a Rusty di trasferirsi da noi, tanto è sempre qui. E la stanza di Reese è ancora libera. Non abbiamo voluto affittarla a tempo indeterminato in previsione di un suo ritorno e lei ha acconsentito a pagare ancora una parte dell'affitto. Forse non volevamo un'estranea per casa. Ma per Rusty potremmo fare un'eccezione.

Apro la porta. Resto senza fiato. E nemmeno mi importa di indossare solo una maglietta sgualcita color corallo con la scritta "Lost" sul davanti e i pantaloni della tuta.

«Cosa vuoi?»

Non è il massimo come accoglienza. Anzi, è proprio pessima. Ma non ho intenzione di essere accogliente e ospitale. Non sono mai stata brava a fingere.

«Perché non mi hai risposto?»

Jason muove un passo verso l'ingresso, ma io tengo il braccio disteso, appoggiato allo stipite per impedirgli di entrare. Dovrà passare sul mio corpo! No, scherzo. Meglio di no.

«Perché avrei dovuto?»

Resto immobile, ferma nella mia posizione.

E perché dovrei lasciarlo entrare? Nella mia casa, nella mia vita...

Distolgo lo sguardo da lui ma non ho molto margine di movimento. I suoi occhi sono su di me e io rischio di cadere nuovamente succube di lui. Lo so come funziona. Quei suoi occhi castani che sanno diventare così dolci, così intensi, con sfumature dorate. Così carichi di passione, di calore, di vita.

«Perché mi sono preoccupato per te, Fanny.»

La sua voce bassa e un po' roca mi provoca un brivido, ancora. E lui sembra sapere benissimo come muovere certe corde in me.

«Quindi tu chiami e io dovrei scattare agli ordini. È questo che pensi?» Non gli concedo nemmeno il tempo di replicare. Sento che la mia voce, in netta contrapposizione alla sua, sta diventando stridula. «Non funziona così, Jason. Non più.»

«Fanny, tu sei ancora arrabbiata con me e io lo capisco...»

No, invece. Non capisce proprio niente e a questo punto inizio a sospettare che si diverta a insistere per tormentarmi, per farmi del male. Gli piace sentirmi ancora debole nei suoi confronti, vulnerabile. Ferita. Succube di lui, in suo potere.

Ciò che gioca a mio svantaggio è il fatto che questa volta sono qui, in uno spazio ristretto, sulla porta del mio appartamento, senza via di fuga. Questa volta non c'è Jake o un altro qualunque a portarmi via, a stringermi a sé nel ballo, a distrarmi. Non ci sono neanche le ragazze in casa, che potrebbero intervenire staccandomi da lui.

Posso solo chiudere la porta, sbattergliela in faccia e rifugiarmi all'interno. Concedendogli però la vittoria di sentirmi ancora debole, incapace di affrontarlo normalmente, in una conversazione pacifica, civile.

In ogni caso ha vinto lui. Perché è la verità. Io sono davvero così.

«No, non sono arrabbiata. Ma non comprendo il motivo di questo tuo accanimento, Jason.»

Cerco di essere "diplomatica" senza essere sicura di riuscirci. Da una parte lo abbraccerei, dall'altra lo farei rotolare giù per le scale a calci in culo. Trattengo entrambi gli istinti ma nello sforzo mi sento avvampare. Di desiderio e di rabbia repressa insieme.

«Stai frequentando qualcuno, Fanny?»

Inclina leggermente la testa, inchiodandomi con lo sguardo. Come se fossi costretta a rispondergli.

Non mi aspettavo una domanda così diretta. Ha tentato per quasi sei mesi di evitarmi dopo avermi mollata, limitandosi a imbarazzati cenni di saluto quando malauguratamente ci incontravamo. Quando io ero ancora ridotta uno straccio e mi trascinavo in giro come uno zombie, a brandelli sia fisicamente sia emotivamente.

Appena mi ha vista in condizioni più accettabili si è sentito in dovere di accertarsi che fossi in via di guarigione? Ora mi chiede addirittura se sono tornata sulla piazza? Che stronzo!

«Sai, io non credo che siano affari tuoi...»

E credo anche di voler terminare questo incontro e questa conversazione il prima possibile.

Un respiro profondo, da comunicazione importante. È quasi ridicola questa scena. Ed è ridicolo fino a che punto io conosca Jason Christensen. Rettifico. Credevo di conoscerlo. Perché lasciarmi per Amy Lloyd non era da lui. Non avrei mai immaginato che fosse da lui.

«Il tipo con cui ti ho vista… non mi piace.»

La sua voce diventa ancora più bassa, profonda. Intensifica lo sguardo. In un'altra circostanza penserei che potrebbe attirarmi a sé, prendermi tra le braccia, baciarmi… e mi è talmente familiare questo suo atteggiamento da percepire la sensazione sulla pelle, quasi come se fosse appena accaduto. Ieri, oggi stesso. In questo momento.

«Non deve piacere a te.» Sorrido appena e mi sposto, come per chiudere la porta e chiudere lui fuori dalla mia vita, dalla mia sfera personale e privata. So che dovrei trattenermi. So che non dovrei dirlo. Ma non riesco a frenarmi. «Del resto, anche a me non piace la tua ragazza. Ma così stanno le cose e non possiamo cambiarle o interferire nelle scelte degli altri. Possiamo solo accettarle e rispettarle.»

Brava! Complimenti Fanny! Mi batterei il cinque da sola. Bel discorso. Molto maturo. Distaccato. Ragionevole. Non sembro nemmeno io. Forse sono posseduta dalla dea della saggezza. E così ho anche evitato di fornire una risposta precisa a proposito delle mie frequentazioni e del mio rapporto (inesistente) con Jake.

«Per me la nostra amicizia conta ancora, Fanny. Ho condiviso troppa parte della mia vita insieme a te.»

Ecco, ora passa alla fase "salviamo l'amicizia". Li detesto questi discorsi ipocriti. E detesto ancora di più quelli che si barricano dietro a una tale ipocrisia dopo aver ferito a morte una persona, consapevolmente. Quindi detesto anche lui, in questo preciso istante.

«Certo, anche io.» Anche io cosa? Ho risposto meccanicamente per atteggiarmi a persona matura che non manda l'ex al diavolo anche se ritiene abbia appena sparato una cazzata colossale. «Cioè, anche per me...»

«Fanny...»

Sorride appena, in quel modo provocante che mi aveva preso il cuore qualche anno fa. Quando avevo tredici anni e lui quindici. Insomma, non proprio qualche anno fa. È trascorso all'incirca un decennio e mezzo.

E mi sfiora appena i capelli lasciandoseli scivolare tra le dita, per poi scendere a sfiorarmi la guancia. Un oceano di ricordi, di sensazioni sono tra di noi. Nei suoi occhi, sulla mia pelle.

«Jason, per favore...»

Abbasso lo sguardo e mi mordo le labbra.

Per favore non farmi questo. Per favore lasciami in pace. Se sei tornato solo per...

«Tu che cazzo ci fai qui?»

Una voce aspra, stridula e troppo penetrante mi scuote dallo stato di debolezza e languore in cui per un attimo mi sono sentita precipitare. La mano di Jason si stacca da me, quasi forzatamente.

Rebecca. Passa lo sguardo da Jason a me come se ci avesse appena sorpresi a commettere chissà quale peccato inenarrabile. I suoi occhi verdi sembrano lanciare fiamme. Addosso a Jason, principalmente. Di rimando anche addosso a me.

«Niente...» Jason sbuffa e si passa una mano tra i capelli, trattenendola per un istante. Poi rivolge a Rebecca uno sguardo profondamente corrucciato. «Sono passato solo per un saluto. Stavo andando via.»

Mi lancia un'occhiata allusiva mentre io rimango in silenzio. Rebecca, con le mani appoggiate sui fianchi resta immobile, ferma tra di noi. Come pronta a usare tutti i mezzi, compresa la forza, per staccarci l'uno dall'altra nel caso Jason minacciasse di avvicinarsi ancora a me o di sfiorarmi.

«Pensa a... quello che ti ho detto.» Jason sofferma lo sguardo sul mio viso, che sollevo appena. Poi senza attendere la mia risposta, si volta e se ne va.

Non gli avrei risposto comunque. Per non rischiare di incorrere nelle ire funeste della rossa inferocita. E anche perché... non ho nessunissima intenzione di pensare a quello che mi ha detto, anzi voglio dimenticare tutto quanto il più presto possibile.

Mi avvio verso il soggiorno con la testa bassa e l'aria da cane bastonato. Rebecca mi segue e sbatte la porta alle nostre spalle.

«Che cazzo voleva?»

Lancia la borsa sul divano. Seguita subito dopo dalla giacca.

«Niente...» Mi massaggio la fronte con la punta delle dita. «E non guardarmi così, non l'ho nemmeno lasciato entrare.»

«No, certo! Complimenti, eh... Vuoi anche sentirti dire "Brava!" e una pacca sulla spalla?» Rebecca mi si avvicina e mi afferra per le braccia in modo da incontrare i miei occhi. «Ma lo conosco bene quello sguardo, sai? Non ci pensare nemmeno, Fanny. Per favore. Non permettergli di farti del male. Non lasciare che faccia di te quello che vuole.»

«Non accadrà.» Mi sforzo di sorridere anche se con gli occhi velati di lacrime. Deglutisco a forza, tentando di mandare giù il nodo in gola che potrebbe rischiare di farmi esplodere in pianto. «Stai tranquilla, Becky. Non gli permetterò più di ferirmi. Né a lui né a nessun altro. Mai più.»

CAPITOLO 17

Devo prendere io l'iniziativa. Di nuovo. Se Jake, Jacob o come diavolo si chiama non si decide a rispondermi… andrò io alla Sorensen Creations. Proverò a chiedere un appuntamento o… non so cosa farò!

Ma no, non va! Non è nel mio stile impormi così dove non sono la benvenuta.

Però c'è da dire che è stato Jake a non rispondermi. Forse a Jacob Stephen Knight potrebbe interessare il mio lavoro. Che sia per la madre o per chiunque altra. Lavoro di cui non ho fatto il minimo accenno a Jake. Quindi lui non può sapere che io… sono io.

Assumo un atteggiamento determinato da donna in carriera che non accetta un no come risposta e preparo i miei disegni. Prima devo rifinirli per bene però, soprattutto quelli nuovi. Deve essere tutto chiaro e non indurre a dubbi o errori di interpretazione. Voglio mostrare il meglio di me stessa, non un'imitazione di ciò che potrei ottenere. In modo che capiscano che faranno un affare prendendo me.

Mi ritrovo tra le mani quello che avevo iniziato pensando proprio a lui… il giorno dopo la nostra "avventura" di quella sera. Ma ancora non sono convinta a proposito della pietra da utilizzare. Lo metto da parte, nascosto in una nuova cartelletta. Magari lo riprenderò in mano in un altro momento.

Dovrei anche decidere come vestirmi. Potrei chiedere aiuto a Rebecca. O meglio, a Scarlett. Elegante ma non appariscente, è più nel suo stile.

Però… No, in fondo io credo sia meglio aspettare qualche giorno. O qualche settimana. Insomma…

Mi trascino dalla mia camera verso la cucina. Nessuno al mondo è più indeciso e spaurito di me. Mi insulterei se servisse a qualcosa! Aspetto ancora che le occasioni mi piovano dal cielo. E credo che questo sia uno dei miei peggiori difetti in assoluto.

Forse mi deriva un po' dalla frequentazione di Jason. Lui mi induceva a essere così, a sperare che tutto sarebbe andato a posto e che l'occasione giusta sarebbe arrivata. Per cui non sono mai stata allenata a rischiare. Anche con lui. Me ne stavo buona in attesa che mi degnasse delle sue attenzioni. Non voglio scaricare la responsabilità su di lui, però è andata davvero così. Tanto che quando mi ha lasciata mi sono sentita abbandonata, senza più il mio punto di riferimento. Colui che continuava incessantemente a ripetermi che sarebbe andato tutto bene.

«Quindi... che cosa intendi fare?»

Dopo giorni di silenzio Scarlett si è sbilanciata. Continuo a trascinarmi per casa in un mutismo ossessivo per quanto riguarda le mie intenzioni. È evidente che la mia espressione insoddisfatta e depressa abbia fornito già la risposta alla sua domanda.

«Niente. Cosa dovrei fare?»

Non paleso la mia idea, pessima, di presentarmi alla Sorensen anche senza essere stata contattata o richiesta. E soprattutto senza che Jake-Jacob mi abbia risposto.

«Buttati!» Rebecca sopraggiunge dalla sua camera indossando una delle sue tutine colorate di aerobica, incrocia le mani stirandosi e allungando le braccia dietro la testa, poi piega il busto in avanti.

Stiamo per assistere a una delle sue sessioni settimanali di yoga per mantenersi in forma. Infatti, va a prendere il materassino e lo piazza davanti al televisore, poi inserisce uno dei suoi video nel lettore dvd.

Perché quando decidono di infierire su di me lo fanno sempre insieme? Forse perché così hanno la certezza di essere più efficaci?

«No, non ci penso proprio.»

In realtà ci ho pensato ma è inutile stare a sviscerare tutti i miei pensieri e dilemmi a riguardo.

Mi butto, sì. Ma sul divano. Intanto assisto alla lezione di yoga via video. Chissà se serve comunque a rilassarmi e a distendere i muscoli? Chissà se basta il pensiero? Ne dubito.

Circa dieci minuti più tardi Rebecca riceve un messaggio sul cellulare e salta in piedi come una molla. Ripone il materassino in un angolo e dopo aver rivolto uno sguardo a Scarlett scatta verso la sua camera.

«Voi due cosa state architettando?»

Mi alzo mettendomi di fronte a Scarlett che si sposta per andare a prendere una bibita in frigorifero.

«Io… assolutamente nulla!»

Apre la bottiglietta e sorseggia tranquillamente la sua aranciata.

«Tu forse nulla, anche se sicuramente ne sai qualcosa. Ma la rossa di là non mi convince affatto.»

Indico con lo sguardo il corridoio che porta alle nostre stanze.

Sbuffo e scuoto la testa. Tolgo il dvd di yoga dal lettore e lo sostituisco con il primo che mi capita, tanto per fare qualcosa. E sentire delle voci che non siano le nostre. Mi capita la prima stagione di *Sex and the City*. Il telefilm preferito di Reese e Rebecca. Io non mi sento particolarmente in vena, ma non importa.

Come per magia Rebecca appare con addosso un vestitino turchese, truccata e pettinata, pronta per uscire. Ecco, per restare in tema *Sex and the City*.

«Hai un appuntamento?»

La voce mi esce gracchiante e infastidita, lo percepisco.

Come se fossi seccata con lei. In realtà non ce l'ho con lei. Ce l'ho col mondo! Brutto, ingiusto e cattivo!

«Io... non proprio.»

Fa una smorfia divertita e io non ne comprendo il motivo.

Poi rivolge l'attenzione a Scarlett, che si avvia verso la sua camera. Torna con una giacca leggera e la sua borsa, anche lei pronta per uscire. Con un abbigliamento più sobrio rispetto a quello di Rebecca, ma con i capelli biondi sciolti sulle spalle.

«Ah, bene... uscite e mi mollate qui da sola. Grazie tante!»

Non che abbia chissà che voglia di uscire e ormai mi sono abituata alla mia miserabile vita da reclusa. Ma è sabato pomeriggio... almeno avrebbero potuto chiedermelo.

«Certo, ti molliamo qui da sola a compatirti e a piangere su te stessa. Siamo davvero perfide» annuisce Rebecca divertita.

Adora infierire, a quanto pare. Non la credevo così crudele.

«Sì, abbiamo preso spunto dalle sorellastre di Cenerentola.» Scarlett ridacchia sistemandosi la borsa sulla spalla. Poi corruccia la fronte con espressione delusa. «Mmh... abbiamo dimenticato di lasciarle la lista delle faccende domestiche, però... E dei nostri abiti da lavare e rammendare.»

«Oh, andate al diavolo...»

Spengo la televisione, mi dà noia anche il telefilm, mi stendo sul divano e chiudo gli occhi. Voglio dormire. Dormire e non pensare a niente, almeno per un po'.

«Mmh... non sciuparti troppo, Fanny. Potresti rimpiangerlo tra poco.» Devo sorbirmi anche il tono di rimprovero di Rebecca?

Apro un occhio e la fisso perplessa.

«In che senso?»

«Conviene dirglielo...» Scarlett si copre la bocca con la mano ma è impossibile per me non sentirla. «Look casalingo e naturale va bene ma io eviterei l'effetto zombie assonnato.»

«Dirmi cosa? Insomma!» Passo in rassegna le mie amiche con lo sguardo. Le detesto quando fanno così. Quando sanno esattamente di cosa stanno parlando e mi escludono.

Intenzionalmente. Sto perdendo la scarsa pazienza che mi resta. «Volete dirmi che cosa...»

Il suono del campanello mi costringe a lasciare la frase in sospeso.

Scarlett si muove verso la porta. Sarà Rusty, quasi di sicuro. Perfetto, allora si portano anche lui ma non me.

«Ciao, entra pure...»

Perché ha questo tono? Così "formale", così diverso da quando Rusty arriva a casa nostra?

Sposto la testa per essere in linea diretta con l'ingresso. No. Non è Rusty. Decisamente non è Rusty.

«Ciao...»

Comprende in un'occhiata fugace Scarlett e Rebecca, che si apprestano a sgusciare fuori dalla porta senza nemmeno salutarmi. Poi focalizza l'attenzione su di me. E io sono così... con i capelli raccolti a metà, l'altra metà cadente sulle spalle. Con i fuseaux blu e la maglietta azzurra di Spiderman. In questo preciso istante maledico le mie amiche. Con tutto il cuore. Per fortuna mi sono data un leggero strato di trucco. Giusto perché ero intenzionata a scendere a prendere un po' d'aria. Da casa alla caffetteria e magari mi sarei spinta fino al parco.

«Ciao, Frances. Fanny...»

Sorride e muove un passo verso di me, come intimidito.

Rebecca e Scarlett ormai saranno anche fuori dal palazzo oltre che fuori dall'appartamento. Mi sento come se fossero scappate di casa, chiudendomi dentro con uno sconosciuto pericoloso. Con lui. Che poi in realtà non è tanto sconosciuto. E meno ancora pericoloso. Però io mi sento terrorizzata lo stesso.

«Ciao, Jake. O Jacob.»

Resto immobile, come una statua. Riprendo confidenza con i suoi occhi, il suo volto, che in effetti ho visto solo una volta. Anzi, due. Ma comunque per poche ore.

«Jake può andare bene...»

Mi sembra diverso. Non è più il ragazzo sciolto e divertente di quella sera. Indipendentemente dalle sue parole sembra davvero più Jacob adesso, quello con un palo infilato... Ecco, come aveva detto lui. Malgrado l'abbigliamento decisamente più informale. Nonostante indossi i jeans e un giubbotto sportivo leggero sopra a una maglietta azzurra.

«Qualcosa non va?»

E me lo chiede pure? Cosa ci fa qui? Perché non mi ha risposto? E soprattutto... perché non è più Jake, il ragazzo che poteva piacermi?

«Direi di sì...» Decido di dire le cose come stanno, inutile tergiversare. «Non mi hai risposto. E comunque ora so... Insomma, hai capito.»

«Sì, per quello ho aspettato. Mi dispiace per il fraintendimento.»

Mi stringo nelle spalle e abbasso la testa. Sono delusa. Per la sensazione di estraneità che mi comunica quest'uomo in questo momento.

«Fanny...»

«Ti ha chiamato Rebecca?»

Per questo motivo si è presentato? Avrebbe potuto evitarlo, avrei preferito.

«Sì. Perché in realtà io non sapevo...» Si avvicina ancora di più a me, tanto da costringermi ad alzare la testa e guardarlo negli occhi. Quegli occhi verdi che ora improvvisamente sembrano sfrontati, divertiti. Come li ricordavo. «Non ero del tutto certo che tu volessi vedere Jake oppure...»

«Volevo vedere Jake. L'altro per me era un estraneo.» Sbuffo e alzo gli occhi al cielo. «Questa situazione è decisamente contorta. Come se avessimo il nostro alter ego in agguato. Anzi, no... tu sei scindibile in tre, addirittura. Jake che ho incontrato in caffetteria e che aveva appena riaccompagnato la mia amica, Jake che ho conosciuto io alla festa, Jacob che lavora per la Sorensen e si è interessato alla mia collana...

indossata dalla mia amica… e che non credeva che io fossi io…»

«Interessante. Non sono mai stato "scisso". A questo punto devo aspettarmi la terza Fanny che mi butta fuori a calci da casa sua?»

Da come mi guarda sembra che se lo aspetti davvero. E assume anche l'aria da povero cucciolo smarrito.

«Ci sto ancora pensando.» Davvero. Non sono parole buttate lì tanto per prendere tempo. «Ci sto meditando seriamente, proprio ora.»

«Mentre pensi se io ti piaccio abbastanza per provare a frequentarmi…» sogghigna e istantaneamente torna Jake. Più Jake che mai. «Magari potresti mostrarmi alcune delle tue creazioni, così non ti sembrerà di perdere troppo tempo con me.»

«Ho fatto domanda alla Sorensen. Più di una volta. Insomma due, nemmeno tantissime. Appena finito il corso di base e poi più avanti, dopo la specializzazione. Ho inviato alcuni dei miei disegni ma non mi hanno mai risposto. Credo che non mi abbiano proprio considerata.»

Ecco, ora sono diventata la disegnatrice di gioielli frustrata che si sfoga mostrando tutto il suo disappunto. Mi sento una ragazzina lagnosa. Probabile che lo sia davvero.

«Mi dispiace. Per risarcirti del danno morale e rompere il ghiaccio ora puoi approfittare di me, come vuoi.» Risponde serio poi improvvisamente sorride. Ed è come un mondo che da chiuso e cupo si trasforma in pochi istanti in luminoso, solare. «E sì, se te lo stai chiedendo… c'era davvero un doppio senso in quello che ho appena detto.»

«Sì, forse si può fare. Mostrarti i miei disegni, voglio dire…» Sorrido compiaciuta e gli lancio un'occhiata provocatoria. Non mi importa dove mi porterà questa storia. Ho deciso di viverla. «Magari potresti trovare qualcosa che ti piace.»

E sì, Jake. Jacob Stephen Knight. C'era davvero un doppio senso in quello che ho appena detto. Se hai proprio deciso di sfidarmi e giocare con me... allora gioco anche io. Perché tanto... che cosa avrei da perdere?

CAPITOLO 18

Tra di noi è accaduto tutto al contrario. O per lo meno in modo molto caotico e confuso. Forse un incontro un po' più normale sarebbe stato preferibile. Ma non posso di certo tornare indietro e cambiare il corso degli eventi. Non è in mio potere.

Siamo rimasti immersi nei miei disegni tutto il pomeriggio. Seduti entrambi al mio tavolo da lavoro, poi ci siamo spostati in soggiorno per bere una bibita. Sono stata bene, insieme a lui. In modo diverso da come lo sono stata quella sera. Totalmente diverso. Ho trovato in lui la stessa passione, lo stesso entusiasmo.

In seguito, dopo il primo approccio, mi sono sbilanciata mostrandogli anche le idee più folli. Anche se solo abbozzate.

«Mi piacciono. Davvero tanto!»

Passa il dito sull'intreccio della collana che ho disegnato e aggrotta leggermente la fronte. Lo fa spesso quando si concentra.

«Non lo dici soltanto per essere gentile?»

Inclino la testa e lo scruto attentamente. Nonostante la sintonia che si è creata tra noi vorrei capire se è davvero interessato al mio lavoro o sta solo tentando di sedurmi.

«Sono anche gentile, certo. Ma qui io vedo qualcosa di veramente bello e particolare. Ci vuole un po' di coraggio e iniziativa se si vogliono ottenere risultati.» Sorride e solleva il viso su di me. Ed è come se mi accarezzasse con lo sguardo. «Mi piace l'audacia nel tuo lavoro, la sfrontatezza. E ora non sto solo tentando di essere gentile o di adularti, è un'opinione sincera.»

«Sì… direi che nel lavoro sono molto più audace e sfrontata di quanto non lo sia…»

Sbuffo e mi passo le mani sul viso, come a nascondere me stessa ai suoi occhi.

«Nella vita. Nei rapporti…» annuisce e sorride appena. «Sì, ti capisco. Anche io sono così, in realtà.»

«No, stai scherzando! Tu proprio no, Jake.» Incrocio le braccia e scuoto la testa. «Tu sei…»

Improvvisamente mi blocco, non so cosa dire. O forse ho timore di dire quello che penso davvero, di rivelare troppo.

«Sono…?»

Ecco, lo sapevo. Mi guarda con gli occhi verdi che mi provocano un brivido, involontario. Del resto, lo so cosa accade quando lascio le frasi a metà. Le persone non fanno altro che ripetere le mie parole incoraggiandomi a proseguire! E con lui è già successo. Ho sempre questo brutto vizio!

«Tu sei sfrontato anche nella vita, volevo dire questo. Insomma, indipendentemente dalla sfera privata… Tu il lavoro alla Sorensen lo hai ottenuto. Io ho provato a mandare il curriculum due volte, non mi hanno nemmeno presa in considerazione…» Mi appoggio con la schiena al divano, dove siamo seduti. «Così non ho più osato ripropormi. Lo stesso è accaduto con altre aziende, anche se meno prestigiose.»

«Ti sbagli. Io ho avuto solo un colpo di fortuna. Del resto, mi occupo più dell'area finanziaria anche se mi diletto nel disegno…» Mi sfiora la spalla con la sua, colpendola leggermente in modo scherzoso. Non so se essere offesa o lusingata dal fatto che non ci stia provando espressamente. Offesa come donna, lusingata come artista. Perché è evidente che sia più interessato al mio lavoro che a me, nonostante qualche battuta ironica. «Però credo che mi manchi una dote fondamentale, il talento.»

«Non so giudicare, Jake. Dovrei vedere qualcosa di tuo.»

Mi alzo e vado ad appoggiare i miei disegni sul bancone, poi mi volto verso di lui.

«No, meglio di no.» Sorride e si alza, avvicinandosi a me. «Non voglio che ti faccia di me una pessima opinione.»

«Non avrei comunque una pessima opinione di te. Anche se i tuoi disegni fossero di un livello... elementare, diciamo.» Sorrido anche io. E mi sento persa. Mi sento un po' sciocca, soprattutto.

Intanto lui si avvicina, sempre di più. Una parte della mia mente, indipendentemente dalla mia volontà, si è già lanciata in un film mentale in cui mi prende tra le braccia e mi bacia. Finisco con la schiena contro al bancone per poi saltargli in braccio e approdare nella mia camera. O meglio, sul mio letto.

Mi sento avvampare e scuoto la testa. Calma, Fanny. Calma. Non è detto che lui sia qui per questo. E comunque nemmeno io mi devo mostrare così... così disperata! Ma di solito non lo sono. Non lo sono stata per mesi, non ho mai cercato un sostituto a Jason. Lui è un'eccezione. Nessun altro mi ha mai fatto questo effetto!

«Allora magari ti mostrerò qualcosa, prima o poi.»

Si appoggia al bancone, accanto a me. Si volta e i suoi occhi mi scrutano attenti, poi scendono alle mie labbra. Mi sento inappropriata. Se mi avessero avvisata almeno, mi sarei preparata a riceverlo. Avrei indossato... non so cosa, ma sicuramente qualcosa di diverso, di più adatto.

«Sì, mi piacerebbe. Sono curiosa di vedere di cosa sei capace, Jake.»

Mi chiedo che accadrà ora. Si sta facendo sera. Non avevo riflettuto sul fatto che è trascorsa una settimana esatta dal nostro incontro alla festa.

«Va bene. Magari domani... Sempre che tu voglia lavorare la domenica.»

«Per me non ci sono problemi.» Non per quanto riguarda il lavoro, almeno. «Lavoro spesso la domenica.»

Mi sento bloccata, come in una fase di stallo. In teoria questo è lo stesso Jake che ubriaco si è portato a letto Rebecca la sera stessa che l'ha incontrata. Almeno, credo che sia stato ubriaco anche lui. Forse il problema sono io. Sono io a non piacergli. Per questo sembra così intimidito. Magari alla festa si è mostrato più sicuro solo perché ci trovavamo in un ambiente diverso.

«Forse è meglio che io vada, ora.»

Ecco, infatti. Se ne vuole andare. Non è interessato a me al di là dell'ambito lavorativo.

«Certo, meglio» annuisco convinta.

Intanto vorrei sprofondare. Invece dovrei essergli profondamente grata per l'opportunità che mi sta offrendo.

Così lo accompagno alla porta. Mi saluta sollevando appena la mano e se ne va. E io mi sento stupida e ridicola. Una causa persa. Accendo la tv e riattivo il dvd di *Sex and the City,* ho davvero bisogno di distrarmi. E avrei anche bisogno di somigliare un po' di più a Rebecca o a Reese, imitare la loro sfrontatezza, ma dubito di poterci riuscire. Decisamente sono una causa persa.

Qualche ora dopo Rebecca e Scarlett rientrano. Le sento ridere già da fuori, quando girano la chiave nella serratura per entrare. Anzi, non è solo qualche ora dopo. Sono le due di notte. E io ho perso il conto degli episodi che ho guardato. Devo aver superato la metà della prima stagione.

«Che ci fai tu lì?» Rebecca sofferma lo sguardo su di me.

«Perché? Dove dovrei essere?»

Già mi immagino la risposta. Non so neanche perché ho fatto lo sforzo di chiedere.

«A letto, magari. E magari non da sola. O fuori, da qualche parte. Ma sempre non da sola.»

Volto la testa dall'altra parte per evitare gli sguardi compassionevoli che le mie amiche hanno appena posato su di me.

«Non credo che ci sia pericolo... Voglio dire, non credo che accadrà quello che voi avete pensato.» Chiudo gli occhi, poi mi alzo. «Io non sono... Non sono te. E a quanto pare non sono l'unica a pensarlo.»

Non voglio più proseguire il discorso, mi avvio spedita verso la mia stanza. Sono stata sciocca, avrei dovuto evitare di farmi sorprendere da Rebecca e Scarlett sul divano. In compagnia di una barretta energetica al cioccolato.

«Aspetta, Fanny.» Rebecca mi segue, indifferente alla mia frustrazione, alla mia necessità di isolarmi per compiangermi in pace. «Che ti ha detto? Dei disegni...»

«Vuole lavorare con me domani. Magari mostrarmi qualche suo lavoro... Almeno a quello sembra interessato.»

Mi vergogno ancora di più. Questo ispiro in un uomo. Lavoro, lavoro, lavoro. Anche la domenica. Non di certo la voglia irrefrenabile di saltarmi addosso!

«Oh accidenti, Fanny!» Rebecca si lascia andare in un sospiro profondo e scuote la testa, poi alza gli occhi al cielo. «Non ti rendi conto? Molto meglio che tu non sia me! E in fondo è anche meglio che se ne sia andato questa sera.»

La guardo perplessa. Non capisco cosa intenda dire.

«E tu cosa ne sai? Da quando sei diventata una grande esperta di comportamento maschile? E comunque si tratta di lavoro.»

«Non sono un'esperta. Ma resta il fatto che lui domani ti vuole rivedere. Lavoro o non lavoro, vuole rivedere te!» Rebecca si passa le dita tra i capelli rossi, districando qualche ricciolo e poi ributtando la ciocca dietro le spalle. «Ti assicuro che a me non capita mai. Il più delle volte il giorno dopo nemmeno ricordano chi sono.»

CAPITOLO 19

Escludiamo il fatto che sia timido. Perché quella famosa prima sera alla festa non lo era affatto. E non lo sembrava nemmeno la mattina in caffetteria. No, con quegli occhi insinuanti, quello sguardo, quell'atteggiamento per lo più sfrontato... non può essere timido.

In mattinata mi ha mandato un messaggio chiedendomi se mi andasse bene vederci nel pomeriggio a casa mia. Ho accettato. Sono talmente al di fuori dall'ottica di relazioni, coinvolgimento e primi appuntamenti che non so nemmeno come interpretare il comportamento di Jake.

Tanto tempo insieme a Jason, dall'ultimo anno di liceo. Prima solo qualche uscita con altri ragazzi. Insomma, sono un disastro, ne sono consapevole. E Jake, malauguratamente, è il primo che attrae la mia attenzione dopo la rottura con Jason. Per quanto Rebecca e anche Scarlett abbiano tentato di presentarmi altri uomini, non ha mai funzionato. Dopo un primo incontro, sempre "casuale", io mi sono sempre rifiutata di proseguire oltre. C'è da dire però che anche loro, forse a causa del mio atteggiamento scontroso e poco incoraggiante, non hanno mai dimostrato un grande interesse a rivedermi.

Ovviamente Rebecca e Scarlett si sono mostrate immediatamente disposte ad uscire di casa per lasciarmi sola con Jake. Ma io mi sono opposta. Non voglio che sembri tutto troppo pianificato. Anzi, abbiamo invitato anche Rusty a pranzo. Più o meno trascorre quasi tutte le domeniche insieme a noi. Non vedo perché dovremmo comportarci in modo diverso.

Certo che ora, mentre sto attendendo Jake, sembro la ragazzina in attesa del fidanzatino da presentare alla famigliola riunita. È piuttosto imbarazzante. Stiamo sull'attenti come dei soldatini e adesso l'atmosfera sta diventando inquietante oltre che innaturale.

«Potete almeno fare finta…» li supplico.

Ma fare finta cosa? Mi fissano perplessi. Forse è solo una mia impressione.

«Stai calma, rilassati.» Rusty è il primo a parlare. Mi guarda quasi con tenerezza. «Andrà tutto bene. Se si comporta male lo sistemo io.»

Sì, è proprio vero! Sembro una ragazzina alla prima cotta tranquillizzata dal fratello maggiore. Ma… lo sistema lui? Oddio…

«Vuoi che usciamo? Possiamo andare a farci un giro oppure un picnic a Central Park, è una bella giornata.»

La proposta di Scarlett è allettante, ma no. Assolutamente no! Sembrerebbe tutto studiato, architettato a puntino. Di nuovo!

«Anche se fosse una pessima giornata lo faremmo, per te.» Rebecca sogghigna e mi osserva come se stesse meditando se il mio look è a prova di maschio voglioso. A me non sembra proprio e la sua smorfia poco soddisfatta me lo conferma. «Non hai qualcosa di più sexy da indossare di quel vestito bianco a fiori che ti arriva al polpaccio? La scollatura arricciata sul petto è carina, ma qualcosa che sedendoti ti scopra le gambe sarebbe meglio…»

«No, no e no!» Lancio quasi un urlo. Per poco non pesto il piede a terra stizzita. «No, Rusty tu non sistemi proprio nessuno. No, non uscite, non vi muovete da qui. E no, non ho niente di più sexy… insomma, non voglio essere sexy. Lui viene qui per lavoro… non per altro!»

Sono io che ho in mente "altro". E pure i miei amici, ora. Ma questo è un problema mio. Anche se… in effetti prima di sapere, o mentre già sapeva chi ero senza essere a conoscenza della faccenda della collana, era stato lui, proprio lui a volere il mio numero.

Sbuffo, meglio non pensarci più. Magari ha l'abitudine di chiedere il numero di telefono alle ragazze appena incontrate e poi non le chiama comunque. Magari... magari li colleziona! Ha agende piene di numeri di telefono! Gli esseri umani a volte si lanciano nelle collezioni più folli. E in questo caso non sarebbe neanche il primo, credo.

Intanto mi siedo sul divano in attesa e cerco di calmarmi. A che ora ha detto che sarebbe arrivato? Non l'ha detto. Primo pomeriggio, non ha specificato l'ora esatta. O era pomeriggio e basta?

Mi alzo e cerco di rimuovere il pensiero. Mi sforzo per comportarmi in maniera naturale, come tutte le domeniche, come tutti i giorni. Detesto l'idea che la sua attesa mi stia facendo questo effetto.

Alla fine, decido di ritirarmi in camera mia, almeno per evitare le occhiate indagatrici degli altri. Mi dedico ai miei disegni. Ecco, molto meglio. Inizio a rilassarmi un po' di più. Tranquillamente, come se non aspettassi proprio nessuno.

Anzi, mi sono distratta a tal punto da non rendermi più conto dello scorrere del tempo. E non ho sentito neanche suonare il campanello, a quanto pare. Perché quando invito ad entrare chi ha bussato alla porta della mia stanza scopro che si tratta di lui. Ovviamente l'hanno spedito qui invece di chiamare me.

«Ciao...» sorride e solleva una cartelletta che tiene sotto al braccio.

«Ehi, ciao...»

Cerco di rispondere nel modo più naturale possibile anche se sono abbastanza certa di aver miseramente fallito.

Lo guardo. Jeans e camicia verde militare, la solita giacca leggera. Carino, molto casual.

Disinvolta, Fanny, disinvolta. Mi alzo e mi muovo verso di lui. Potrei circondargli il collo con le braccia e strusciarmi contro di lui, poi...

No, non troppo disinvolta!

Mi avvicino, comunque. Inaspettatamente mi afferra per il fianco e mi deposita un rapido bacio sulla guancia. Già mi immagino l'espressione di Rebecca se ci vedesse. Sembriamo due adolescenti al primo appuntamento. Al secondo, anzi. Per fortuna gli altri sono rimasti di là.

Sorrido e focalizzo l'attenzione sulla cartelletta che ha portato con sé.

«Hai portato qualcosa da mostrarmi…»

Torno al mio tavolo e mi rigiro verso di lui. Mi sposto e avvicino l'altra sedia, per permettergli di sedersi accanto a me.

Jake annuisce e sospira profondamente. «Sto cercando di trovare il coraggio e non vergognarmi troppo.»

«No, sono tutte scuse le tue!» rido e mi mordo il labbro. Voglio essere provocante? Sì, anche se si tratta di lavoro. Allungo il braccio verso di lui. «Vieni qui… Scommetto che sono dei capolavori e stai solo facendo una sceneggiata per far finta di essere modesto.»

Scuote la testa e arriccia il naso. Adoro quella sua espressione da ragazzino ribelle mescolata a cucciolo indifeso. C'è da dire anche che gli riesce particolarmente bene. Forse ne è consapevole e la sfrutta a suo favore.

«Ora capirai quanto ti sbagli.»

Mi raggiunge e apre la cartelletta sul mio tavolo. Effettivamente…

«Mmh…» Non so se tentare di lusingarlo o essere brutalmente sincera. «Sono…»

«Sono orribili, ammettilo!»

Jake mi mostra l'album dei suoi schizzi. Uno dopo l'altro, una raccolta di circa quindici disegni.

Sono… non so nemmeno come definirli. Molto semplici, lineari. Più che gioielli veri e propri sembrano il principio di un'idea non ancora del tutto sviluppata, ampliata. Sono come l'abbozzo di un abbozzo.

«No, non direi affatto. Sono essenziali, Jake.» Distolgo lo sguardo dai disegni per puntarlo su di lui. Non mi piace l'idea di ferirlo. «Forse un po' troppo. Ecco, io credo...»

«Continua. Non ti preoccupare, non mi offendo. So benissimo che non è il mio campo, sono solo dei tentativi i miei... Nel profondo vorrei essere un creativo, anche se purtroppo non lo sono. Però riesco a riconoscere chi ha il talento necessario.»

Mentre parla mi accarezza piano la schiena, lasciando scorrere le dita su di me. Ma non lo interpreto come un gesto sensuale o un tentativo di approccio. Sembra più un incoraggiamento a non temere di ferirlo con il mio giudizio.

«Credo che ci sia qualcosa di buono, davvero. Essenziale, certo. Minimalista. Penso sia il tuo stile. Ma è come se tu avessi qualcosa di ben preciso in mente e non riuscissi a riportarlo sulla carta. Quindi resta intrappolato dentro di te. Insomma...»

«Non so disegnare, ho capito» annuisce convinto, poi sospira.

«Potrebbe non essere così importante se hai le idee abbastanza chiare di quello che vuoi esprimere e ottenere.» Credo che abbia apprezzato la mia sincerità. O almeno lo spero. «Io esagero e carico troppo, tu minimizzi. Ma questo non è necessariamente un difetto, come non lo è il fatto che tu non sappia rendere sulla carta la tua idea.»

«No Fanny, tu non esageri affatto. Tu osi, è diverso!»

Sorride e mi accarezza nuovamente la schiena. Ma questa volta ho la sensazione che non si tratti di un gesto puramente casuale.

«Anche tu osi...»

Mi sento avvampare. Oddio... non dovrebbe accadere così. Con i miei amici di là, pronti a percepire ogni minimo bisbiglio.

«Infatti vorrei proprio osare, ora...»

Si gira completamente verso di me.

«Osa pure, Jake...» sospiro appena. Incontro i suoi occhi verdi, sfrontati, nei miei.

Io mi aspetto... non so cosa mi aspetto. Un bacio mozzafiato, forse. Qualcosa di travolgente che ci impedirà di resistere e fermarci nonostante la situazione mi dia l'impressione di un istante rubato, di...

«Mi piacerebbe da morire...» sospira anche lui, increspa le labbra. Se non si dà una mossa, ora, prenderò io l'iniziativa. Anche se non è da me. Anche se non sono abituata. «...lavorare con te. Insomma, noi due potremmo... scambiarci idee, tu potresti aiutarmi a sviluppare meglio i miei abbozzi, attraverso i tuoi disegni. Lo so, capisco che in questo modo il vantaggio sarebbe quasi del tutto mio...»

Eh? Ma di cosa sta parlando? Lavorare?

Oddio... questi sguardi, questo tono così sensuale, la voce improvvisamente un po' roca, più profonda... per chiedermi di... lavorare?

Mi mordo le labbra, forse con forza eccessiva, mentre mi porto le mani alla testa, passandole tra i capelli. Lavorare? Certo, lavorare. Ci ho sempre tenuto, io, a lavorare! È la mia ragione di vita!

«Certo, Jake. Io...» sorridi, Fanny. Sorridi e non far trapelare la delusione. Non mostrare troppo palesemente che in questo momento ti senti sexy come... come un'anguilla sotto sale. Che hai raggiunto la piena consapevolezza, ormai, che in un uomo inspiri solo voglia di... lavorare. «Io credo che sia una splendida idea.»

CAPITOLO 20

"Io credo che sia una splendida idea."

Parlo pure come la moglie repressa e cornuta di un uomo d'affari che palesemente se la fa con prostitute di lusso mentre lei se ne sta a casa ad accudire i figli e ad occuparsi dell'argenteria in uno dei quartieri residenziali della città.

"Certo tesoro, è una splendida idea."

Oddio! Comunque... ormai ho acconsentito alla splendida idea. Così nelle ultime due settimane mi sono incontrata con Jake a giorni alterni. La sera, soprattutto. A volte in casa, a volte in caffetteria. Abbiamo fatto anche qualche puntatina al parco e al Metropolitan Museum. Per lasciarci ispirare e raccogliere le idee.

E dire che... adoro il mio lavoro! In altre circostanze mi sentirei fortunata ad aver incontrato uno come lui, dal punto di vista professionale. Ci scambiamo idee e collaboriamo in perfetta sintonia. Jake intuisce ciò che mi passa per la mente ancora prima che io lo esprima a parole.

Però... questa consapevolezza di non piacergli per niente come donna mi deprime veramente troppo. Forse perché io sono la prima a essermi fatta un'idea totalmente diversa su di lui. Forse non così splendida, decisamente più sensuale però. I suoi lineamenti, i suoi occhi, il suo corpo snello ma atletico, le braccia muscolose e forti che mi rammentano costantemente cosa si prova a farsi stringere da lui. Vorrei non esserne così attratta.

Comunque, non credo di avere alternativa. Lo sto aiutando a rendere le sue idee e i suoi disegni un po' più vivaci. A osare di più, come dice lui.

«Mi ispiri, Frances. Tanto che a volte mi sveglio di notte con nuove idee.»

105

«Mi fa piacere…»

Invece no, per niente! Si sveglia di notte con nuove idee! Non con la voglia di me! Mi fa piacere? No, mi sento quasi offesa in realtà.

Siamo seduti a Central Park, su una panchina. La mia frustrazione ormai ha raggiunto i massimi livelli. Rebecca e Scarlett non osano nemmeno più chiedermi come stanno le cose tra me e Jake. Le ucciderei con lo sguardo al minimo accenno.

Eppure… eppure devo ammettere che starei così bene con lui se non mi fossi lasciata coinvolgere troppo fin dal principio! Andiamo d'accordo su tutto, o quasi. E non solo lui è migliorato, anche io. Anche le mie idee hanno preso una forma più dinamica ma allo stesso tempo più elegante. Lui consiglia e io modifico, tento di tradurre in disegno i suoi suggerimenti. E il risultato è davvero sorprendente. Non più quell'esagerazione di metalli e pietre. Volevo osare senza saper dosare gli ingredienti, insomma. Con Jake il risultato è più raffinato. Mentre le sue idee hanno preso forma attraverso la mia mano più esperta, allenata. Hanno quell'energia che mancava.

«Che ne dici se…» mi sorride e mi sfiora appena i capelli con le dita. «Stavo pensando… le prossime sere potremmo andare a lavorare nel mio ufficio alla Sorensen, saremmo più comodi. C'è più spazio e io posso recuperare tutto il materiale che ci occorre.»

«Io… alla Sorensen?»

Aveva promesso di aiutarmi. Ma non mi sarei aspettata questo. Anzi, in realtà ero talmente presa dal nostro comune lavoro e dagli incontri con lui che quasi avevo scordato la Sorensen. Anche perché so che pur lavorandoci lui non rientra nell'ambito del design di gioielli e quindi non ha un gran potere decisionale a riguardo. Per lui è più un hobby, una distrazione.

«Sì, certo. Perché no? La sera potremmo stare più tranquilli. Senza i tuoi amici e senza troppa gente intorno.»

«Ma tu… insomma Jake, lo so che lavori per loro. Ma puoi entrare così, senza un permesso speciale?»

Da sola con lui. La sera. Alla Sorensen.

«Ho le chiavi. E conosco bene le guardie, comunque. Quindi nessun problema» annuisce sicuro. E mi rivolge quel sorriso a cui è quasi impossibile resistere.

«Va bene, allora. Mi hai convinta!» Sorrido e mi piego verso di lui colpendolo leggermente con la spalla. «Ammetto che non è stato poi tanto difficile, non sono mai stata all'interno…»

Inaspettatamente Jake allunga il braccio e mentre io sono ancora appoggiata a lui mi attira a sé passandolo dietro alle mie spalle.

«Sono contento…»

Mi attira a sé ancora di più, lasciandomi appoggiare al suo petto. Mi ritrovo con la testa sulla sua spalla, lo assecondo senza ritrarmi.

«Jake…»

Dovrei dire qualcosa? Esprimere le mie sensazioni nei confronti della sintonia che si è creata tra noi e che ormai non è più possibile negare? Sperare che sia lo stesso anche per lui? Fargli capire che non riesco più a resistere all'attrazione che ha scatenato in me?

«Farò il possibile per aiutarti, Fanny. Te lo prometto.»

Percepisco il suo respiro sulla nuca. Mi lascerei scivolare ancora di più, in modo da finire completamente tra le sue braccia. Invece giro il viso verso di lui e le sue labbra sono sulla mia tempia.

«Mi stai già aiutando, Jake…»

Socchiudo gli occhi, in attesa. Forse non accadrà. Anche se lo attendo da settimane, ormai.

«Non intendi solo con il lavoro, vero?»

Dalla tempia le sue labbra si spostano e percorrono lentamente il mio viso fino ad arrivare allo zigomo. L'attesa mi sta facendo impazzire. È così evidente? E soprattutto… lo è stato per tutto questo tempo? Non mi importa, tanto ormai mi sono esposta. E non ho intenzione di tirarmi indietro. Neanche lui, credo. Anzi, lo spero.

«Non solo…»

Sorrido e gli sfioro la guancia con la mano.

Restiamo così. Seduti su una panchina del parco, indifferenti di chi passa, di chi ci osserva, del mondo che ci scorre intorno.

«Che ne dici? Sono stato abbastanza bravo… a resisterti?»

Con la scusa di accarezzarmi i capelli avvicina le labbra alle mie. Ormai solo un soffio ci divide.

«Fin troppo… bravo…»

Sì, appunto! Tanto che io credevo che lui…

Smetto completamente di pensare quando le sue labbra toccano le mie. Lo cingo con le braccia intensificando il bacio, mentre lui mi attira per la vita. Non mi importa che si accorga che lo sto aspettando impazientemente da giorni, da settimane. Devo però rammentare che ci troviamo in un luogo pubblico, per cui lascio scivolare le mani sul suo petto accettando l'idea che si stacchi da me.

«Credevo di non piacerti…»

Mi bacia ancora, ripetutamente, ma con più dolcezza questa volta.

«Io credevo lo stesso, Jake. Insomma, con…» No, non voglio parlare di Rebecca e di qualche altra sua possibile storia. Non voglio sapere. «Credevo che ti interessasse solo il mio lavoro, non io…»

«La verità è che il tuo lavoro mi interessa davvero tanto. Solo che… dalla prima volta che ci siamo incontrati… no, diciamo dalla seconda…» sorride sollevandomi il mento. Poi deposita un altro bacio sulle mie labbra. «Per me è stato un po' difficile gestire la situazione. Molto difficile, in realtà. Tra il lavoro, la tua amica, il tuo ex. Mi sentivo inopportuno.»

Non afferro cosa c'entri il mio ex adesso. O forse sì… Quella sera c'era anche lui e io non mi trovavo nelle migliori condizioni. Sicuramente non ero nelle condizioni ideali per iniziare una nuova relazione.

«Sì, lo so...» annuisco e poi sbuffo. Vorrei non doverci pensare proprio ora.

«Possiamo dimenticare tutti quanti per il momento?»

Probabile che mi legga nel pensiero. Perché è esattamente quello che sto pensando.

«Possiamo dimenticarli anche per tanti momenti!»

Rido e questa volta sono io a baciarlo, mentre Jake mi prende la mano intrecciando le dita con le mie.

Restiamo ancora seduti sulla panchina. Parliamo e continuiamo a baciarci, come se fossimo una coppia qualunque, seduti su una panchina di Central Park in una giornata di sole qualunque. Progettiamo il nostro lavoro, intanto. I nostri incontri alla Sorensen.

E ora non mi importa di correre a casa e raccontare alle amiche che finalmente è successo qualcosa tra noi. Mi sento una ragazzina in estasi per aver ottenuto il bacio tanto sospirato.

No, pensandoci bene... Me lo terrò per me. Le lascerò credere che sono una povera sfigata inconcludente. Voglio vivere questo momento, l'inizio di questa storia, senza intromissioni. Con Jason era stato totalmente diverso. Ovvio, lui era il fratello di una delle mie migliori amiche e tutti o quasi sapevano che ne ero innamorata pazza da anni. Per cui non sono mai riuscita a vivere una storia davvero solo mia, senza subire l'influenza e il giudizio altrui.

Non so cosa accadrà tra me e Jake. Se ci sarà un seguito, se inizieremo una vera relazione. So solo che voglio tenermelo per me, almeno per un po'. Quindi per il resto del mondo (certo il resto del mondo che non ci è passato davanti mentre eravamo avvinghiati con le labbra incollate su una panchina di Central Park), Jake resterà solo un amico, un collaboratore. E io finalmente vivrò la nascita di un amore tutto mio.

CAPITOLO 21

«Quindi lavorerai alla Sorensen con Jake... la sera? Da soli. Quando tutti gli altri avranno abbandonato gli uffici?» L'espressione di Scarlett mi sembra poco convinta. Ha fatto più o meno un riassunto della mia spiegazione ufficiale.

Almeno questo ho dovuto dirlo, per forza. Non posso sparire tutte le sere o quasi e magari rientrare all'alba senza dire niente. Le possibilità sarebbero state: con Jake, a qualche festa, con Jake a qualche festa, a letto con Jake... Alternativamente (probabilmente secondo Scarlett) rapita da qualche maniaco dopo una festa... No, anche perché io non ho più frequentato feste. E Jake... sì, ovvio. Lui sarà anche uscito senza di me, ma preferisco non indagare in proposito.

«Mmh... potrebbe essere una tattica per...» L'idea che si sta facendo Rebecca è scontata, ovvia. La sua espressione fin troppo palese.

«Ma no!» La interrompo, negando fermamente. Forse con eccessivo fervore. Mi volto intanto, con la scusa di cercare qualcosa da bere nel frigo, per evitare il confronto diretto. Non ho nemmeno sete. «Tra me e Jake c'è solo lavoro, collaborazione, niente di più. Ci troviamo bene, ci capiamo. Ci stiamo aiutando a vicenda.»

«Appunto! Da soli, di notte. Uffici deserti... vi aiutate a vicenda...» Rebecca insiste e non sembra proprio accettare i miei tentativi di giustificazione. Quanto sono stata convincente da uno a dieci? «Non è che fra voi è già successo qualcosa, Fanny? E non ce lo vuoi dire...»

Ecco quanto sono stata convincente! Sotto lo zero! Meno dieci! Comunque, non rispondo e continuo imperterrita a frugare nel frigo. Mi sto rifugiando, cerco protezione dalle insinuazioni dei miei amici, me ne rendo conto.

«Potrebbe anche essere un ladro, un trafficante di gioielli... Magari è riuscito a recuperare le chiavi in qualche modo e ha intenzione di entrare di notte per mettere a segno il suo colpo. Per poi fuggire e far ricadere la colpa su di te!»

Riemergo dalla mia ricerca e mi sposto dal frigo. Mi rendo conto solo ora di aver in mano un cavolo. Fisso lo sguardo su Rusty, interdetta. Sta parlando seriamente? Jake un ladro di gioielli? Certo che con Scarlett potrebbe davvero formare una coppia perfetta! L'idea del maniaco l'avrei attribuita a lei, infatti. E anche quella del ladro.

«Oddio, pensandoci bene non ha tutti i torti.» Ci si mette anche Scarlett, infatti. È proprio la sua degna compagna! «Del resto, che ne sappiamo di lui? Oltre al fatto che è andato a letto con Becky e le ha rifilato un biglietto da visita della Sorensen... che tra l'altro potrebbe anche essere falso, contraffatto. Un buon grafico lo farebbe senza problemi. È comparso così dal nulla. Hai fatto delle ricerche su di lui? Sai se esiste davvero, almeno? Come dipendente della Sorensen, voglio dire.»

«Io...»

Appoggio il cavolo sul bancone. Ma... mi stanno prendendo in giro, vero? Quanto hanno intenzione di attendere prima di ammetterlo e scoppiare a ridermi in faccia?

No, sono troppo seri. Anche Rebecca ora. L'unico aspetto positivo di questa folle e insensata idea partorita dalla mente vulcanica di Rusty Foreman è che ha distolto l'attenzione dalla mia storia romantica con Jake.

«Voi vi siete calati troppo nelle vesti di giornalisti!» Indico Rusty e Scarlett. «Ma non vi occupate prevalentemente di viaggi? Siete passati alla cronaca nera adesso?»

Evito di dire che non ho fatto alcuna ricerca su Jake. Perché avrei dovuto? D'accordo, non so quasi nulla su di lui, sulla sua famiglia. Mi torna solo in mente il vago accenno alla madre che aveva fatto Rebecca quando mi aveva detto che era interessato alla mia collana. Con me però non ne ha mai fatto parola. Ma insomma, se viene da San Francisco ed è qui da poco tempo è anche ovvio che non conosca molta gente. Poi è un tipo riservato. Io so che ha lasciato la sua ex a San Francisco. Di dove sia lui non ne sono certa… Non ne abbiamo mai parlato. Eravamo troppo immersi nel lavoro, nell'espressione della nostra creatività. Perché mai avrei dovuto fare ricerche su di lui? Mmh… avrei dovuto?

Mi guardano in silenzio. Sì, secondo loro avrei dovuto. Non posso credere che anche Rebecca stia dando credito alle parole di Rusty. Stanno indubbiamente scherzando, mi stanno prendendo in giro.

«Forse conviene dare un'occhiata al sito della Sorensen…» No, non stanno scherzando. La proposta di Rebecca mi sembra assurda. È stata proprio lei a fare in modo che io e Jake rientrassimo in contatto quando lui non mi ha richiamata! «Magari si riesce a sapere se esiste davvero un certo Jacob Knight. O almeno avviare una ricerca su Google…»

«No, no! Voi siete davvero… insomma, no!»

Ripongo il cavolo nel frigorifero, quasi con rabbia. Povero cavolo, non ne ha nessuna colpa. Ma loro… che amici sono? Prima mi spingono tra le sue braccia e poi dubitano di lui? E, quel che è peggio, mi fanno sentire un'incosciente che si fida del primo arrivato! Però, a questo punto, i miei rapporti con Jake sono ormai ben oltre il lavoro e la Sorensen. Ma loro non possono saperlo.

Mi dirigo come una furia verso la mia stanza. La loro ipotesi non è neanche minimamente ammissibile. Mi ritrovo di fronte allo specchio e sospiro. Ho le guance arrossate e l'espressione sconvolta. E non è proprio il caso. Non ho motivo di prendermela così, me ne rendo conto.

È vero che non so quasi nulla di lui. Non sono nemmeno mai stata a casa sua. E non mi ha ancora presentato nessuno dei suoi amici. Ma ci conosciamo solo da un paio di settimane, del resto. E il nostro rapporto è stato… quello di semplici conoscenti che hanno provato a collaborare. Per cui non era tenuto a raccontarmi dettagli sulla sua vita passata, presente e futura.

Certo ora che le cose tra noi sono cambiate…

Scuoto la testa sforzandomi di rimuovere il pensiero. Eppure, non riesco a impedirmi di visualizzare Jake nei panni di… di Arsenio Lupin. Ladro gentiluomo. O, meglio ancora, di Robin Hood. Che durante la notte ruba gioielli alla Sorensen per distribuirli poi nei quartieri più poveri della città. Facendo di me la sua complice. Non la sua compagna, perché in tal caso mi avrebbe resa parte del piano prima di coinvolgermi. Magari la sua compagna è quella ex che dice di avere a San Francisco, quella con cui ha architettato il piano. Io sono solo una povera, misera pedina. E loro fuggiranno con la refurtiva in un'isola tropicale lasciando ricadere su di me tutte le accuse. L'artista frustrata che era stata respinta dalla Sorensen. Non fa una piega!

L'immagine successiva è quella di me stessa chiusa dietro alle sbarre di un carcere di massima sicurezza. Aggrotto la fronte e stringo gli occhi. Ha tentato di sedurmi per essere certo che non opponessi resistenza!

Lo squillo di un messaggio mi fa sobbalzare. È di Jake.

"Allora, sei con me questa notte? Ho grandi piani."

Grandi piani. Oddio. Lui ha grandi piani!

"Certo, Jake. Sono con te."

Grandi piani. Lui fuggirà e io finirò in carcere a vita. O magari finirò soltanto distesa sulla sua scrivania senza vestiti addosso, avvinghiata a lui. Ma sono giunta a un punto della mia vita in cui ritengo sia il caso di correre qualche rischio. Anche a costo di pentirmene, è comunque meglio che continuare a persistere in questo stato di perenne apatia. Come diceva Rusty? La vita è una giungla. O si vince o si perde.

CAPITOLO 22

Non sono finita in carcere. Perché Jake non ha rubato proprio niente alla Sorensen. Comunque, dubito che tengano gioielli preziosi all'interno dell'edificio. O che siano così facilmente raggiungibili. E in ogni caso io non sono nemmeno finita distesa sulla sua scrivania senza vestiti addosso. Non ancora, almeno.

Abbiamo davvero solo lavorato. Intervallando però il lavoro a una serie di baci e di carezze. Quindi la mia intuizione sta vincendo su quella di Rusty. Mi sento vittoriosa! Jake non è un ladro. E io sto iniziando una storia con lui, anche se la stiamo prendendo con calma. Del resto, entrambi abbiamo una relazione finita male alle spalle. Forse è meglio così.

Quello che mi ha davvero incantata è stata la Sorensen Creations. Davanti all'edificio in Madison Avenue ero già passata, più volte. Ma l'interno… Mi è sembrato di entrare in una reggia, anche se in realtà non ha nulla di maestoso e imponente. Nulla di eccessivo. Tutt'altro. C'è una certa sobrietà nella distribuzione dell'arredamento. Però è tutto studiato con l'eleganza e la raffinatezza tipica dei gioielli Sorensen. Nei minimi dettagli. Come se nulla fosse lasciato al caso.

A un certo punto mi sono chiesta se dovessi inchinarmi prima di essere ricevuta da sua maestà, Jennifer Sorensen. Ma ovviamente lei non c'era. Solo un paio di guardie all'interno che hanno riconosciuto Jake e lo hanno fatto passare con un cenno del capo.

Il suo ufficio non è grande, ma molto tranquillo. Essenziale ma rifornito di tutto ciò che è indispensabile per il nostro lavoro. Una grande scrivania centrale e una bella vista sulla città. Credo che Jake abbia pensato a tutto quanto ci sarebbe stato utile, compresa una nuovissima macchinetta per il caffè tutta per noi.

Nel corso della nostra seconda serata alla Sorensen, cerco di sbilanciarmi un po' di più.

«Quindi tu... vieni da San Francisco, se non ricordo male?»

Mi distolgo per un attimo dal disegno che stiamo completando per incontrare il suo sguardo. Mi sforzo di mantenere un atteggiamento spontaneo e tranquillo, come se la domanda mi fosse sorta così, per caso.

«Ho trascorso gli ultimi anni a San Francisco.»

Sorride e appoggia la mano sulla mia, afferrando la matita che lascio ondeggiare tra le dita.

Tutta la sua concentrazione è rivolta al disegno, al lavoro. Solleva il foglio come per osservare meglio, per scrutare i dettagli e scovare qualche imperfezione. Ciò che mi sembra chiaro invece è che non voglia aggiungere altro riguardante la sua vita precedente all'arrivo a New York.

«Capisco...»

Non aggiungo altro, nemmeno io. In ogni caso quel "capisco" buttato lì non ha molto senso. Tanto per dire qualcosa. In realtà non ci sto capendo molto ma a quanto pare mi devo rassegnare.

«Vengo dall'Ohio, Fanny. Un paesino vicino a Cleveland. Ho vissuto con i miei nonni, i miei genitori non sono mai stati molto presenti. Per il college e poi l'università mi sono trasferito in California e lì sono rimasto fino a quando sono arrivato qui.»

Inclina il viso e mi guarda, punta gli occhi verdi su di me e io mi sento improvvisamente una cretina. Una che si intromette e indaga nella vita privata degli altri senza averne alcun diritto.

«Scusami...»

Abbasso il viso mordendomi le labbra. Raccolgo una matita verde senza averne realmente bisogno per proseguire il nostro disegno e la lascio scorrere tra le dita per cercare di smorzare il senso di disagio e imbarazzo che si è creato tra noi. Che io stessa ho contribuito a creare.

«Va tutto bene, Fanny...» Sento ancora i suoi occhi puntati su di me mentre cerca di seguirmi con lo sguardo. Improvvisamente ferma la mia mano trattenendola nella sua, poi mi solleva il mento e avvicina il viso al mio. «Puoi chiedermi tutto quello che vuoi.»

«No, è che io...»

Chiudo gli occhi, a disagio. Mi sento ancora più stupida, ora. Come se avessi inconsciamente assecondato i dubbi dei miei amici su di lui. Non fino al punto da credere che lui sia un ladro o un criminale, ovvio. Però...

Riapro gli occhi percependo il tepore delle sue labbra. Dischiudo le mie, gemendo al contatto. Poi sorrido e lo cingo con le braccia. Credo di non essere mai stata così attratta da un uomo, in vita mia. Mai, prima d'ora. Con Jason è accaduto tutto in modo diverso. È stata un'attrazione cresciuta con il tempo. Forse anche per il fatto che quando l'ho incontrato ero ancora una bambina.

«Anche io voglio sapere di te, Frances. Voglio sapere tutto.»

Mi posa le mani sulle spalle per poi lasciarle scivolare lungo le mie braccia. Poi risale per insinuarsi sotto al mio golfino, sfiorandomi la pelle che sento ardere al suo tocco.

«Non c'è molto da dire oltre a quello che già sai...» O forse sono io che non voglio ricordare dettagli patetici della mia vita precedente. Magari è così anche per lui, per questo ne parla poco. Mi sento ingiusta nei suoi confronti. «Insomma, ho studiato tanto per tentare di... Ma questo già lo sai, meglio non rievocare i miei fallimenti. La mia famiglia è originaria del New Jersey, Cherry Hill è il nome del mio paese. Ho una sorella più piccola, Crystal. Vivo con le mie migliori amiche del liceo e mi ritengo molto fortunata ad averle. Fino a qualche mese fa c'era anche Reese ma ora si è trasferita a Parigi. Insiste perché io la raggiunga, prima o poi. Forse un giorno lo farò. Reese è la sorella di...»

No, non mi sembra il caso di specificare. Non mi va di affrontare quel discorso. Non so nemmeno io perché ho iniziato a parlarne, vorrei tornare indietro e riavvolgere il nastro.

«Di…? Del tuo ex?»

Come non detto, ci è arrivato subito! Deve essere stata la mia espressione contrita a suggerirglielo.

«Mmh… sì. Anche lui… ci siamo frequentati dal liceo. Anche se lui aveva già terminato e io ero all'ultimo anno. Siamo stati amici per molti anni, prima.»

Non vorrei proseguire oltre, mi infastidisce rovinare l'atmosfera e… non voglio che la presenza di Jason sia troppo ingombrante tra di noi.

«Una storia lunga, capisco.» Jake annuisce ed evita ulteriori commenti o domande.

Del resto, anche io voglio chiudere il discorso, prima possibile.

«Sì, una storia abbastanza lunga.»

Avvicino il viso al suo e lo bacio sulle labbra. Sono intenzionata a dimenticare, cancellare il passato. E non voglio più conoscere dettagli sulla sua vita precedente il nostro incontro. Ne parlerà quando e se ne avrà voglia. Ho rischiato di rovinare tutto. Non permetterò che accada di nuovo.

Mi stringe a sé intensificando il bacio. Mi afferra e mi ritrovo seduta sulla scrivania con le mie dita tra i suoi capelli, le sue labbra sul collo che scendono giù, verso il seno.

«Jake…»

La mia visione di me stessa stesa sulla scrivania sta diventando improvvisamente sempre più nitida, reale. Ma lui si stacca da me, anche se un po' a fatica, mantenendo le mani sui miei fianchi.

«Andiamo a casa mia?» Mi accarezza il viso con delicatezza, sfiorandomi la guancia. E il suo sguardo, ora dolce ma allo stesso tempo intenso e appassionato è su di me. «Abbiamo lavorato abbastanza per oggi.»

Quindi... niente sesso sfrenato sulla scrivania della Sorensen, ho capito. Però mi chiede di andare a casa sua, per la prima volta. Non me lo aveva mai chiesto prima, anche per lavorare ha proposto il suo ufficio alla Sorensen, non il suo appartamento. In un certo senso è come se ora volesse permettermi l'accesso nella sua vita privata, fino a diventarne parte.

«Non sei obbligato, Jake.»

Lo bacio ancora sulle labbra. E questa volta sono io a cercare i suoi occhi.

«Lo so. Ma lo voglio.» Si ricompone e mi prende le mani, con un piccolo salto scendo dalla scrivania. «Io ti voglio, Fanny. Non posso più aspettare.»

CAPITOLO 23

Nessuno dei due lo ha detto espressamente. Insomma, non abbiamo una data di inizio relazione. Ma dopo quella nostra prima notte insieme, si è evoluta nel tempo, nello scorrere dei giorni. Così come la mia attrazione nei suoi confronti. Non ci sono state nemmeno dichiarazioni importanti. È troppo presto, me ne rendo conto. O forse, semplicemente, non si tratta di una relazione vera e nemmeno del grande amore. Per questo motivo non c'è molto da dire. Non so bene cosa sia... So solo che mi fa stare bene, al momento. E so anche che ne avevo bisogno. Per questo l'ho cercato e voluto. Quasi come fossi stata affamata e assetata di attenzioni. Di ossigeno per tornare a respirare. Di un uomo che mi desiderasse e mi facesse sentire bella, apprezzata.

Io non ho più chiesto nulla a Jake riguardo il suo passato e lui non chiede a me. Resta il fatto che ci vediamo tutti i giorni. La sera, soprattutto.

Di notte resto spesso a casa sua e lavoriamo lì, prevalentemente. Per poi finire a letto e mettere in pratica quella scena che lui mi aveva indotto a visualizzare nella mente qualche settimana prima. Ha un appartamento comodo e carino nell'Upper East Side. Mi ha rivelato di averlo preso già arredato dall'agenzia, non aveva tempo di organizzare traslochi e andare a scegliere l'arredamento.

Comunque, non stiamo quasi più a casa mia o alla Sorensen. Forse meglio così. Casa mia è troppo affollata e la Sorensen mi incuteva un certo imbarazzo. Soprattutto entrare di soppiatto, la sera tardi. Poi ammetto che finire sul pavimento o sulla scrivania dell'ufficio di Jake, per quanto elettrizzante, non sarebbe altrettanto comodo quando decidiamo di concederci una pausa. Cosa che ci accade abbastanza spesso.

La mia storia con Jake è molto diversa da quella che ho avuto con Jason. In realtà non sono nemmeno sicura di essere la sua ragazza, non c'è nulla di ufficiale tra me e Jake. Con Jason ci sono stati tanti anni prima, tante persone di mezzo... come se tutto necessitasse di una definizione, di un inquadramento. Ero, di fatto, la ragazza di Jason Christensen. Per tutti. Amici, parenti, conoscenti.

Con Jake invece, benché Rebecca, Scarlett e Rusty siano a conoscenza del fatto che ci frequentiamo, è come se fossimo soli. Io e lui. Solo noi due. Senza amici, senza famiglie. Noi due. Per me è una novità. E per quanto non mi sia ancora abituata al cambiamento, è una novità che mi piace. Forse perché mi piace lui. Anche senza sentimenti di mezzo. Mi piace quando mi stringe tra le braccia, quando mi bacia e percorre il mio corpo con le labbra. Mi piace come mi fa sentire unica e desiderata, come non lo sono più stata da tempo. Quando posa i suoi occhi su di me e li trattiene, senza dire niente. Quando sembra comprendere tutto, di me. Proprio tutto, anche i miei silenzi.

Per tutto il resto preferisco non pormi domande. Nemmeno per quanto riguarda il lavoro e la Sorensen. Jake dice che quando la nostra collezione sarà ultimata mi presenterà lui stesso e appoggerà la mia candidatura. Ho fiducia in lui e per il momento ho ancora un po' di soldi da parte. Gli ultimi lavori che mi erano stati commissionati mi avevano fruttato abbastanza. Siamo entrambi migliorati lavorando insieme. Evidentemente ciò di cui avevo bisogno era un supporto, un sostegno. Un incoraggiamento che non riuscivo a trovare negli altri e ancora meno in me stessa.

«Dalla tua espressione beata mi sembra di capire che non hai ancora saputo la novità...» Rebecca si stiracchia sul divano mentre attraverso il soggiorno pronta per uscire.

Jake è ancora al lavoro ma io voglio andare alla New York Public Library per consultare vecchie riviste di moda per una nuova idea di gioielli con influenze che abbiano un sapore passato. Qualcosa di antico e prezioso allo stesso tempo. Non sappiamo ancora quale epoca prendere in considerazione, ma io voglio iniziare a lavorarci al più presto. Potremmo anche fare alcuni tentativi e sperimentare.

«Quale novità?»

Mi stringo nelle spalle mentre arrivo alla porta.

«Jason ha lasciato la stronza. Credevo che Reese ti avrebbe telefonato immediatamente per renderti partecipe della grande gioia di non averla come futura cognata.»

Impiego qualche istante per assorbire la notizia. Jason, la stronza... Jason ha lasciato...

Lo sguardo di Rebecca, puntato su di me, è in fervida attesa di qualche mia reazione. Di qualunque tipo.

«Quando?» È l'unica cosa che mi viene in mente di chiedere.

Anzi, no. Mi verrebbe anche da chiedere, nell'ordine: perché, in che modo, da quanto tempo lo sai, perché hai quell'espressione convinta che per me cambi qualcosa...?

Per me cambia qualcosa?

No, assolutamente no.

«Da circa una settimana, credo. Così mi ha detto Reese questa mattina.» Rebecca sbadiglia, si sfrega gli occhi e si passa le dita tra i capelli. «Ma potrebbe essere stato anche prima... Magari da quando è tornato a cercare te...»

«Non mi ha più cercata comunque, dopo quella volta.» Tengo a precisarlo per evitare fraintendimenti in proposito. O forse no, non è quello il motivo.

Sono consapevole del fatto che non mi riguarda più. Non voglio che mi riguardi. Al punto che avrei preferito non saperlo.

«Non credi che ci sia un collegamento?» A quanto pare invece Rebecca la pensa diversamente.

«No, non credo proprio.» Mi sento improvvisamente stanca e demotivata. Come se tutto l'entusiasmo che mi ha tenuta in vita nel corso delle ultime settimane fosse svanito in me. Come se rischiassi di ripiombare nel vuoto esistenziale precedente. «E anche se fosse, non mi interessa. Tutte le storie hanno un inizio e una fine. Ma nella mia vita non cambia assolutamente niente.»

Mi aggrappo alla maniglia, ormai pronta per uscire. Non voglio continuare a parlare con Rebecca. Non voglio che indaghi tra i miei pensieri. Tanto ormai, che mi piaccia o meno, la mia giornata è rovinata. Ormai so che il pensiero di lui mi invaderà la mente nelle prossime ore. Non perché mi importi ma è comunque una notizia che non mi aspettavo e che mi ha colta impreparata.

«Meglio così!» Rebecca annuisce convinta e solleva una mano in cenno di saluto. «Sono sempre stata dell'idea che tu non esprimessi il meglio di te stessa insieme a Jason. Sei sempre stata troppo succube di lui. Con Jake invece sembri rinata.»

Esco accennando un sorriso ma senza replicare. Resto però ferma dietro la porta. Succube di lui? Non esprimevo il meglio di me stessa? Forse è vero, ma quando è iniziata ero anche molto più giovane. Certo, lo era anche Jason... però...

No, no. Non ci voglio pensare. Non gli permetterò assolutamente di rovinarmi la giornata. Ancor meno di insinuarsi nella mia nuova vita.

D'istinto prendo il cellulare dalla borsa e invio un messaggio.

"Jake, ho una nuova idea sensazionale! Sono certa che ti piacerà. Ci vediamo stasera, mi preparo a sorprenderti. Eh sì, intendo proprio in ogni senso!"

Sorrido soffermandomi sulle ultime parole pronunciate da Rebecca. Ha ragione. Ma con Jake non solo sembro rinata. Lo sono davvero.

CAPITOLO 24

«Lui ti ama ancora, Fanny...»

Perché Reese mi sta dicendo queste cose? Si suppone che sia mia amica, non solo la sorella di Jason. Il giorno dopo la comunicazione di Rebecca anche io ho ricevuto una sua telefonata. E mi indispone un po', ad essere onesta. Perché non viene lui a parlarmi, se tanto ci tiene?

«È la terza volta che me lo ripeti, Reese...» sospiro, distesa sul letto. Poi allontano per qualche secondo il cellulare dall'orecchio e mi sollevo. Inizio a tormentare il cuscino a forma di farfalla che tengo accanto alla parete. «Ed è la terza volta che ti dico che ormai è troppo tardi. Posso ricordarti che tu stessa non molto tempo fa mi hai incoraggiata a raggiungerti a Parigi perché tanto ormai con lui non avevo più speranze? Ero una povera illusa a sperare ancora.»

«Sì, certo che me lo ricordo. Però... le situazioni cambiano. Quella per Amy è stata una stupida fissazione, una sbandata. Insomma, più o meno ce l'avevano tutti per lei se ben ricordi. Ma la verità è che Jason ha sempre amato solo te.»

Non so quanto Reese sia convinta di ciò che ha appena detto. Forse è solo l'affetto per il fratello a spingerla a parlare. O probabilmente il suo istinto naturale di sistemare le situazioni irrisolte tra persone a cui vuole bene. Però non mi sta aiutando affatto in questo momento.

«Se mi avesse amata non mi avrebbe lasciata come invece ha fatto...» Pronuncio le parole in modo quasi automatico, meccanico. Il senso logico mi dà ragione. Il cuore, forse, un po' meno. Cerco di rincarare la dose. «Poi, insomma, la fissazione per Amy Lloyd era giustificabile anni fa. Ora non è più un adolescente. Anzi, ripensandoci... non sarebbe stato giustificabile nemmeno prima!»

123

Mi alzo dal letto avviandomi stancamente verso il soggiorno. Sento dei movimenti in cucina e ho bisogno di sostegno morale.

Scarlett e Rusty, seduti sul divano, stanno discutendo animatamente su un pezzo da consegnare a "Big Apple Adventure". Rebecca si è lanciata nell'impresa di cucinare messicano per tutti. Un'impresa titanica, temo.

«Lo so. Hai ragione, Fanny...» Ah, ecco! Finalmente lo ammette anche Reese. «Però magari prova a dargli una possibilità.»

«In ogni caso lui non ha fatto nulla per parlare con me...» Anche perché, conoscendolo, vorrà andare sul sicuro. Quindi molto più semplice mandare in avanscoperta la sorella. Tipico di Jason. «E poi io... insomma... ho una storia con un altro, adesso. E sto bene.»

Forse avrei dovuto dirlo fin dall'inizio. Anche se ho la certezza che lei lo sappia già da un po'. Indipendentemente dai miei trascorsi con Jason, questo è il motivo fondamentale per cui...

«Ma sei innamorata di lui? Come lo sei di Jason?»

Ecco, lo immaginavo! Questo è un colpo basso da parte di Reese.

«Non lo so... comunque...» Nemmeno ci voglio pensare. E soprattutto, non ne voglio parlare. Perché sono certa che ogni mia singola parola, come ogni mia esitazione, verrà fedelmente riportata a Jason. «Rebecca sta combinando un casino in cucina, meglio che vada prima che ci mandi a fuoco l'appartamento. Ci sentiamo presto, Reese.»

Rebecca mi rivolge un'occhiata furiosa e aggrotta la fronte.

«Balle! Non è affatto vero!» sbuffa e incrocia le braccia offesa. «La conversazione si stava facendo complicata, dì la verità! Non sapevi più cosa risponderle e hai messo di mezzo me per poter riagganciare.»

«Ovviamente Reese parteggia per il fratello.»

Sollevo le spalle e la raggiungo dietro al bancone. Non ho mai visto delle tortillas così... Sembra che Rebecca le abbia lanciate in aria e poi usate per giocare al tiro a segno.

«Nah... io voto per Jake! Jason ormai fa parte del passato e soprattutto non ti merita più.» Rebecca continua imperterrita a mescolare ingredienti per la salsa chili che intende preparare. «Voi due, grandi giornalisti, che ne pensate?»

«Anche io voto per Jake...» Scarlett solleva appena una mano senza distogliere lo sguardo dall'articolo che sta scrivendo a computer. Non sembra eccessivamente convinta.

«Sì, anche io!» Rusty invece ci osserva con attenzione. Principalmente Rebecca e i suoi disperati tentativi in cucina. Se non interviene al più presto siamo perdute. «Anche perché l'esperienza mi ha insegnato che è meglio non contraddire voi donne...»

«Comunque non ti conviene proprio mollare Jake per uno come Jason.» Rebecca si pulisce le mani nel grembiulino rosa a balze e merletti, poi butta indietro con stizza il contenitore della salsa. «Jake fa parte del tuo ambiente, del tuo mondo. Lavora alla Sorensen. Devi tenere conto anche di questo. Cosa ti può offrire invece Jason? Niente! Ti ha sempre condizionata, in negativo.»

Ecco, Rebecca O'Hara e la sua visione materialista della vita e dei rapporti. Mi piacerebbe chiederle cosa farebbe se tornasse Tom Prescott, così da un giorno all'altro, e le offrisse di andare a vivere in una casetta in campagna dove mettere su famiglia. Abbandonerebbe la sua vita mondana di città, le sue sfilate, le sue avventure di una notte o poco più? Però evito. Forse perché so che risponderebbe rifugiandosi nella sua stanza sbattendo la porta. E getterei una buona dose di malumore su tutti. Non mi sembra il caso. Oltretutto sarebbe sleale da parte mia, un colpo basso.

«Considera soprattutto il fatto che Jason ti ha brutalmente mollata per un'altra.» L'intervento di Scarlett a favore di Jake mi giunge inaspettato. Era talmente presa dal suo articolo che non credevo stesse seguendo il nostro discorso. Non seriamente. «Da quel che mi sembra di capire vorrebbe ricucire con te ma allo stesso tempo vuole essere certo di andare sul sicuro perché teme di essere rifiutato... Non è nemmeno disposto a correre dei rischi. No, niente da fare. Io sceglierei Jake!»

«Sì, ma... in effetti lui aveva cercato di parlarmi. È stato anche qui e lo abbiamo mandato via a calci, quasi.» Tento una misera giustificazione al comportamento di Jason. Poco convincente. Io stessa sono poco convinta. «Forse non sa ancora come affrontarmi.»

«Oh, povero caro! Teme di ricevere un'altra porta in faccia, proprio come si merita?» Rebecca congiunge le mani, poi arriccia il naso in una smorfia. «No, niente da fare! Tu non sei d'accordo, Rusty?»

«Devo proprio rispondere?» Rusty si gratta il mento alzandosi dal divano. Si avvicina al bancone e sgrana gli occhi chiari sulla salsa chili preparata da Rebecca, ormai trasformata in una massa compatta. Sembra quasi una colla, non credo riuscirà più a mescolarla ormai. «Devi proprio spiegarmi come hai fatto! Comunque... io credo che tutti possano sbagliare nella vita. Intendo Jason... non quella roba...»

«Certo, la solita famosa solidarietà maschile!» Rebecca appoggia le mani sul ripiano tamburellando le dita e aggredisce Rusty con uno sguardo ostile. «Quindi tu credi che un tradimento sia perdonabile?»

«Non è stato solo un tradimento... L'ha proprio mollata!» L'intervento chiarificatore di Scarlett mi serviva proprio. Una botta di autostima, davvero!

«Perché mi volete mettere in mezzo? Sono l'unico uomo qui...» Rusty tenta una timida ritirata. «Tanto qualunque risposta darò sarà sbagliata. L'unica idea sensata per me ora... è ordinare la pizza.»

Bravo Rusty. Una scappatoia molto intelligente. La pizza mette sempre tutti d'accordo.

«Vi posso ricordare...» Oso intervenire, anche considerato il fatto che sono io la diretta interessata. «Insomma, Jason non si è ancora presentato davanti alla mia porta in ginocchio con un fiore in mano chiedendomi perdono...»

Non che mi aspetti da lui un gesto simile, mai e poi mai... ma per rendere l'idea.

«Oddio... sarebbe una visione orribile, oltre che impossibile...» A quanto pare anche Rebecca non riesce a immaginarlo. «La vera domanda è... tu vuoi riprendertelo oppure no? Torneresti con lui?»

«Tornare con un ex?» Scarlett interviene prima che io possa rispondere. «No, per me è una follia. Andrebbero mandati tutti al diavolo. Soprattutto considerato il fatto che è stato lui a tradirti e a lasciarti.»

«Anche perché torna ora, lo stronzo!» Incalza Rebecca, inarrestabile. «Proprio ora che ormai l'hai superata e hai iniziato una storia con un altro. Troppo scontato!»

«Davvero un tempismo...» Scarlett si passa la mano sulla fronte come a ricercare nella memoria la parola più esatta. «Deprecabile! Ecco... siamo davanti a un esempio tipico di quello che si può definire come il deprecabile tempismo degli ex!»

Il deprecabile tempismo degli ex? Buona questa. Me la devo segnare da qualche parte.

«Secondo me...» Questa volta Rusty interviene senza che la sua opinione sia richiesta. Cerca di inserirsi nel discorso timidamente. «Scusate, ragazze, ma secondo me c'è un fattore da tenere in considerazione... Se si ama qualcuno oppure no. Il tempismo non c'entra nulla. Se ritieni che sia troppo tardi probabilmente è perché non sei più innamorata di lui. E se fossi veramente presa dalla tua nuova storia, non perderesti tempo a pensare al tuo ex o ad ascoltare i nostri consigli. Quindi, Fanny, qual è la verità? Lo puoi sapere soltanto tu.»

CAPITOLO 25

Non sono stata in grado di rispondere alla domanda di Rusty. Anche se mi rendo conto che tra tante disquisizioni il suo è stato l'unico intervento sensato. Mi ha indotta a pensare e a riflettere su me stessa, sui miei sentimenti.

Se fossi innamorata di Jake le parole di Reese non mi avrebbero toccata minimamente. E nemmeno starei ad aspettare la prossima mossa di Jason nei miei confronti. Forse lo sta facendo apposta. Mi ha fatto avere la notizia da altre persone per concedermi il tempo di rifletterci. Altrimenti presa alla sprovvista lo avrei davvero rifiutato e mandato via a calci. Intanto io però devo capire se la mia è solo curiosità… oppure altro.

Continuo a lavorare con Jake e cerco di non pensarci troppo. Anche se mi rendo conto che negli ultimi giorni la storia con lui si è un po' raffreddata. Ma forse sono io… è il mio atteggiamento a essere diventato più distaccato, quasi scostante. Però anche lui sembra pensieroso, distante. Come se avesse in parte perso l'allegria e il suo modo di fare divertente e brioso. Che abbia capito qualcosa? O magari, chissà come, lo ha saputo… per cui è ovvio che stia sulla difensiva.

«Mi farai incontrare Jennifer Sorensen, prima o poi?»

Lo dico tanto per spezzare il silenzio quasi innaturale che si è creato tra di noi. Non lavoriamo nemmeno più insieme, ognuno insegue e perfeziona un proprio progetto. Io mi sono lanciata sull'idea dei gioielli antichi ultimamente, dopo gli spunti raccolti in biblioteca. Ma lui non mi sta più seguendo, anche se si era dimostrato entusiasta all'inizio. Come se avessimo deciso di intraprendere percorsi separati, strade diverse. Però io non posso accettare di perderlo, non così.

Vorrei riuscire a recuperare, a ristabilire quella connessione speciale tra di noi.

«Sì, certo...» Preso alla sprovvista lo vedo arrossire. «Devi solo lasciarmi un po' di tempo per organizzare...»

Organizzare cosa? Non ne ho idea. E non sono nemmeno così sicura di volerlo sapere.

«Jake...» Mi avvicino e poso la mano sulla sua. Risalgo verso il braccio, accarezzandolo piano. «Scusami, non intendevo farti pressione.»

«No, Fanny. Solo che io... vorrei che il nostro lavoro fosse perfetto, prima. Vorrei che tu riuscissi a esprimere il meglio di te stessa. Non che tu non lo stia già facendo, non fraintendermi...» Sorride e mi circonda la vita con le braccia. Poi solleva lo sguardo su di me. «Ascolta, io... Forse noi dobbiamo parlare. Non vorrei che tu...»

«No. No, Jake. Mi sta bene aspettare. Hai ragione, non sono ancora abbastanza sicura di me. Non sono pronta. Posso fare di meglio.» Mi siedo in braccio a lui e lo bacio sulle labbra. Poi sospiro e appoggio la fronte alla sua. «Scusami, sono un po' tesa ultimamente. Ma si sistemerà tutto. Andrà tutto bene.»

Mi rendo conto che il mio rapporto con Jake è totalmente diverso da quello che ho avuto con Jason. Perché ciò che avevo con Jason, quella passione, quel trasporto emotivo... è passato e non tornerà mai più. Devo accettarlo e andare avanti. Con Jake sto bene, sono tranquilla, serena. Nonostante l'attrazione nei suoi confronti sia stata forte, intensa fin dal principio. Nonostante i brividi che scatena in me, ogni volta che mi tocca, che mi sfiora. Poi però riesce anche a restituirmi la pace, la serenità e l'equilibrio necessari per rimettermi al lavoro e sentirmi sicura di me, del mio valore come artista e come donna. E forse, in questo momento, è tutto ciò di cui ho bisogno. Non posso e non voglio chiedere di più. E non è giusto che io pretenda da lui ciò che non può darmi. In fondo anche la stabilità emotiva e mentale è importante in un rapporto.

CAPITOLO 26

Mi sono resa conto dei suoi motivi. Ho capito perché ha atteso prima di ripresentarsi da me. Stava aspettando che mi rendessi conto che la mia relazione con Jake non andava da nessuna parte. Mi ha concesso del tempo. Poi è tornato. Ma è davvero così?

Ha iniziato con qualche messaggio ogni tanto. Solo per chiedermi come stavo. Non ho risposto subito. Ho ignorato il primo. Al secondo ho risposto. Il giorno dopo. Con un "Bene, grazie."

La verità però è che forse non dipende da lui. Ma da Jake. Sono trascorsi circa due mesi dal nostro primo incontro ed è come se non fosse cambiato nulla. Anzi, sembra quasi che poco alla volta mi stia lasciando andare. Come se stessimo tornando indietro, invece di andare avanti. Non oso più nemmeno chiedergli della Sorensen. Credo non sia in suo potere proporre il mio lavoro. E io devo trovare assolutamente qualcosa che mi permetta di continuare a vivere, pagare l'affitto e tutto il resto. Non posso persistere nella speranza in qualcosa che non avverrà mai.

Durante l'ultima settimana non ho nemmeno dormito a casa sua. E non riesco a capire da chi di noi due sia dipeso il distacco. Ma è come se la sintonia tra noi si fosse persa, svanita per sempre. Evaporata rapidamente, in una nuvola di fumo.

Forse ha avuto ragione Rusty. Pensare troppo a Jason ha ucciso sul nascere la mia storia con Jake. Credo che dipenda dal fatto che quello che provo per Jason non sia mai passato, indipendentemente dalla mia volontà. E anche Jake deve averlo capito. Per cui, in un certo senso, forse si è rassegnato a lasciarmi andare. Senza dire una parola per trattenermi. Senza lottare.

«Davvero credevi che mi sarei accontentato di un "Bene, grazie"?»

Riconosco la sua voce, alle spalle. Credo mi abbia seguita da casa e poi abbia atteso che mi allontanassi abbastanza per impedirmi di rifugiarmi nel mio appartamento. Infatti, ci stiamo avvicinando a Central Park.

«Cosa vuoi da me, Jason?»

«Risposta semplice. Voglio te.»

Ecco, che brava sono! Gli ho addirittura facilitato il compito e non era mia intenzione. O forse sì? Intanto non mi volto. Anzi, giro appena il viso, senza fermarmi. Temo il contatto diretto con il suo sguardo, con i suoi occhi. Quei suoi occhi castani, dolcissimi e impetuosi al tempo stesso. Mi sento fremere nel profondo, come prima, come sempre. E involontariamente le mie gambe tremano. A tal punto che temo sia visibile anche dall'esterno. Detesto essere così dannatamente prevedibile!

«Non mi sembra una risposta sensata...»

Continuo a camminare. Direzione parco, senza esitazioni. L'intenzione era quella di rilassarmi, ma ora sento una tensione che mi spezza quasi il fiato.

«Fanny, potresti fermarti almeno un attimo invece di prendere la rincorsa? Stiamo dando l'impressione che... Insomma, sembra che io ti stia seguendo! Lo sai che non sono uno stalker, vero? Non ancora, almeno.»

Percepisco il suo tono divertito. Sono tentata di mettermi a ridere ma mi freno. Non ho intenzione di dargli corda e facilitargli il compito. Niente affatto.

«Potresti avere una carriera davanti...»

E avrei dovuto evitare anche la battutina ironica. Così non sembro sufficientemente arrabbiata con lui. Potrebbe pensare che io sia tentata di dargli una possibilità.

Mi fermo e mi volto verso di lui, quasi di scatto. Non sono riuscita a trattenermi.

«Vuoi me, hai detto? Bene. E cosa farai quando mi riavrai? Mi lascerai per la prossima per cui prenderai una sbandata, Jason?» Incrocio le braccia e lo fisso severa negli occhi. Sono risoluta a non cedere, a non lasciarmi corrompere da quello sguardo dolce e insinuante che conosco troppo bene. E che sa quali tasti premere con me. «Devo rivedermi gli album del liceo, controllare dove siano finite tutte le cheerleader più corteggiate. Chissà, magari qualcuna potrebbe trovarsi in zona...»

L'intenzione era quella di essere io la più forte, anche attraverso un sarcasmo che non mi appartiene. Almeno per una volta. Forse il mio è stato un tentativo inutile e malriuscito di imitare il tono sprezzante di Scarlett e l'ironia di Rebecca e creare un giusto mix farcito di un umorismo pungente. Invece sto tremando, forse di rabbia, forse di dolore oppure di frustrazione per la mia fragilità... e mi bruciano gli occhi. Mi ha ferita. E il problema è che mi sento ancora così. Ferita. Come se per lui non fossi mai stata abbastanza.

«Ho sbagliato con te, Fanny.» Ne approfitta per afferrarmi le spalle. «Lo so che ho sbagliato. E detesto vederti così... Per cui ti prego, sfogati. Insultami, dimmi quello che pensi di me o prendimi a schiaffi... ma non fare così...»

«Sei stato tu a ridurmi così, Jason. Nessun altro. Per cui non ti aspettare nulla di diverso, da me. Perché mai dovrei insultarti o prenderti a schiaffi? Non c'è rimasto più nulla, in me. Nulla che tu possa ferire, ancora.»

In parte sto simulando, lo so. Ma non gli permetterò di approfittare della mia fragilità. Non più. Cerco di liberarmi dalla sua stretta, inutilmente. Non faccio altro che finire con le mani sul suo petto e permettergli di stringermi a sé. Oppongo una debole resistenza ma poi mi lascio andare.

«Farò qualunque cosa per recuperare con te.» Si stacca da me solo per incrociare il mio sguardo. Stringe leggermente gli occhi per essere più convincente. «Non chiudermi fuori dalla tua vita, Fanny. Ti chiedo solo questo.»

«Non ci sono mai riuscita, a quanto pare. Però…» Però non è giusto. Qualcosa dentro me si ribella. Nonostante i suoi occhi. Nonostante le sue labbra, così vicine alle mie. Come non credevo sarebbero mai state, di nuovo. Nonostante il mio cuore che ora ripercorre quei battiti noti, quei palpiti tanto amati nel corso della mia adolescenza. La parte del mio cuore, ancora ingenuo e inesperto, che non ha smesso di amare Jason. «Adesso c'è un altro, Jason. Mi ha aperto un mondo che mi sembrava impossibile raggiungere. E mi tratta bene, soprattutto. Non posso non tenerne conto.»

«Per questo stai con lui?» Aggrotta la fronte e mi stringe le spalle, forse con un impeto eccessivo. «Solo perché ti tratta bene? E perché credi di poter ottenere il lavoro dei tuoi sogni, insieme a lui?»

Questo è stato un colpo basso. E anche un po' meschino. Soprattutto da parte di Jason, che ha sempre ritenuto il proprio lavoro di avvocato importante, mentre il mio solo un sogno. Solo un sogno, appunto. Ma me la sono cercata, lo ammetto. Ovviamente non è solo per questo. Qualunque cosa mi abbia portata verso Jake sono certa che non si sia trattato solo di un interesse materiale o professionale. Anche se il nostro rapporto si è raffreddato ultimamente… ma forse è dipeso da me, non da lui. Forse lui nemmeno se n'è accorto.

«No. Io provo dei sentimenti per lui. Diversi da quelli che provo per te, lo ammetto. Ma ci sono. Sono veri. Per cui non puoi presentarti qui ora, dirmi che mi rivuoi e pretendere che io…»

Non so continuare. Perché è ovvio che lui possa pretenderlo. È Jason Christensen, può fare quello che vuole. Lo ha sempre fatto. E io sono sempre la solita piccola sciocca Fanny Moore che non aspetta altro che cascare tra le sue braccia. Basta un suo gesto, una parola. Questo è tutto ciò che ha sempre pensato di me. Non solo lui. Tutti. Che sia sufficiente un semplice schiocco di dita per farmi crollare.

Mi allontano, lasciando la frase in sospeso. Non ho più voglia di andare a rilassarmi al parco. Ho voglia di stendermi e dormire per tutto il resto della giornata. Ripercorro la strada verso casa.

Jason non mi segue, la sua voce però mi colpisce alle spalle.

«Non pretendo nulla da te, Fanny. Non ora. Avrò pazienza. Ti aspetterò. Ma tornerai da me, io lo so. Lo sappiamo entrambi. Proprio come io sono tornato da te.»

CAPITOLO 27

Le intenzioni di Jason mi sono chiare, almeno. E mentirei se dicessi che non mi sento lusingata dalla sua smania di riconquistarmi. Sì, nonostante tutto sono una ragazza a cui piace essere corteggiata, desiderata, ambita. Suppongo sia abbastanza comune. Anche se dubito che Jason si spingerà tanto in là nel suo proposito. Non è il tipo, lo conosco troppo bene. O più che altro non gli è mai stato necessario. E mi secca dover aggiungere una precisazione. Non gli è mai stato necessario con me.

Le intenzioni di Jake, in compenso, sono ancora avvolte nel mistero. Nessuna grande dichiarazione da parte sua. Forse per lui sono soltanto un ripiego in un momento complicato, un passatempo. Non ho mai osato interrogarlo sui dettagli riguardanti la sua relazione precedente. Ma del resto anche io non ho agito in modo molto diverso nei suoi confronti. Quindi non solo le intenzioni di Jake sono avvolte nel mistero. Anche le mie.

Sono sempre attratta da lui. Lo sono stata fin dal primo momento. O meglio, da quella sera. Altrimenti non lo avrei cercato. Non si tratta solo di lavoro. Ma percepisco un'oscurità in lui, un mistero in cui non sono in grado di penetrare perché è come se lui stesso non me lo permettesse. E questo mi porta a respingerlo ma allo stesso tempo mi fa sentire più legata a lui. Perché oltre al suo sorriso, ai suoi occhi verdi, ai suoi baci, io avverto una sofferenza da cui mi sento esclusa. Invece vorrei conoscerla, accarezzarla. Guarirla. Ma forse si tratta solo della mia fervida fantasia ormai inarrestabilmente entrata in funzione. Guardo troppi film. E convivo con persone la cui fervida fantasia supera la mia.

In ogni caso temo di sbagliare. Non dovrei. Dovrei lasciarmi guidare dal cuore, ma sono in bilico tra una relazione di sette anni terminata con un tradimento e una di pochi mesi di cui non mi sento particolarmente sicura.

Per il momento ho scelto Jake. Oppure sono talmente incerta che preferisco restare immobile, in una storia in cui non sono ancora costretta a esprimermi, a prendere decisioni importanti. Forse è ciò che vuole anche lui.

Eppure, vorrei... Una parte di me non aspetta altro che approfondire il nostro rapporto, immergermi in modo da oltrepassare i limiti e non poter tornare indietro. Ma a questo punto suppongo sia la stessa parte di me che vorrebbe punire Jason per il male che mi ha fatto, farlo soffrire, annientarlo.

«Tutto bene?» Jake inclina il viso e mi osserva un po' confuso.

«Sì, certo...»

Non so per quanto tempo sono rimasta a fissare il foglio con la matita in mano. Anche la mia creatività è in stallo totale negli ultimi giorni.

Sono tornata a frequentare l'appartamento di Jake, assiduamente. Ho sbagliato credendo che lui non mi volesse. Probabilmente sono io la responsabile. Il nostro rapporto si è raffreddato a causa mia.

«Non è vero...» Il suo tono si fa basso, mentre i suoi occhi mi scrutano attenti. «Fanny, se c'è qualcosa che devi dirmi... per favore, non esitare. Dimmelo e basta, sono pronto.»

E mi rendo conto che potrebbe essere il momento più adatto. Per chiudere con lui. Per dirgli che sono confusa e ho bisogno di prendermi una pausa. Non per tornare da Jason. Ma solo per concedere del tempo a me stessa, per capire cosa voglio davvero.

Però... però è come se una parte di me si rifiutasse di lasciarlo andare. O forse è un rifiuto a stare sola. Semplice paura. Forse in me sta emergendo un pensiero ben preciso anche se avvilente. Se non sarò più la ragazza di un altro, Jason potrebbe perdere tutto l'interesse che è tornato a provare nei miei confronti. In effetti il suo riavvicinamento è coinciso con l'entrata in scena di Jake nella mia vita...

Dovrei iniziare a vergognarmi di me stessa. Ma no, no. Non può essere questo. Io non sono così. Almeno credo. Del resto, è la prima volta che mi trovo in una situazione del genere.

«Jake... stringimi, per favore. Ti chiedo solo questo...»

La mia richiesta lo coglie un po' di sorpresa, ma la sua reazione non si lascia attendere. Annuisce e mi stringe tra le braccia. Ho improvvisamente bisogno di sentire la sua vicinanza, il suo calore per sentirmi sicura, protetta.

Ho bisogno di lui, ora. Non mi importa se non mi aiuterà mai a entrare alla Sorensen. Non mi importa se il nostro lavoro non avrà mai l'esito che ho sperato nel corso di queste settimane. Jason ha torto, riguardo a questo. Non sto usando Jake, non lo farei mai. Ho bisogno di lui. Ho bisogno che mi protegga dal resto del mondo, soprattutto da me stessa. Dai miei errori, dal senso di insicurezza che ha dominato la mia intera esistenza. Ho bisogno della forza che Jake riesce a imprimere in me. Ho bisogno di tutto quanto c'è tra noi, a cui io ancora non riesco a dare un nome. Perché è un sentimento nuovo per me. A volte inebriante, altre doloroso, che oscilla spesso tra passione e tormento. Ma che non mi lascia sola. Nonostante il mio distacco.

«Fanny...»

Mi stringe fin troppo forte e mi bacia con un impeto nuovo, quasi come se volesse impossessarsi del mio cuore, non solo del mio corpo.

Mi ritrovo in braccio a lui che preme contro di me. Lo attiro ancora di più, con le braccia, con le gambe.

«Guardami, Jake...» Gli prendo il viso tra le mani, per incontrare i suoi occhi. «Non... lasciarmi andare, Jake...»

Sussurro appena le ultime parole sulle sue labbra. Dubito che mi abbia sentita.

«Non ci penso proprio...» Si stacca per un istante e mi guarda serio prima di riprendere a baciarmi. Poi mi percorre il viso, come per studiare a fondo ogni dettaglio e memorizzarlo. «Capisco di avere ben poco vantaggio...»

«Non cercare di capire...» Rispondo al suo sguardo e lo attiro a me, mentre mi trasporta in camera sua e mi stende sul letto. «Io sono qui, ora. Sto con te, Jake. Ho bisogno di te.»

«Davvero?»

Passa un dito sulle mie labbra, sfiorandomi il mento e sollevandolo per baciarmi ancora.

«Sì...»

Sorrido e lo circondo con le braccia, costringendolo a ricadere sopra di me.

Intreccia le dita con le mie spingendomi indietro le braccia. E ancora percepisco una sorta di timore nei miei confronti. Come se ci fosse una separazione, un divario. Qualcosa che entrambi teniamo nascosto. Come se i nostri cuori non fossero del tutto liberi di esprimersi, di cercarsi, di trovarsi.

Per quanto mi riguarda ne sono consapevole. E con le sue parole sull'avere poco vantaggio credo che lo sia anche lui. Ma non è solo questo. C'è dell'altro. Qualcosa che Jake non riesce più a nascondere e ci sta allontanando. E io sono intenzionata a scoprire di cosa si tratta.

CAPITOLO 28

Ho prestato attenzione. Ogni giorno di più. Anche perché sono fermamente intenzionata a restare con Jake e a non tornare con Jason. Jake mi tratta bene. Jake non mi tradirebbe mai in modo così ignobile.

E Jason non può tornare, schioccare le dita e pretendere di farmi cadere ai suoi piedi. È quello che continuo a ripetere e a ripetermi. No, non funziona così. Per cui resterò con Jake.

Oddio, detta così non sembra una cosa molto romantica. Anche perché da come sta procedendo tra me e Jake potremmo decidere di comune accordo che è il caso di lasciar perdere e arrenderci all'evidenza che tra noi non funziona. Ci stiamo forzando troppo, entrambi. È come se Jake trattenesse qualcosa che non vuole svelare, qualche timore o qualche rimpianto. Intanto io ripercorro il passato temendo di sbagliare. Siamo destinati alla rovina, insomma.

Sembra che abbiamo perso grinta, energia. Come se non avessimo più nulla da dirci. E non siamo ricaduti nemmeno in quella situazione in cui basta uno sguardo per comprendersi. Forse tra noi è nato tutto con le premesse sbagliate, un fraintendimento dopo l'altro.

«Vuoi proprio sapere cosa siete? Tu e Jake?» No, forse non lo voglio sapere. Ma che mi piaccia o meno Rebecca mi fornirà comunque la sua interpretazione. «Tristi. Siete immensamente tristi.»

Rimango seduta sul divano a guardare le scene conclusive di *Pretty Woman* scorrere davanti ai miei occhi. In effetti quando ho il morale a terra un film visto e stravisto è di conforto. Non ho nemmeno bisogno di sforzarmi per seguirlo! Tanto so già cosa succederà e cosa diranno i personaggi. Ma almeno se ne stanno lì, come vecchi amici, mi evitano sorprese spiacevoli e mi regalano un lieto fine assicurato.

Rebecca si siede accanto a me e mi guarda. Sicuramente si aspetta una replica alla sua affermazione poco lusinghiera nei nostri confronti. Ma io reagisco con una semplice scrollata di spalle.

«Ecco, non hai nemmeno la forza di negare!» Continua a infierire.

«Che cosa vuoi che ti dica?»

Chiudo gli occhi ma la verità è che vorrei tapparmi le orecchie.

«C'entra Jason in tutto questo?» Sento la voce di Rebecca ancora più vicina. «Vuoi lasciare Jake per tornare con lui? Dì la verità. Come ci si poteva aspettare è riuscito a rovinare tutto...»

«No...» Riapro gli occhi e mi volto verso di lei sollevando le gambe per appoggiarci la fronte. Sbuffo e torno a guardala, mi sta costringendo ad affrontare i miei dubbi, me stessa... Ma non sono ancora disposta ad ammettere di rivolere Jason nella mia vita. Anche perché non sarebbe vero. «Non vorrei. Ma credo che dipenda da me... però anche Jake... Insomma, è come se avessimo perso energia, la voglia di stare insieme, di ridere, di scherzare come facevamo all'inizio. E io non so più come fare per arrivare a lui, non so come raggiungerlo. Non attraverso il sesso e nemmeno attraverso le parole o il lavoro. Solo a volte, quando mi guarda, percepisco un'oscurità in lui, un dolore nei suoi occhi... ma non so come fare per portarlo a galla, per indurlo a esprimersi, a confidarsi con me...»

«Forse semplicemente non siete fatti l'uno per l'altra. Inutile perdersi in tante complicazioni.» La deduzione di Rebecca è spietata ma non posso che essere d'accordo. «La scintilla che è scattata all'inizio si è già spenta.»

«Abbiamo molto in comune. Lavoro, interessi... ma forse non basta. E pensare che all'inizio...» Jake quella sera era completamente diverso dall'uomo che sto frequentando ora. «Continuo a pensare che dipenda da lui, ma forse sono cambiata io. Non riesco a lasciarmi andare. Ma non credo di voler tornare con Jason, anche se i miei problemi con Jake sono coincisi con il suo "ritorno". Forse mi ha confusa e da lì tutto si è deteriorato. Ma se la mia storia con Jake fosse abbastanza intensa e solida non dovrei sentirmi così, vero?»

«Magari la risposta, molto semplice, è che lui non ti piace abbastanza. Tra voi c'è stata solo attrazione fisica.» Rebecca prende una patatina dal sacchetto che ho posato sul divano. «Non ti saresti fatta mettere in crisi da Jason, altrimenti.»

«Ho anche il sospetto che Jake mi nasconda qualcosa, ma non riesco a individuare di cosa possa trattarsi. Ho notato che riceve telefonate a cui non risponde. Sbuffa dicendo che non è importante, che richiameranno… Sembra sempre seccato.»

In realtà è accaduto solo tre volte nel corso dell'ultima settimana. Da quando ho iniziato a prestarci attenzione.

«Pensi che sia…» Rebecca riparte all'attacco delle patatine e arriccia il naso prima di pronunciare le "parole magiche". «Un'altra donna…»

«Sarebbe l'unico motivo sensato per non rispondere davanti a me e avere quell'aria così sofferta. Però allo stesso tempo io sono convinta che non sia da Jake un comportamento simile. Non chiedermi perché, so che lo conosco da pochissimo, ma… No, non lo farebbe a me. Sa cosa ho passato, sa quanto ho sofferto per il tradimento di Jason. In quel caso mi lascerebbe, semplicemente.»

«Non so, magari sono davvero degli scocciatori. Anche io spesso non rispondo al telefono…»

La giustificazione di Rebecca è talmente debole che nemmeno lei ci crederebbe, ne sono certa. Scuoto la testa e immergo la mano nel sacchetto delle patatine.

«Tu, invece? Clint è partito per uno dei suoi soliti viaggi?»

La mia domanda viene accolta da uno sguardo cupo seguito da un silenzio prolungato. Rebecca sospira e appoggia la testa allo schienale del divano.

«Sì… ma non è questo il problema.»

Quindi anche loro hanno problemi? Probabilmente è un'epidemia. Mi rendo conto che la relazione tra Rebecca e Clint è molto diversa da quella tra me e Jake. Almeno credo. Magari è tornato Tom e ha influito sulla stabilità emotiva di Rebecca, proprio come è accaduto a me con Jason.

«Clint mi ha chiesto di approfondire il nostro legame... e io non so come rispondere.»

«Approfondire?» Ho una vaga idea di cosa intenda, ma potrei sbagliarmi. «In che senso approfondire? Avevi già accennato a qualcosa del genere. Vuole frequentarti in esclusiva?»

«Molto peggio. Cosa ne pensi di un tizio in ginocchio con una scatolina in mano? Ottima scelta dell'anello eh... questo devo ammetterlo. Un bel diamante...»

«Cooosa?»

Non riesco a trattenere il prolungamento della vocale centrale che imprime alla mia domanda un tono sconvolto tendente all'inorridito. E all'incredulo al tempo stesso. La interrompo senza stare ad ascoltare i dettagli riguardanti il diamante.

«Ti sembra così impossibile che un uomo possa fare una proposta di matrimonio a una come me?»

Rebecca, com'è giusto che sia, parte al contrattacco. Simula anche un'espressione offesa ora.

«No. Però non mi aspettavo che foste arrivati già a questo punto. Soprattutto non mi aspettavo che Clint potesse pensare di ricevere una risposta affermativa... da te.» E se si è lanciato in una proposta tale un minimo di certezza doveva pure averlo. «Cosa gli hai risposto?»

«A quanto pare lo pensa. Non so, evidentemente gliel'ho lasciato intendere pur senza volerlo. Comunque, ho preso tempo. È la mia specialità, prendere tempo!» Rebecca arranca alla ricerca del telecomando e spegne la televisione proprio sulla scena in cui il personaggio interpretato da Richard Gere sconfigge le vertigini e si arrampica per raggiungere Julia

Roberts. Oltre agli ex anche i film hanno un certo tempismo. Scena giusta al momento giusto. «E io non sono quella gran culo di Cenerentola! Non ho mai voluto né cercato di esserlo.»

Resto in silenzio. Mi chiedo cosa farei io al suo posto. Ovviamente non mi troverei alle prese con Clint, ma con…

«Insomma, Fan! Non sono il tipo da matrimonio, io! Ti sembro il tipo da matrimonio?»

Sospiro e la osservo. Se non lo è o non crede di esserlo perché se la sta prendendo tanto? Perché ha le guance in fiamme e le lacrime agli occhi? Non si può passare alla domanda successiva? Decido di essere sincera.

«No, Becky. Non mi sembri affatto il tipo da matrimonio. Soprattutto non mi sembri il tipo da matrimonio con Clint.»

«Perché sento che stai per aggiungere quello che pensi, Fanny?»

Rebecca si passa le mani sul viso, più volte. Sembra volersi assicurare di essere preparata a quello che le dirò fra qualche istante. Ma so che se non avesse voluto che lo dicessi non mi avrebbe raccontato della proposta di Clint.

«Perché lo fai sempre anche tu con me, Becky. Che mi piaccia o no.» Sospiro profondamente prima di sbatterle in faccia l'amara verità. Amara, cruda e senza mezzi termini. «E so benissimo che appena finirò di dirti quello che penso tu ti alzerai e andrai a ritirarti nella tua stanza sbattendo la porta. Non sei il tipo da matrimonio con Clint perché non è lui l'uomo che vuoi. Se la proposta fosse arrivata da Tom la tua risposta sarebbe stata completamente diversa. Tanto diversa che non staremmo nemmeno qui a discuterne. Quindi sì, per quanto ti ostini a negarlo in fondo sei proprio il tipo da matrimonio, abito bianco e tutto il resto. Credo anche più di me, Scarlett e Reese. Ma con Tom Prescott, solo con lui. Con nessun altro.»

CAPITOLO 29

Ho continuato a ricevere messaggi da Jason che ho deliberatamente ignorato. Non ho intenzione di assecondarlo. O forse voglio scoprire fino a che punto è in grado di resistere ai miei rifiuti. Prima di arrendersi e passare oltre.

Jake invece sembra perennemente sul punto di dirmi qualcosa di importante per poi cambiare idea all'ultimo momento. O forse è solo una mia impressione.

«Quindi... ci vediamo questa sera? Se non sei troppo stanco.»

Sorseggio il mio espresso macchiato caldo seduta al bancone di Starbucks. Più o meno nello stesso punto in cui ci siamo incontrati la prima volta.

«Sì, certo. Per me va bene.»

Mi rivolge uno sguardo un po' perso. Ho il sospetto che nemmeno mi stesse ascoltando. Si sforza comunque di sorridere e mi accarezza la schiena, massaggiandola dolcemente. Ma non trattiene la mano a lungo e il suo sguardo torna a incupirsi. Il luogo sarà anche lo stesso, ma non è più lo stesso ragazzo che ho incontrato quel sabato mattina. Gli manca l'allegria, la vivacità.

«Va tutto bene, Jake?» Ricambio il sorriso e istintivamente gli poso la mano sulla guancia, mantenendola ferma per qualche istante. «Jake...»

Ho avuto infinite possibilità per chiudere con lui. O anche solo per chiedergli un po' di tempo, una pausa. Non ci sono ancora riuscita. Nemmeno questa volta...

C'è una parte di me, profonda, intima, che non vuole lasciarlo andare. Che avrebbe paura a restare senza di lui. Che mi farebbe sentire sola, persa. Abbandonata. Una parte di me che, rimasta senza la protezione di Jake, sarebbe troppo fragile, vulnerabile. A tal punto da permettere a Jason di rientrare nella mia vita per poi lasciarmi ferire ancora.

«Sì, va tutto bene. Scusami ero solo un po' distratto.» Muove leggermente il viso per baciarmi la mano, prima di raggiungere le mie labbra e depositarvi un bacio fugace. «Devo proprio andare, sono in ritardo. Comunque, stasera ci vediamo. Sarò tutto tuo! Se ti va possiamo andare a cena. Ti porto dove preferisci.»

Annuisco senza rispondere. Poi lo guardo uscire dalla caffetteria. Arrivato alla porta si volta e mi sorride con un cenno di saluto. Lo seguo fino a quando scompare dalla mia vista e resto sola con il mio espresso macchiato caldo. E anche il suo che ha lasciato a metà.

Dovrei chiudere con lui. Ci stiamo trascinando in un modo assurdo e la tensione tra noi è palpabile. Ma c'è qualcosa in me che si rifiuta di assecondare la ragione, l'evidenza che ormai la scintilla si sia spenta e ci sia rimasto poco da dire. E non si tratta solo di quella parte che teme di essere ancora maltrattata dal mio ex. C'è dell'altro. Qualcosa di quel ragazzo che mi stringeva tra le braccia quella sera alla festa, durante il ballo, che mi manca terribilmente e ho intenzione di ritrovare. Ma non so ancora come.

«Tu solo mi puoi aiutare, Rusty…»

Mi lascio cadere sul divano appena lui risponde al telefono.

Sono risalita in casa. E sono sola. Rebecca si è presa una giornata per andare a trovare i suoi e forse per riflettere seriamente sulla proposta di Clint. Scarlett è in redazione al "Big Apple" dove è stata assunta in prova. So che non avrei dovuto disturbare Rusty, ma in ogni caso le mie amiche questa volta non mi possono essere di aiuto. Rusty è un uomo. Chi meglio di un uomo può comprendere cosa attraversa la mente di un altro uomo?

Lo so. Il mio è un banale luogo comune. Come se io potessi capire cosa passa nella testa di tutte le altre donne del pianeta. Ma la verità è che non ho alternativa. Rusty è la mia unica opzione per tentare di avvicinarmi a comprendere Jake. E poi, elemento da non sottovalutare, Rusty è spesso in grado di sorprendermi con la sua lungimiranza e spirito di osservazione.

«Una grande responsabilità.» Risponde con tono pacato alla mia richiesta, forse comprende che non si tratta di uno scherzo. «Comunque, sono in giro per un servizio… Se vuoi posso passare di lì per qualche minuto.»

Ovviamente accetto la gentile offerta. È la parte di me che non vuole lasciare Jake a invocare l'aiuto di Rusty. Un'altra parte, quella più incosciente e sprovveduta forse, si getterebbe nuovamente tra le braccia di Jason accettando di correre il rischio.

Dopo una mezz'ora Rusty bussa alla mia porta. Gli apro con l'espressione a metà tra "colpevole che merita la fustigazione in pubblica piazza" e "povera vittima delle circostanze". Me la sento impressa nello sguardo, anche se non posso vedermi allo specchio.

«Grazie…»

Non so nemmeno da che parte iniziare. E non so a che punto Rusty sia rimasto della mia soap opera personale tra ex e non ex.

«Nessun problema!»

Si siede sul divano e mi guarda. Sospiro e mi accomodo al suo fianco.

«La verità è che io non voglio lasciare Jake. Però mi sta rendendo difficile restare insieme a lui. Lo sento sempre teso, nervoso, molto distante… non è più come prima, come all'inizio. Mi sembra preoccupato, assente. E mi sento anche in colpa. Non è che pretendo di essere riempita di attenzioni, però…»

«Non sarà perché ha capito che Jason ti rivuole e si è fatto avanti per riaverti?» Deduzione più che logica. Rusty si passa la mano tra i capelli e aggrotta la fronte. «Insomma, sarebbe umano, normale. Il tuo ex torna, avete alle spalle una storia di anni contro una appena iniziata che va avanti da quanto? Pochi mesi... o settimane... Chiunque sarebbe preoccupato.»

«Sì, lo so. Ne abbiamo anche parlato. Jake ha detto qualcosa sul fatto di essere in svantaggio. Ma non credo sia questo il punto.»

Forse percepisco una mancanza di interesse di Jake nei miei confronti. Questa è la verità. Come se non gli importasse più, come se fosse preso da altro, da qualcosa oltre me, oltre noi. Qualcosa di più importante.

«No, infatti. Non dovrebbe esserlo. Il punto è cosa vuoi tu, Fanny. Con chi dei due vuoi stare tu.» Certo. Perché per Rusty è tutto così semplice? Magari perché in effetti lo è davvero? «Il primo passo è riuscire a capire con chi vuoi stare... poi potrai farti un'idea delle loro intenzioni nei tuoi confronti. Anzi... della sua intenzione, di quello che sceglierai intendo.»

«Tu credi quindi che il comportamento di Jake sia direttamente proporzionale alla mia indecisione?»

Mi sento improvvisamente in colpa. Perché se è vero che vorrei stare con Jake, mentirei dicendo che il ritorno di Jason non mi ha scatenato nessuna emozione, nessun sentimento contrastante.

«Non posso garantirlo perché non sono lui... Ma io sarei preoccupato se ci tenessi a te.» Rusty accenna un sorriso, sospira e si alza dal divano. Mi posa una mano sulla testa. «Devo rientrare alla base, ragazzina contesa.»

«Mi sento una cretina più che una ragazzina contesa. Avrei dovuto capire Jake... ovvio che si senta così. Se penso a come mi sono sentita io quando...»

Inevitabilmente sento le lacrime salirmi agli occhi. Non posso pensare di far provare a qualcuno quello che ho provato io. Nemmeno un frammento del dolore che ho sofferto quando Jason mi ha abbandonata in un modo così atroce, così crudele. Non posso pensare di fare del male a Jake, non lo sopporterei. Mi porto la mano sulla bocca, trattengo un sospiro.

«Ecco, quindi a lui ci tieni. Cerca di capire se si tratta di affetto, di stima, di compassione... o se è qualcosa di più.»

Rusty mi strizza l'occhio e mi accarezza dolcemente la spalla. Lo adoro. È migliore di chiunque altro io conosca nel dare consigli e nell'analizzare l'animo umano. In particolar modo il mio (totalmente confuso), in questo momento.

«Che mi dici di te?»

Gli butto lì la domanda mentre ha ormai raggiunto la porta.

«Di me?»

Si volta a guardarmi perplesso e increspa le labbra.

«Sì... di te e della regina dei ghiacci?»

Indico con un'occhiata il corridoio che conduce alle nostre stanze. In realtà l'unica che intendo è quella appartenente a Scarlett.

«Non c'è proprio niente da dire o da analizzare, in questo caso. Niente da capire.» Oltrepassa l'ingresso e poi si volta sollevando la mano per un ultimo rapido saluto. «Sto organizzando il viaggio in Patagonia. Al momento è la mia unica certezza, un nuovo punto di partenza per ricominciare una nuova vita.»

«Capisco...» annuisco e sorrido grata, meglio non infierire. «Se annegassi nella disperazione e nell'incertezza, potrei decidere di accompagnarti. Forse anche io ho bisogno di azzerare tutto e ricominciare una nuova vita.»

CAPITOLO 30

Cerco di ritrovare la calma e di mantenermi in uno stato di serenità, anche se autoimposta, per il resto della giornata. Devo solo aspettare la sera. Parlare con Jake. Capire me stessa. E seguire, per quanto mi è possibile, i saggi consigli di Rusty.

Sono tentata di utilizzare uno dei dvd di Rebecca. Yoga o meditazione zen? Vorrei riuscire a raggiungere la pace. Mentale e dei sensi. Anche se la coscienza mi imporrebbe di provare a lavorare un po', dubito di riuscirci oggi. Di solito non riesco a superare i dieci minuti dei video di Rebecca, però... Dove avrà riposto il tappetino?

Sento suonare alla porta. Rusty avrà dimenticato qualcosa? Mi avvio ad aprire riflettendo sul fatto che una bella vaschetta di gelato sarebbe forse preferibile agli esercizi di yoga o meditazione. Di più sicuro effetto, soprattutto per l'umore.

«Cosa...» Mi si spezza la voce, devo fare uno sforzo per riprendermi. «Cosa ci fai tu qui?»

Dopo il primo istante di perplessità faccio un timido tentativo di chiudere la porta. Davvero penoso e soprattutto poco convincente.

«Ho scoperto qualcosa sul tuo ragazzo...» Lui approfitta del mio attimo di smarrimento per oltrepassare la soglia e posizionarsi accanto a me. A questo punto mi giro appoggiando la schiena allo stipite. «Qualcosa che potrebbe interessarti.»

«Invece non mi interessa...» sospiro e abbasso gli occhi. Non voglio sapere nulla. Qualunque cosa sia.

«Non ci vorrà molto, Fanny.»

Intanto però mi sfiora i capelli. Poi con il dorso della mano mi accarezza il viso. I suoi occhi sono su di me, sembrano volermi divorare. E anche le sue labbra, se solo glielo permettessi.

149

«Jason, per favore. Io ho solo bisogno di...» Di stare sola? Di tempo? Di non cedere a te? «Non abbiamo nulla da dirci.»

La mia voce è poco più di un bisbiglio, me ne rendo conto. In questo modo sembro più incoraggiarlo che respingerlo.

«Va bene. Non sei costretta a parlarmi. E nemmeno a vedermi, se non vuoi.»

Lo sento sempre più vicino. Tanto da finire quasi compressa contro lo stipite. Mi basterebbe entrare in casa e chiudere la porta in modo tale da costringerlo ad uscire. Visualizzo la scena e cerco di metterla in pratica. Perché mi rende sempre così fragile? Perché non riesco a resistergli davvero, a reagire? Detesto me stessa e la mia debolezza nei suoi confronti.

«Non pretendo nulla da te, Fanny. Solo... guarda tu stessa.»

Mi ritrovo tra le mani una busta. Cosa vuole da me? Che legga una sua lettera? Non me ne ha mai scritta una in sette anni di relazione. E poi qualunque cosa abbia scritto non servirebbe a...

Toccando l'involucro mi rendo conto che il contenuto non può essere soltanto una lettera. È troppo spesso e consistente. Troppo pesante. Deve esserci di più. Sembrano fotografie. Probabile che siano le nostre foto passate. Ma come ha fatto a sapere che le ho buttate via? Magari una delle ragazze lo ha raccontato a Reese e quindi... lui ne ha fatte stampare alcune.

Ma è inutile. Non servirà. Nemmeno giocare il tasto dei sentimenti, dei bei ricordi vissuti insieme.

«Va bene, Jason. Ma ora vai. Io ho davvero bisogno di tempo. Non so che cosa...» Mi sto innervosendo e non va bene. Niente affatto! «Qualunque cosa ci sia qui dentro non cambierà nulla tra noi, te lo assicuro. L'unica cosa che puoi fare adesso è lasciarmi in pace. Pensi di essere in grado di fare questo, per me? Ti prego.»

«Forse non cambierà le cose tra noi...» Abbassa il viso fino a incontrare il mio sguardo. Non voglio scorgere quella dolcezza nei suoi occhi, quel rimpianto di ciò che siamo stati per così tanto tempo. Davvero, non voglio. Mi fa ancora troppo male. «Ma io sono certo che le cambierà per te. Va bene, ti lascio in pace per ora. Tu sai dove trovarmi se hai bisogno di me. Chiamami e io sarò subito da te. Per quanto mi riguarda non è mai finita tra noi. Io ti amo ancora, Fanny. Puoi decidere di non perdonarmi, ma questo non cambierà mai.»

CAPITOLO 31

Non sono fotografie passate mie e di Jason. Per prima cosa non sono passate. E poi io e Jason non siamo i protagonisti degli scatti. Una serie di dodici.

Jake e una donna. Fuori da casa sua. Riconosco perfettamente il palazzo dalla tonalità chiara a mattoncini e il portoncino intagliato del suo appartamento. Sorridono. Abbracciati. Poi un bacio sulla guancia. Non sembra un bacio appassionato, in realtà sembrano sfiorarsi appena, ma l'atteggiamento complice non lascia equivoci.

Appoggio l'involucro con le altre fotografie sul divano e trattengo solo quella tra le mani. La fisso come imbambolata. Non so nemmeno io cosa provare, a riguardo. Mi sembra ancora tutto troppo irreale.

Lei è bellissima, elegante, con i lunghi capelli neri ondulati sulle spalle. È Jennifer Sorensen, impossibile non riconoscerla. Almeno per me che "frequento" l'ambiente. Non l'ho mai incontrata di persona, ma ho visto diverse sue immagini su riviste, blog e anche sul sito della Sorensen.

Butto busta e fotografie a terra, con un gesto stizzito. Compresa quella. Soprattutto quella. Perché? Perché Jake mi ha fatto una cosa così squallida, così meschina? Forse è stata colpa mia, forse me la sono cercata, però... Io non sono stata così sleale con lui, non lo sono mai stata!

Però anche Jason... Dannazione, come è riuscito ad avere queste foto? Ha seguito Jake? Lo ha spiato? Non saranno...?

Mi inginocchio per recuperare le fotografie e osservarle meglio. No. Non sembrano proprio fotomontaggi. Mi sento tradita. Sono stata effettivamente tradita. Per la seconda volta. Anche da Jake.

Resto in ginocchio e asciugo via le lacrime che hanno iniziato a scorrermi sul viso, anche a dispetto della mia volontà. Io non ero più sicura di lui, ma avere la prova di essere stata usata… di aver provato sentimenti per lui, mai corrisposti, mi fa male. Mi stringo una mano al petto. Forse Rusty ha ragione a volersene andare. Potrei partire con lui per la Patagonia, dimenticare tutto. Sparire per un po'. O anche per molto tempo.

Anzi, sono quasi tentata di richiamarlo per sfogarmi di nuovo con lui. Ma sarà tornato in redazione, non voglio disturbarlo ancora. E non posso chiamare neanche Scarlett. Per dire cosa, poi? Scarlett non è la persona più empatica e solidale in questi momenti. Sarebbe capace di liquidarmi con una battuta acida. Rebecca potrebbe essere ancora dai suoi, meglio lasciarla in pace. Ha già abbastanza problemi e dubbi da risolvere.

Mi stendo completamente sul divano, con le fotografie ancora sparse sul pavimento. Mi volto e le osservo come se fossero pezzi di un puzzle da ricomporre. Ecco cosa mi nascondeva Jake. Ecco il grande mistero! Lui sta con Jennifer Sorensen e io sono solo…

Perché perdere tempo con me quando può avere lei? Solo una mente malata e anche profondamente cinica può arrivare a tanto.

Resto immobile, come trasognata. Chiudo gli occhi e perdo la cognizione del tempo. Fino a percepire il rumore della chiave che gira nella serratura. Non riesco a raccogliere tutto e a ricompormi. Rebecca è entrata in casa e ha già raggiunto il soggiorno. Posa immediatamente lo sguardo sulle fotografie disseminate sul pavimento, per poi spostarlo su di me.

«Che cosa sono?» Prima che io possa rispondere si inginocchia a raccoglierne una. «Ma questo è Jake! Con…»

«Con Jennifer Sorensen.»

Non aggiungo altro. Non voglio esprimere ad alta voce la realtà che mi sta di fronte.

«Oh...» A quanto pare anche Rebecca è rimasta a corto di argomentazioni. Non commenta l'evidenza. «Ma... tu come le hai avute, Fanny? Non avrai assunto un detective o qualche investigatore?»

«No, non io. Cioè non so come le ha avute. Ma le ha portate Jason, proprio oggi.» Sospiro profondamente. Mi fa male la testa. E anche gli occhi. Le ossa. Insomma, mi fa male un po' tutto. Ma il dolore psicofisico sta lasciando lentamente il posto a una rabbia che rischia di diventare distruttiva. Salto giù dal divano e afferro la fotografia più vicina. Inizio a contorcerla e accartocciarla furiosamente, poi a strapparla. Ma sembra che non voglia cedere, che non voglia rompersi nonostante la foga che sto impiegando. Resto con il pugno chiuso sul suo viso, sul suo sorriso dolce, seducente. Così sfrontato e ammaliatore. Il sorriso con cui è riuscito a intrappolarmi, a sedurmi. «Io... io gli credevo... Io mi fidavo di lui! Lo so che non era diventata una storia così importante ancora, ma... accidenti! Maledizione! Maledetto lui e maledetti tutti gli uomini!»

«Ascolta... Ascoltami, Fanny. Per quanto possa sembrare...» Rebecca si inginocchia accanto a me e mi circonda le spalle con un braccio. «Devi vederlo, parlargli... Insomma, le hai avute da Jason. Potrebbe aver fatto delle manipolazioni, chissà...»

Scuoto la testa e la guardo. Non ci crede nemmeno lei, lo capisco dalla desolazione che leggo nei suoi occhi.

«Jason è stato uno stronzo, ma non farebbe questo. Non arriverebbe a tanto.» Sento un nodo in gola che sta per esplodere. «Io lo so che con Jake... Insomma, non andava molto bene. Per colpa mia, forse. Soprattutto da quando Jason è tornato e ha iniziato a non darmi tregua. Però riconosco la mia responsabilità in questo, io gliel'ho permesso! Ma perché Jake non mi ha parlato chiaramente invece di...? Io avrei capito. Lo vedo com'è lei e come sono io! Lo vedo bene! Perché non mi ha lasciata? Perché non mi ha detto che voleva stare con lei? O che stava già con lei?»

«Appunto, Fanny. È quello che ti sto dicendo! Ora tu lo chiami e gli parli. Senti che cos'ha da dire!» Rebecca sospira e si passa le mani tra i capelli. «Lui lavora alla Sorensen. Lei è il suo capo... magari c'è una spiegazione. Magari si sono incontrati per...»

«Fuori da casa sua abbraccia e bacia il suo capo? Sì, certo! Che altra spiegazione vuoi?» Cerco di alzarmi ma riesco solo a indietreggiare di qualche passo, fino al divano. «Poi, l'hai vista? Jennifer Sorensen! Io sembro una così... così comune in confronto a lei!»

«No, Fanny! Adesso non iniziare con i complessi e la commiserazione! Gli uomini sono degli stronzi, tutti! Del resto, anche le star di Hollywood vengono ingannate e tradite... Certo, magari loro hanno tanti soldi per fare shopping e andare in vacanza e si consolano più in fretta di noi povere comuni mortali, però... noi abbiamo il gelato... e il cioccolato. E la pizza!»

La battuta di Rebecca mi strappa un sorriso, anche se un po' forzato.

«Mi dovrei consolare anche io, allora... Sono in buona compagnia.»

Il suono di un messaggio proveniente dal mio cellulare richiama la nostra attenzione. Lo afferro, controllo e poi lo ributto sul divano.

«Chi dei due?» Rebecca sbuffa e alza gli occhi al cielo.

«Jason, vuole sapere come sto.»

«Non hai intenzione di rispondergli? Vuole sapere se la bomba che ti ha sganciato ti è davvero scoppiata addosso?» Allunga la mano per raggiungere il mio telefono. «Io qualche domandina gliela farei a questo stronzo manipolatore senza ritegno. È già pronto a cantare vittoria? Capisco volerti riconquistare ma appostarsi sotto casa del rivale...»

«Lo sai com'è Jason...» Mi passo una mano sulla fronte, poi scuoto la testa. Anche io so com'è Jason. Questo è il problema. Disposto a tutto, ecco com'è! Una parte del suo carattere che mi ha sempre attratta, ma così distante da come sono io. «Non voglio che pensi che questo cambi qualcosa tra noi. Il fatto che Jake abbia una relazione con Jennifer, di certo non rende lui migliore. Non è una competizione e non c'è nessun vincitore.»

Ecco, forse poco alla volta dopo lo shock sto recuperando l'equilibrio mentale. Mettere fine alla mia storia con Jake non significa tornare con Jason. Si fa sempre più strada l'idea del viaggio in Patagonia alla ricerca di me stessa. Anche se dubito di riuscire a trovarmi.

«Rispondigli, digli di venire qui. Prima metti in chiaro le cose anche con lui, meglio sarà per te.»

«Mi sento orribile, in questo momento... Non credo di aver voglia di vederlo. Mi ha ferita ancora, anche se questa volta non è stato lui la causa della mia disfatta.»

Chiudo gli occhi. La sola cosa che farei in questo momento è una bella doccia. Poi un lungo sonno. Diciamo di almeno cinque o sei mesi.

«Quindi, con Jake... insomma, se ci sei rimasta così male...» Non so cosa Rebecca voglia farmi dire. E non so se voglio dirlo.

Evito di rispondere al suo interrogativo implicito alzandomi e indicando il bagno con la testa. Credo che, tutto sommato, mi butterò davvero sotto la doccia. Per cercare di lavare via tutto il male, la delusione. L'umiliazione subita. Per ben due volte.

CAPITOLO 32

Quando decido di riemergere dalla mia doccia antidepressiva, Scarlett è rientrata. E c'è anche Rusty. Non solo loro. Anche Jason se ne sta beatamente accovacciato su uno dei nostri sgabelli. Prima di esprimere il mio disappunto lancio un'occhiata inferocita a Rebecca.

«Non guardarmi così, non l'ho chiamato io!» Alza le mani, sulla difensiva.

Non lo avranno chiamato, ma qualcuno gli ha permesso di entrare!

Nessuno osa esprimersi, nemmeno Jason. Ma tutti i presenti guardano in un'unica direzione. Il mio cellulare rimasto abbandonato sul divano mentre io ero tra la doccia e la mia stanza.

Lo afferro e controllo i messaggi. Almeno non lo hanno letto. Lui sta per arrivare. Come eravamo rimasti d'accordo in mattinata.

«Comunque, spiarlo sotto casa sua non denota sanità mentale.» Mi rivolgo a Jason. Lo fisso severa. «Ah, e per la cronaca... tu non sei certo migliore di lui!»

Mi congratulo con me stessa anche se è di scarsa consolazione. Sono cornuta due volte, per quanto cerchi di pungere e avvelenare l'ex stronzo numero uno la mia situazione non migliora di certo. Resta comunque patetica.

«Sto lavorando nell'ambito investigativo ultimamente.» Jason sospira e mi rivolge uno sguardo contrito. «Quindi ho solo indagato un po'...»

«Ma che bravo!» Scarlett si lancia in un applauso. Uno solo. E rivolge a Jason un'occhiata sarcastica. «Fatti pure i complimenti da solo! Ne approfitteremo nel caso avessimo

157

bisogno. Chissà perché ti ci vedo proprio appollaiato su un albero a scattare foto. Oppure nascosto dietro a un cespuglio.»

«Beh, almeno questa rivelazione a qualcosa ti è servita, Fan. Riguardo a quello che ci siamo detti prima… Hai scoperto che ti importava di Jake.»

Non comprendo del tutto l'affermazione, pacata ma forse un po' fuori luogo, di Rusty. Finché non ne scorgo gli effetti sul volto di Jason e la sua smorfia infastidita. Altro che il mio "pungente veleno" e la battutina ironica di Scarlett! Rusty sì che lo ha distrutto, è stato ingegnosamente perfido.

«Sì, hai ragione. Anche se è accaduto nel peggiore dei modi.» E no, non lo dico per rincarare la dose contro Jason. È vero, purtroppo.

Restiamo in silenzio. Un silenzio che non riesco più a tollerare. Tanto che decido di scendere. Non vorrei vederlo, ma lo devo affrontare. Da sola. Jason e Rebecca si muovono, intenzionati a seguirmi. Li fermo scuotendo leggermente il capo.

Cammino avanti e indietro davanti al portone di casa. Non mi sono nemmeno asciugata e stirata i capelli. Non li ho nemmeno legati. Sembrerò una pazza isterica, con i calzoncini corti, le infradito e la felpa grigia. Grigia come il mio umore, come il colore del nostro palazzo. Potrei mimetizzarmi facilmente con l'ambiente, a questo punto. Non importa. Fisso l'attenzione sul mio braccio, quello dove lui aveva scritto il suo numero. E ho l'impressione di percepire ancora il lieve solletico provocato dalla mia matita per gli occhi sulla pelle. Poi la sensazione del suo bacio sul dorso della mia mano.

«Ehi… che ci fai qui?» Sollevo lo sguardo e incrocio il suo sorriso. Si allunga verso di me per baciarmi le labbra. «Sei rimasta chiusa fuori? Le tue amiche non sono in casa?»

Cerco di spingerlo indietro ma sono senza forze. Allora lo schiaffeggio proprio mentre le sue labbra sfiorano le mie. Nel frattempo il cuore mi batte forte nel petto, sembra quasi esplodere. Perché la verità è che il mio corpo si ribella alla ragione e io ora più che mai vorrei stringerlo e baciarlo. Lo vorrei per me. Nonostante tutto. Sento la gelosia divorarmi. Gelosia mista a rabbia.

«Ma cosa...» Mi fissa perplesso. Nei suoi occhi verdi vedo tremare una luce intensa, di incredulità. Come se qualcosa gli sfuggisse. E, quel che è davvero peggio, è che sembra così dannatamente sincero. «Perché?»

«So tutto, Jake... Non fingere!» Mi trema la voce. Sento il pianto risalire alla gola ma mi sforzo per trattenerlo. E ancora vorrei che mi prendesse tra le braccia, che mi stringesse forte. Fino a farmi dimenticare, fino a cancellare quelle immagini dalla mia mente. Non solo quelle immagini. Tutti e tutto. Compresi la mia paura e il mio dolore. Anche se ora so, ho la certezza assoluta che tra noi non solo è iniziato in modo tutto sbagliato. È davvero tutto sbagliato. «So... di te e lei...»

«Lei chi?» Mentre io indietreggio finendo con la schiena contro al muro lui mi si avvicina. «Fanny, di cosa stai parlando? Spigami, ti prego...»

Chiudo gli occhi. No, non lo voglio vedere. Non può succedermi di nuovo. Non si deve avvicinare ancora. Non voglio vedere la sua espressione ferita dopo il mio schiaffo. Mi fa male, mi fa sentire colpevole. E dannazione... dovrei essere io quella ferita, non lui!

«Lei!»

Non è la mia voce a rispondere. Jason. Ovviamente non mi ha ubbidito ed è sceso, mi ha raggiunta.

Apro gli occhi e lo vedo sventolare una delle fotografie "incriminate" sotto gli occhi di Jake. Certo, quello che mi serviva era proprio un'umiliazione pubblica! Alcuni passanti ci guardano incuriositi. Si fermano addirittura per qualche istante, prima di proseguire. Ma del resto me la sono cercata, potevo starmene buona in casa ad aspettare pazientemente l'arrivo dell'ex stronzo numero due.

Non c'è solo Jason. Anche Rebecca, Scarlett e Rusty sono scesi insieme a lui. E ora se ne stanno lì, come un plotone di esecuzione, in attesa dell'ammissione di colpa di Jake. Io con loro. Ma io, a differenza loro, mi sento lacerare dentro. Perché io non lo voglio sentire.

Jake strappa di mano a Jason la fotografia e poi lo fissa con un rancore che non ho mai letto nei suoi occhi, da quando l'ho incontrato.

«Come... come ti sei permesso?»

Attendo la replica di Jason, che però non sopraggiunge. Perché Jake lo colpisce con un pugno in pieno petto prima che possa azzardare una risposta. Mentre Jason, colto di sorpresa si accascia, Jake fissa gli occhi su di me. E anche io ricevo lo stesso sguardo carico di disprezzo. Come se non fossi io quella tradita, ma lui.

Tra noi regna un silenzio gelido spezzato dal pugno con cui Jason passa al contrattacco tentando di colpirlo al mento. Jake riesce ad evitarlo ma perde l'equilibrio, barcolla e per non cadere batte la spalla contro al muro.

«Jake!»

Contrariamente alla mia volontà mi metto in mezzo e lo raggiungo. Sono ancora tentata di difenderlo, di toccarlo, di stringerlo. Non avrei dovuto, ne sono consapevole. Ma l'istinto è stato più forte della ragione, questa volta. Jake fa appena in tempo a deviare il pugno successivo, che sarebbe stato indirizzato a Jason ma rischiava di colpire me.

Nel frattempo, Rusty tenta di convincere Jason a non infierire e a concederci del tempo. È la fine, me ne rendo conto. Anche se avrei voluto che avvenisse diversamente. Anzi, forse avrei voluto che non avvenisse affatto.

«Perché, Jake?» sospiro e appoggio le mani sul suo petto. Poi me ne rendo conto e mi stacco, aggrappandomi però al suo maglione che stringo nei pugni. Come per impedirgli di allontanarsi senza darmi una spiegazione. «Perché con Jennifer Sorensen? Se stai insieme a lei... perché hai cercato me?»

Ecco, in effetti la mia vera domanda non sarebbe "Perché con Jennifer Sorensen?". Ma "Perché stai con me quando puoi avere lei?"

«Tu non hai capito niente, Fanny!» Si appoggia completamente al muro con la schiena e chiude gli occhi. Come per trovare la forza necessaria, o l'ispirazione, per proseguire. Per rispondere alla mia domanda. Quando li riapre rimango disorientata dalla luce che emanano, non so se di lacrime, di dolore, di delusione. Non riesco a resistere, lascio andare il suo maglione e gli sfioro il viso con le dita. «Nessuno di voi ha capito. Io non sto con Jennifer Sorensen. Non potrei mai. Jennifer è mia madre.»

CAPITOLO 33

Se da una parte la rivelazione di Jake mi ha tolto un peso dal cuore dall'altra mi sento comunque ferita. Perché non me lo ha detto prima? Cosa aspettava?

Però... non mi ha tradita. Non che la sua bugia, o l'avermi nascosto la verità, superi tutti gli ostacoli tra noi. Anzi.

«Io vorrei... parlare da sola con Jake, se non vi dispiace.»

Mi rivolgo agli altri ma mantengo gli occhi fissi in quelli di Jake. Stacco le mani da lui e indietreggio di un passo. Le ragazze, Rusty e Jason ubbidiscono diligentemente. In realtà Jason oppone una debole resistenza, ma Rebecca lo trascina per il braccio all'interno del portoncino.

«Perché... non mi hai mai detto...?»

Non so nemmeno come formulare la domanda. Mi sento ancora troppo confusa.

«Sono stato colto alla sprovvista, Fanny. Ho deciso di aspettare, poi...»

Jake si passa le mani tra i capelli, abbassa lo sguardo.

«Continuavi a prendere tempo quando ti chiedevo...» Mi porto una mano al petto per poi risalire verso la gola. «Ho capito. Credevi... credevi che io non fossi abbastanza degna per incontrare tua madre.»

Non lo chiedo. Ne sono certa. Non riesco a immaginare altra possibilità oltre a questa. Lui non mi considerava all'altezza, ecco perché mi ha tenuta nascosta. Ecco perché entrare alla Sorensen solo la sera tardi. In modo che nessuno mi vedesse.

Mi appoggio con la schiena al muro, di fianco a lui. E sono talmente stanca e devastata interiormente che mi lascerei scivolare giù fino a sedermi per terra. Ma non posso. Siamo per la strada. Sul marciapiede davanti a casa, ma alla fine sempre sotto gli occhi di chiunque ci passi davanti. Devo conservare almeno un minimo di amor proprio.

«Cosa?» Jake si volta verso di me e resta appoggiato al muro solo con la spalla. «No... no, Fanny. Ti assicuro che le cose sono andate diversamente. Io... sono colpevole, hai ragione. Ma ti assicuro che non è come credi. Non è vero che non ti ritengo degna di incontrare Jennifer. Tutt'altro!»

«Ho pensato che mi avessi tradita. E dopo quello che mi ha fatto Jason...» Inavvertitamente lascio andare il braccio lungo il fianco con troppo impeto e colpisco il muro, facendomi male. Non riesco a trattenere una smorfia. Ma il mio non è soltanto un dolore fisico, purtroppo. «Mi sono sentita tradita, di nuovo. Lo so che tra noi... insomma, non c'è niente di veramente serio...»

«È questo che pensi?»

Jake prende la mia mano tra le sue e l'accarezza piano, sfiorandomi le dita. Inizio a sentir emergere il dolore della botta.

«Non so più cosa pensare...»

Mi si spezza il fiato mentre mi solleva la mano per portarsela alle labbra e cerco inutilmente di ritrarmi.

«Io non ti avrei tradita, Fanny.» Mi lascia andare e io perdo ogni contatto con lui, con il suo corpo. «Nonostante in questi giorni mi sia sentito rifiutato. Io... ho compreso i tuoi dubbi. Tu sei ancora molto legata al tuo ex e forse vorresti riprovare con lui, vero?»

«Non lo so...» E in realtà non lo voglio sapere. Non ci voglio nemmeno pensare. Sta gettando la responsabilità su di me, ora? Perché non mi ha ancora risposto riguardo a Jennifer Sorensen e al fatto di avermi nascosto la verità? Stringo leggermente gli occhi. «Comunque...»

«Quello che ti ho raccontato sul fatto di aver sempre vissuto con i miei nonni... è vero.» Inaspettatamente riprende il discorso che avevamo interrotto, quello che riguarda lui e la sua vita privata. Di cui io non sono stata del tutto parte finora. «Mia madre era molto giovane, aveva diciassette anni quando sono nato. Mio padre era uno studente inglese, doveva restare soltanto per un anno.»

«Non sei obbligato, Jake...»

Non voglio forzarlo a raccontarmi tutto dal principio. Nonostante mi senta ferita non ho nessun diritto di costringerlo a rivangare il suo passato.

«Lo so, non mi sento obbligato. Ma voglio che tu sappia. Perché ci sono comunque cose che ti ho nascosto e che non depongono assolutamente a mio favore.» Si morde le labbra e solleva la mano nel vago accenno di sfiorarmi i capelli. Poi però la lascia ricadere senza toccarmi. «I miei si sono anche sposati. Hanno fatto un tentativo. Ma non ha funzionato. Pochi mesi dopo la mia nascita mio padre è tornato in Inghilterra e Jennifer... voleva a tutti i costi studiare, diventare una disegnatrice di gioielli. Ma non una comune designer, lei voleva la celebrità. Così dopo il diploma ha lasciato l'Ohio per realizzare il suo sogno. Se n'è andata... per questo io sono cresciuto con i miei nonni.»

Inevitabilmente mi sento in colpa. Costringerlo a raccontare la sua storia in mezzo alla strada, davanti a casa mia. Mi guardo intorno. Non posso chiedergli di salire, insieme agli altri. Caffetteria? Parco? Non credo che altrove le sue rivelazioni sarebbero meno dolorose, né per me né per lui.

«Poi hai vissuto in California e infine sei arrivato qui...»

Inclino il viso per guardarlo e annuisco concludendo la parte della storia di cui sono a conoscenza.

«Non ho mai avuto buoni rapporti con mia madre, come potrai capire...» Si stacca dal muro mettendosi di fronte a me. «Non riuscivo a perdonarla per aver preferito la sua carriera a me. Tornava a casa due o tre volte l'anno, sempre di sfuggita, solo per qualche giorno, cercando di compensare la mancanza con un sacco di regali, di giocattoli. E ci riusciva quando ero più piccolo... però poi crescendo ci sono state volte che non volevo neppure vederla. Per me era un'estranea.»

164

«Lo immagino...» sospiro e gli accarezzo il braccio.

Mi guardo intorno. Non sopporto più di stare ferma qui. Inizio a camminare lentamente e Jake mi segue. Non ho una meta precisa ma non importa.

«Adesso le cose sono cambiate.» Mentre camminiamo Jake mi sfiora la schiena con la mano. Una parte di me vorrebbe ancora stringerlo. Ma un'altra parte attende spiegazioni e si sente delusa, frustrata per essere stata tenuta all'oscuro della verità fino ad ora. «Non andremo mai perfettamente d'accordo, ma il periodo della rabbia nei suoi confronti è finito da tempo.»

«Jake...» Improvvisamente mi fermo e lo trattengo per un braccio. «Mi dispiace, davvero. Non avrei voluto costringerti a raccontarmi dei tuoi genitori, della tua infanzia. Ma io... cosa c'entro io in tutto questo? Perché non mi hai detto che Jennifer è tua madre? Perché mi hai convinta a entrare alla Sorensen la sera, di nascosto? Perché hai voluto lavorare con me?»

Il suo volto si fa sempre più teso e sospira profondamente. Si accarezza il mento con le dita e i suoi occhi si incupiscono. Sembra alla ricerca di parole per esprimere qualcosa che vorrebbe ancora tacere o negare.

«Anche la parte relativa i miei studi di economia in California è vera. C'è stato un periodo in cui avrei desiderato seguire la strada di mia madre e avevo provato a disegnare, ma... i risultati li hai visti anche tu, sono stati modesti. Devo aver preso da mio padre.» La sua espressione cambia per un attimo e resta sospesa tra una smorfia e l'accenno di un sorriso. «Jennifer al contrario... si è lanciata in investimenti sbagliati in questi ultimi anni. È talmente ambiziosa, da non fermarsi mai davanti a nulla pur di accrescere la notorietà del suo marchio. Forse si è fidata di persone che non l'hanno consigliata al meglio, accumulando debiti e non accettando di tagliare le spese. Fino a rischiare la bancarotta. Quello che le resta è il buon nome dell'azienda. E il suo celebre edificio in Madison Avenue. Anzi, se non porta avanti qualche progetto redditizio, presto potrebbe perdere anche quello. A causa dello stress anche la sua vena creativa sembra essersi prosciugata. Avevamo bisogno di qualcosa di nuovo, di diverso, di più audace forse…»

«A questo punto sono entrata in scena io?»

Lo interrompo. E intanto sento invadere il cuore da una profonda amarezza, oltre che da una delusione che mi spezza il fiato. Mi rendo conto. Non c'è stato mai nulla di vero tra noi. Non da parte sua. Mi ha soltanto usata. È stata tutta una menzogna, fin dal principio. Non ho nemmeno la forza di gridare, di insultarlo. Di mandarlo via.

«No. È entrata in scena la tua amica Rebecca.» Stringe leggermente gli occhi verdi. Probabilmente sta cercando di intuire ciò che mi passa per la mente, considerando il fatto che il mio atteggiamento esteriore è estremamente tranquillo. Forse fin troppo. «Arrivato qui da poche settimane per aiutare Jennifer con il dissesto finanziario dell'azienda, ho partecipato ad alcune serate a cui era stata invitata mia madre. A una di queste ho incontrato Rebecca. Sono stato più colpito dalla collana che indossava, in realtà. Così le ho lasciato il mio biglietto da visita. Eravamo entrambi piuttosto su di giri e io ero convinto che fosse lei l'artista. Mi aveva detto di lavorare nell'ambito della moda e di essere molto creativa, qualcosa così… e io ho frainteso. In seguito, ho incontrato te…»

«Jake, cosa volevi da me?» Mi poso la mano sulla fronte, mi sta scoppiando la testa. Non ne posso più di scuse e spiegazioni. Non ricevo altro, da troppo tempo ormai. «Non girarci intorno. Dimmi la verità, qualunque essa sia. Sono pronta ad accettarla.»

«Non avevo capito che fossi tu all'inizio!» Alza leggermente il tono di voce e mi afferra per le braccia, per poi lasciarmi andare. «Davvero, non avevo capito!»

Che mi piaccia o meno siamo sempre fermi per strada, in mezzo a un marciapiede affollato di New York anche se l'intenzione era quella di avviarci lentamente verso Central Park. Il mondo ci scorre intorno. Mi sento comprimere da una folla che non so controllare, gestire. Mi sento opprimere anche da questa città, ormai diventata troppo grande e allo stesso tempo troppo stretta per me. Senza aria, senza cielo. Solo grattacieli, edifici. Come quello della Sorensen in Madison Avenue. Quello che Jennifer e suo figlio Jake rischiano di perdere. E io mi sento crollare. Forse perché quello che c'era tra noi, tra me e Jake, che io credevo fosse reale, sta davvero crollando.

«Per questo non ti ho risposto subito. Perché ero interessato a te... per altri motivi. Prima ancora di capire. Abitavi nello stesso palazzo di Rebecca. I gioielli che indossavi, benché diversi, più semplici... Ho fatto qualche ricerca.» Inaspettatamente mi stringe a sé. Io resisto per un istante ma poi cedo. Ne ho bisogno, un bisogno disperato. Nonostante tutto. Nonostante sia consapevole che la parte peggiore della storia non mi sia ancora stata raccontata. «Volevo davvero lavorare insieme a te, Fanny. Io volevo stare con te... Però avevo anche bisogno di salvare l'azienda e per questo dovevo dimostrare qualcosa a mia madre. Di essere in grado. Ovviamente Jennifer non avrebbe attribuito i disegni a me, ma a se stessa. C'era bisogno del suo nome per poter riemergere ed essere credibili...»

«Quindi... volevi rubare i miei disegni... o i nostri, quelli che abbiamo creato insieme... Lo avresti fatto senza dirmi nulla...»

Resto immobile. Sono come pietrificata. Lascio solo ricadere le braccia lungo i fianchi, nonostante lui mi stringa ancora. Non ho nemmeno la forza di respingerlo.

«No, avrei detto che erano tuoi una volta sistemate le cose. Perché in realtà sono tuoi, io ho fatto ben poco. Io ti giuro che...» È lui a lasciarmi andare. Forse per riuscire a guardarmi negli occhi. Forse per leggere qualcosa che non c'è. Rabbia, disprezzo, amarezza. No, non trova niente. Più niente di tutto ciò, adesso. Mi sento tradita. Solo tradita, anche se in modo diverso, anche se non dal punto di vista fisico. Ormai però è diventata un'abitudine. Per cui per me sta diventando difficile provare qualcosa di definito e intenso come la rabbia. «Ci sono stati tanti momenti in cui avrei voluto raccontarti tutto. Poi è tornato il tuo ex e io... la verità è che temevo... Ho cominciato a pensare... e a credere che tu avresti potuto scegliere me soltanto perché sono il figlio di Jennifer Sorensen. Non perché sono io.»

Alle sue ultime parole qualcosa in me si risveglia. Devastante e implacabile. Lo colpisco. Lo colpisco forte sul viso. Tanto da farmi male. Resta come sorpreso per un istante, smarrito. Poi si riprende, sospira e chiude gli occhi. Quando li riapre riscopro in lui il mio stesso dolore. Ma non riesco a provare pietà. Ora sì che è riuscito a farmi davvero male. E lo ha fatto consapevolmente. Come non mi sarei mai aspettata.

«Sai, Jake... Io ti avrei perdonato per aver tradito la mia fiducia. Avrei perdonato che volessi attribuire i miei disegni a te stesso o a tua madre. Non mi importava, ve li avrei ceduti volentieri!» Mi asciugo via le lacrime che hanno iniziato a scorrermi sul viso, inarrestabili. «Ma... ma credere che io... avrei potuto scegliere te solo perché sei figlio di Jennifer...»

«Non ci sarebbe stato il rischio, comunque.» Non capisco cosa intenda dire. A questo punto nemmeno mi importa più. «Tu vuoi tornare con lui. Non vuoi me. Non hai mai voluto me. Per te sono stato solo un ripiego. Forse adesso ti ho solo facilitato il compito.»

Mi fa male. Ancora di più. Sta cercando di giustificarsi incolpando me.

«No. Non era questo che volevo...» Mi mordo il labbro, stringendomi nelle spalle. «Non era Jason. Però su una cosa hai ragione. Non voglio neanche te. Sicuramente non ho mai desiderato il figlio di Jennifer Sorensen. Sai chi volevo davvero? Sai di chi mi sarei potuta innamorare, Jacob? Di quel ragazzo che ho incontrato a una festa circa due mesi fa. Quel ragazzo che rideva, che scherzava con me, ma allo stesso tempo cercava di proteggermi... Quel ragazzo che prendeva in giro il mio ex dicendo che sembrava avesse un palo infilato...»

Piango e sorrido allo stesso tempo rievocando quella scena. I suoi occhi verdi intanto diventano sempre più lucidi, a ogni mia parola.

«Era lui che cercavo... e non mi importava chi fosse. E lo cercavo perché... perché per la prima volta, dopo mesi, mi aveva fatta stare bene. Mi aveva stretta tra le braccia, facendomi ballare e poi mi aveva portata via, lontana da quella maledetta festa... salvandomi dalla mia disperazione, dalla mia idea di non valere niente. Ecco chi volevo... lui, solo lui... Ma nel frattempo si è perso, chissà dove. E io non sono più riuscita a ritrovarlo in te...»

Abbasso la testa per asciugarmi gli occhi. Non riesco più a parlare.

«Fanny... Fanny, ti prego...» Mi afferra per le spalle e mi ritrovo con il viso sul suo petto. «Io posso... Noi possiamo ancora...»

«No...» bisbiglio cercando inutilmente di ricompormi. Devo trovare la forza di staccarmi da lui. Tornare a casa. Dimenticare tutto. «Non possiamo più, signor Jacob Stephen Knight. Tu continueresti a pensare che io abbia scelto te solo perché sei il figlio di Jennifer Sorensen, la grande disegnatrice di gioielli. Che io ti stia probabilmente usando per fare carriera. E io non posso... non voglio. Sai, credevo fosse impossibile che qualcuno mi facesse stare peggio di Jason, quando mi ha tradita e lasciata. Ma tu... tu ci sei riuscito.»

CAPITOLO 34

Rientrata in casa non ho voluto dare spiegazioni a nessuno. Ho chiesto di essere lasciata sola. Mi sono rifugiata nella mia stanza in attesa che la sensazione di devastante annientamento avesse fine. La verità era che lo rivolevo accanto, con tutte le mie forze.

Lo rivoglio ancora. Rivoglio Jake. Jake di quella sera. Ma la mia è solo un'illusione, un desiderio che non si realizzerà mai. Mi sono fissata su qualcuno che non c'è. Jake di quella sera non esiste. Forse non è mai esistito. Esiste solo Jacob che credeva che io potessi essere interessata a lui perché collegato alla Sorensen. Figlio di Jennifer Sorensen.

I miei amici non mi hanno chiesto i dettagli, ma hanno compreso che è finita e che preferisco non parlarne. Devo rimuovere tutto. Lasciar scorrere il tempo su di me, sperando che, in qualche modo, mi aiuti a cancellare questi ultimi mesi.

Passano i giorni e inizia a fare sempre più caldo. L'estate si sta avvicinando. La temperatura si alzerà in città e io non sopporto l'afa che renderà le mie sensazioni ancora più opprimenti. Vorrei andarmene da qui, almeno per un po'. Magari con Rusty. Oppure potrei prendere in considerazione il viaggio a Parigi, da Reese. Ma non credo di essere pronta per affrontare Parigi. Bisogna essere nello spirito adatto e io non lo sono. Meglio un viaggio di meditazione e raccoglimento. Potrei riflettere a proposito dell'India, un ritiro spirituale in un tempio buddista forse.

«Che cosa pensi di fare con Clint?»

Cerco di concentrare l'attenzione sui problemi degli altri per non affrontare i miei. È trascorsa solo una settimana dall'ultima volta che ho visto Jake. Mi sembrano passati mesi, tanto lo sento lontano ormai.

Rebecca sbuffa, ha un'aria a metà tra scocciata e indifferente.

«Ho rifiutato la sua proposta. Non lo sposerò. E non ho neanche preso tempo, tanto non cambierei comunque idea.» Si attorciglia una ciocca di capelli intorno a un dito e scuote leggermente la testa. «Mi sono anche stancata di partecipare alle solite serate, sfilate, festini vari. Non le sopporto davvero più. Questo implica che uscirò dal giro e farò la fame. E non mi regaleranno più tutti i bei vestiti che indosso. Forse dovrei cambiare completamente prospettive, lavoro... ma non so ancora cosa potrebbe andare bene per me.»

«Mmh... mi dispiace.»

In realtà non so se devo essere davvero dispiaciuta oppure complimentarmi con lei.

«Ho scritto a Tom.» Mi comunica semplicemente, senza alcuna enfasi.

Ancora una volta non so come accogliere la notizia.

«Scritto... in che senso?»

«Una lettera. Intendo... una lettera vera, scritta con carta e penna. Hai presente? È la prima volta che gli scrivo davvero così...»

Rebecca assume un'espressione strana, contrita. Come se mi avesse appena confessato di aver commesso un crimine o compiuto un delitto.

«Ho capito...» Non so cosa aggiungere. Credo che si aspetti che le dica cosa ne penso ma in realtà non so nemmeno io cosa pensare. «Hai fatto bene. Certo, dipende da...»

«Voglio rivederlo. Ne ho bisogno, il prima possibile. Devo capire. Non posso più restare in sospeso perché è come se tutta la mia vita fosse in sospeso. E non sono più disposta ad andare avanti così. Sono stanca, Fanny. Davvero tanto, tanto stanca.»

Rebecca si stringe forte le mani. In ogni caso il suo discorso ha senso. Quindi sì, ha fatto davvero bene.

Non so se l'idea di scrivere a Tom sia scattata dalla proposta di Clint. Oppure da ciò che è accaduto a me. Ma questo desiderio di "verità" da parte di Rebecca mi sorprende. Nonostante tutto avevo creduto che la situazione si fosse stabilizzata per lei. Che avesse accettato la decisione di Tom, anche perché in effetti non lo aveva mai messo di fronte a una scelta definitiva. Ma questa volta sembra intenzionata a farlo. E io spero sinceramente che ottenga ciò che desidera.

«Sembri poco convinta, Fan. Che cosa stai pensando?»

«Vorrei solo che tu fossi felice, Becky.» Sorrido e le accarezzo i capelli. «Te lo meriti.»

«Non so se lo merito… ma lo spero comunque» sospira e aggrotta la fronte. «Del resto, è ciò a cui aspiriamo tutti. Questa stramaledetta felicità. Tu che cosa hai intenzione di fare? Non pensi di dare un'altra possibilità a Jason?»

«No, io… non credo di essere pronta.»

Rifiuto qualunque accenno a ciò che è accaduto solo la settimana prima. Non ci riesco. E anche Rebecca parla di Jason evitando tutto il resto. Forse mi chiede proprio di Jason per tentare di far emergere altro. Ma io non voglio. Non posso. Le ho raccontato tutto, alla fine, ma non voglio tornare più sul discorso.

«Allora è meglio che ti prendi un po' di tempo. Fanny, ascoltami…»

Ecco, come immaginavo.

«Non voglio parlarne, Rebecca.»

«Sai cosa vedo, Fanny? Non ti importa più che io ti parli di Jason, dopo quello che ti ha fatto. Lo accetti senza problemi. Sembra che tu lo abbia rimosso. Invece stai malissimo per…» Alza gli occhi al cielo ed evita di nominarlo. «Se non ti importasse nulla di lui te ne fregheresti che ti abbia nascosto chi è sua madre. O cosa ha pensato di te. Invece… sei ferita. Peggio di un tradimento con la Amy Lloyd di turno. Io ho trovato il coraggio di scrivere una lettera a Tom per dare una svolta alla nostra storia. Tu dovresti chiarire con... tu sai chi...»

«Con Jake. Puoi anche nominarlo, Becky. Non è Voldemort!» Non ho nessuna voglia di pensare o parlare di lui ma i tentativi di Rebecca di non pronunciare il suo nome sono quasi comici. «Il fatto è che ci siamo già chiariti. Non c'è più nulla da aggiungere a quello che ci siamo detti. La nostra storia è finita. O forse, essendosi basata su una bugia, non è mai davvero cominciata.»

CAPITOLO 35

Jason è tornato a frequentare casa nostra e nessuno ha avuto nulla da dire. Nemmeno io. Si comporta come un amico, un po' come Rusty. In effetti siamo sempre stati amici. Quindi c'è una sorta di normalità in tutto questo. O forse no. In ogni caso è ancora presto. Per tutto. Per considerarlo solo un amico. E anche per perdonare il suo gesto nei miei confronti. Prima il tradimento, poi l'intromissione nella mia vita. Anche se lo posso comprendere. Gli sono comunque troppo legata per restare arrabbiata con lui a lungo. Non mi resta che lasciar scorrere abbastanza tempo per provare a dimenticare tutto quanto.

L'opinione di Rebecca e Scarlett è che Jason stia cercando di riconquistarmi. Ma io non mi sento così propensa a essere conquistata. O riconquistata. Quasi come se non fossi disponibile. Né mentalmente né fisicamente. Forse con il tempo tutto si metterà a posto, anche se non so ancora come.

Di lui non ho saputo più nulla. Di Jake. Rimprovero Rebecca ma alla fine mi comporto allo stesso modo, evitando il più possibile di nominarlo. Anche con il pensiero. Mi fa male pensare a lui, a noi. A quanto poteva esserci, quanto effettivamente c'era tra noi. Erano le premesse ad essere sbagliate, da parte di entrambi.

Evidentemente è giusto così. In ogni caso io non avrei avuto possibilità alla Sorensen, non ne avevo mai avute nemmeno prima. Ora meno che mai. Mi sembra assurdo che lui abbia visto in me qualche talento per potermi proporre. O addirittura che i miei disegni potessero sostituire quelli di Jennifer. I miei e i suoi insieme, in realtà. Da sola non sarei stata all'altezza. Lui era riuscito a stimolare la mia creatività, mi aveva dato fiducia in me stessa. Lui... mi ha fornito i mezzi per potermi esprimere.

No, basta! Devo andare oltre! Quindi mai più pensare alla Sorensen, a noi due che disegniamo insieme... Alle sue parole, ai suoi occhi, al modo in cui mi guardava e mi stringeva quella sera e all'inizio della nostra storia.

In ogni caso prima o poi devo riprendere il mio lavoro. Non so fare altro. O meglio, non vorrei fare altro. Potrei iniziare tutto dal principio, nuovi modelli, una nuova collezione da presentare a qualche altra azienda. Se c'è qualcosa che comunque ho imparato, insieme a lui, è un modo di disegnare e creare più fluido, più spontaneo, meno articolato. Potrei provare a mettere in pratica e lanciarmi in nuovi tentativi. Sì, è esattamente quello che farò. Magari fra un giorno o due. Perché ora...

«Secondo me dovresti lasciar perdere, almeno per un po'. Prova a rilassarti e a pensare ad altro. Magari ritroverai l'ispirazione.»

Jason mi sorride, mentre seduti sul divano guardiamo un film intervallandolo però a una conversazione tendenzialmente non forzata. Alla fine, non riesco a seguire attivamente né l'evolversi della vicenda in televisione né il filo del discorso.

Gli altri ci hanno opportunamente lasciati soli. Chissà come mai ora improvvisamente ritengono che sia proprio lui la soluzione ai miei problemi?

«No, è il mio lavoro. Non posso lasciar perdere!» Sospiro e lo guardo con un certo astio, non voluto, negli occhi. Cerco di rilassarmi davvero e di rispondere con un tono più gentile. «Credo che sia un po' come per gli atleti. Se non ci si allena per troppo tempo si perde il ritmo. Anche se non sempre un allenamento è considerato buono, anche se a volte si è fuori forma... non si può smettere.»

«Sì, capisco. Ti sei spiegata benissimo.» Sorride e mi accarezza la mano. La luce nei suoi occhi è dolce, tenera. Come non lo era da tanto tempo. Dai primi tempi, quando mi ha confessato di ricambiare i miei sentimenti. «Volevo solo suggerirti di riposare un po'. Fai le cose con calma, Fanny. Se hai bisogno di qualunque cosa ci sono io, okay?»

«Grazie, Jason» annuisco e giro la mano per stringere la sua. «È importante per me che siamo tornati...»

Amici. Questo stavo per dire. In effetti questo è ciò che sento al momento. Anche se... potrei tornare a innamorarmi di lui. Forse sì. Non riprendere da prima. Perché dopo il male che mi ha fatto è come se il filo che ci teneva uniti si fosse spezzato. E non si può riannodare. Non sarebbe altro che una pallida imitazione di ciò che è stato in passato. Quindi sarebbe come ricominciare da capo, non riprendere da dove eravamo rimasti. Questa per noi sarebbe l'unica soluzione. Perché non è stata qualche circostanza del destino a separarci, un'avversità che si è abbattuta su di noi. Ma lui. La sua volontà di tradirmi e poi di lasciarmi per un'altra. Come se io non gli bastassi più.

Jason non osa proseguire né tantomeno fare pressione su di me. Suppongo abbia capito. Rispetta i miei tempi. Restiamo in silenzio. Continuiamo a guardare il film che io continuo a non seguire. Mi sento persa. Sola, soprattutto. E inizio a chiedermi quanto questo senso di smarrimento, di confusione, di solitudine sia stato provocato da me stessa in fondo.

Non ho dimenticato i momenti in cui stavo insieme a Jake ma ero io ad essere assente col pensiero. Quando stare con lui non mi provocava più le emozioni che avrei desiderato. Quando ho iniziato a darlo per scontato. Anche prima di conoscere la verità su sua madre. Perché non mi bastava più. Perché iniziavo ad avere dei dubbi. Perché ero ancora legata al passato. E ora non so più quale passato vorrei nel mio presente, nel mio futuro. Inizio quasi a temere di volerli entrambi. E sarebbe un guaio. Oppure nessuno dei due. E forse, razionalmente, sarebbe la soluzione migliore.

CAPITOLO 36

Mi stavo già abituando a fluttuare intrepida nella mia confusione mentale. Anzi, ormai stavo iniziando a trovare una sorta di consolazione nel non sapere che cosa fare di me stessa. Sentirsi una fallita può anche essere rassicurante. Sei consapevole almeno che più in basso di così non puoi cadere. O forse sì?

Comunque... Una mattina come tante... No. Mmh... Diciamo più che altro una mattina in cui mi sentivo come sempre più stanca di quando ero andata a letto, ovviamente da sola... Ecco... in pratica... Per farla breve ho ricevuto una sua e-mail. La data era di quattro giorni prima ma io, non avendo controllato, non l'avevo vista. Per qualche giorno mi sono ostinata a tenere tutto spento, computer e cellulare, per non essere tentata di chiamare. E ovviamente non avevo controllato la posta elettronica.

In realtà la mail non è proprio sua. L'indirizzo sì, non è quello generale della Sorensen e nemmeno quello della ricerca personale. Il contenuto però non riguarda noi due. Ma una proposta di lavoro da parte della Sorensen.

Ho richiuso senza pensarci più. O almeno ci ho provato. Cancellare dalla mente quelle parole, il suo nome nell'indirizzo e nell'intestazione.

Perché? Perché chiamarmi per un colloquio? Perché volermi assumere? Oppure fingere di volermi dare una possibilità? Non è troppo tardi, ormai?

Non ho risposto subito, ovviamente. Ma per quanto mi sforzi di rimuovere il pensiero, non ce la faccio. Non ci riesco. Potrebbe essere l'occasione della mia vita. L'unica che riceverò.

«Che te ne importa da chi ti arriva la proposta. Vai e fatti valere! Si tratta del tuo lavoro, non della tua vita privata. Con lui hai chiuso comunque, no?»

Il consiglio di Scarlett è abbastanza prevedibile, conoscendola. Il fine giustifica i mezzi. La vita è una giungla. E tutto ciò che ne consegue. Sì, tutto questo è proprio nello stile di Scarlett. E poi con lui... con lui ho chiuso comunque, no? Anzi, abbiamo chiuso. Entrambi.

«Mmh...»

Il commento di Rebecca, invece, mi giunge inaspettato. Soprattutto perché il suo sguardo si incupisce nel frattempo.

«Becky, cosa starebbe a significare "mmh..."?»

La sua espressione è davvero molto dubbiosa. Vivamente preoccupata, direi. Non starà prendendo sempre più le parti di Jason? Tanto da temere un qualsiasi mio riavvicinamento a Jake, di qualunque natura esso sia?

«Stai attenta...»

Ecco, come immaginavo. Mi sta consigliando cautela.

«Cosa pensi? Che mi vogliano sfruttare per poi derubarmi della mia superlativa creatività e del mio ineguagliabile talento artistico?»

Mi sto prendendo in giro da sola. Non so perché mi vogliano e credano sia il caso di propormi un colloquio. Forse, molto semplicemente, Jake si sente in colpa per avermi usata e sta cercando di ricompensarmi in qualche modo.

«Non è del tuo lavoro che mi preoccupo, Fan.» Rebecca stringe gli occhi e sospira inquieta. «Ma è il tuo cuore. Sei ancora troppo vulnerabile.»

«Probabilmente passerò la vita a essere vulnerabile a causa di qualcuno! Lo ero anche con Jason, ricordi? Lo sono sempre stata, come se stare con lui mi abbia impedito di crescere e di liberarmi da sola dalle mie paure. È sempre stato lui ad avere il controllo. Lo dicevate tutti! Però sono stata io a permetterlo. Io, non dipende da Jason. E ora...» Se voleva darmi una spinta ad andare, ci è riuscita. O forse non era proprio questa la sua intenzione. Ma io non accetto più di essere limitata a causa di qualcuno. O peggio, a causa della mia fragilità nei confronti di qualcuno. «Ora devo andare. Oppure non mi passerà mai. Io non voglio più vivere così, succube di me stessa. Per questo andrò, sentirò cosa vogliono da me. E se mi converrà, accetterò quel lavoro. Indipendentemente da chi me lo propone. Anche se sarò costretta a vederlo ogni giorno! Lo accetterò!»

Facile parlare! Agire un po' meno. Mentre mi preparo per raggiungere la Sorensen, dopo aver risposto alla e-mail e aver ottenuto un appuntamento con Jennifer Sorensen in persona, non sono più tanto sicura.

Comunque, non è stato lui a rispondermi. Ma una certa Vivien, l'assistente personale di Jennifer. E questa cosa di dover incontrare proprio lei mi inquieta. Non che lui sarebbe stato meglio. In realtà speravo in un tranquillo e neutrale direttore delle risorse umane.

Cerco di vestirmi in modo sobrio ma elegante. Almeno un'idea degli interni della Sorensen me la sono già fatta grazie alle mie visite notturne con Jake. E conosco bene lo stile di Jennifer.

Quindi camicia e completo, pantaloni e giacca. No, meglio un completo con la gonna. Scuro. O forse è meglio chiaro, tendente alla tinta pastello. Siamo in estate, ormai. Improvvisamente il mio armadio mi sembra un nemico che non mi rifornisce di tutto ciò di cui ho bisogno. Forse dovrei uscire a comprare qualcosa. Impossibile, non ho abbastanza tempo. L'appuntamento è tra tre ore. In effetti il tempo ci sarebbe anche, però... Non sono mentalmente preparata per andare alla ricerca di qualcosa di adatto. Mi arrangerò con quello che ho.

Ecco, un bel taTilleur azzurro chiaro. Potrebbe andare bene. E un insieme delle mie creazioni più raffinate. Punto sull'argento e sull'ametista. Almeno sono veri.

Raccolgo i disegni delle mie creazioni migliori. Seleziono proprio tutto il meglio degli ultimi sei anni. Come ultimo scrupolo rovisto in tutti i miei cassetti, apro tutte le mie cartelle e cartellette. In realtà è tutto pronto da ieri, però non voglio rischiare di dimenticare qualcosa di essenziale.

Così lo trovo. Forse lo stavo proprio cercando, presa dal dubbio. Il modello che avevo iniziato il giorno dopo averlo conosciuto. No, è incompleto. Non avevo ancora trovato la pietra adatta, quindi non posso portarlo... Ma il mio corpo, i miei gesti, si muovono indipendentemente dalla mia volontà. Infatti, infilo lo schizzo nella cartelletta che ho preparato per la Sorensen. In mezzo, senza un particolare criterio, a differenza di tutti gli altri. Come se ci fosse finito per caso. O per sbaglio.

Esco dalla mia stanza dopo un'ultima occhiata allo specchio. Mi sento una casalinga disperata travestita da donna in carriera. Ho l'aria davvero poco convinta. Anzi, sembro una che si avvia verso il patibolo.

«Sei proprio sicura di voler andare?»

Rebecca mi lancia un'occhiata quasi compassionevole. Da qualche giorno gira per casa con un'aria affranta. Sembra... non sembra più lei, ecco. Temo che c'entri Tom e la lettera che si è decisa a scrivergli. Ho tentato di affrontare il discorso ma è stata abile a girarlo su di me.

«Non sei molto incoraggiante, Becky...» sospiro e mi avvio rapidamente verso la porta. Meglio uscire subito, prima che mi convinca a cambiare idea.

Non prendo nemmeno il caffè, mi fermerò alla caffetteria. Anzi, no. Meglio un tè forse, rischio di essere troppo tesa. E comunque se rimango in casa altri cinque minuti, Rebecca potrebbe davvero farmi cambiare idea e rinunciare al colloquio. Mi sento più facilmente suggestionabile del solito.

«Allora stai attenta.»

Mi sorride appena. Credo che abbia abbandonato per sempre il fan club di Jake Knight per rientrare in quello di Jason Christensen. Non l'avrei mai detto.

Ho tutto il tempo. Mi muovo con calma ma con passo deciso. Come se tutte le migliori opportunità fossero lì, pronte ad accogliermi. Come se questa grande città, New York, a cui non ho mai sentito di appartenere fosse improvvisamente diventata davvero mia. Con i suoi spazi, i suoi negozi, la sua storia. Le sue luci, le sue ombre. Osservo la strada ampia e trafficata di taxi e di auto, il movimento perenne, le persone che incrocio mentre mi avvio verso il mio destino. E me ne sento parte.

Mi guardo intorno, poi sollevo la testa verso l'Empire State Building con un respiro profondo. Io non valgo meno di tanti altri. Io ho talento. Sono decisa e sicura. Non mi lascerò più suggestionare da un uomo. Non lascerò mai più che altri scelgano per me. Questa vita è mia. Come ora è diventata mia questa città, New York.

Arrivata di fronte all'edificio della Sorensen in Madison Avenue sento la pressione salire, nonostante gli ottimi propositi. O forse scendere. Insomma, mi sembra di avere un mancamento. Non è sera e non c'è Jake, al mio fianco. Sono solo io. In fondo forse Rebecca ha ragione. Non è il caso sfidare la sorte. Rischio di farmi ancora più male.

Però... nella mente mi risuona in contemporanea anche la voce di Scarlett. Cos'ho da perdere? Oltre a quello che ho già perso? Il fine giustifica i mezzi. E poi, proprio come dice il grande guru Rusty Foreman... la vita è una giungla.

Okay, allora. Datti una mossa Fanny! Salgo le scale che conducono alla porta principale della Sorensen. Sono tesa. Come se fosse la prima volta che entro. Insomma, è la prima volta alla luce del sole. La prima volta senza di lui. La prima volta in veste ufficiale. E sarò ricevuta proprio da Jennifer Sorensen in persona. Oddio...

Oltrepassata la porta a vetro mi guardo intorno. Riconosco il bancone centrale, solitamente deserto quando entravo con Jake. Ora c'è una segretaria, invece. Anzi, due. La seconda sbuca da un corridoio laterale e si posiziona in piedi, accanto all'altra. Sono entrambe giovani, belle, curate, truccate alla perfezione e con le unghie smaltate. Una bionda e una mora. Indossano un tailleur lilla. Non ho mai avuto particolare simpatia per il lilla.

Puntano gli occhi su di me. Anche io sono ben vestita e curata. Credo. Non ho messo lo smalto, però. Ho un rapporto conflittuale con lo smalto. Tendo a nutrirmene più del dovuto quando sono nervosa.

Un bel respiro, Fanny. La vita è una giungla. Ma chissà perché io di fronte a quelle due non mi sento né una tigre né una pantera. Mi sento più che altro la scimmietta di Tarzan. Se potessi scapperei via e mi precipiterei fuori, aggrappata a una liana.

Invece no, non lo farò! Non questa volta! Avanzo ondeggiando leggermente sui tacchi a cui non sono abituata. Mi stanno massacrando le caviglie. Se fossi stata furba avrei cambiato scarpe prima di entrare invece di arrivare qui con i piedi distrutti. E se invece di raggiungere quelle due scappassi davvero e andassi ad annegare il dispiacere in una bella cioccolata?

«Buongiorno.» Per questa volta ho scelto di essere coraggiosa. Mi ritrovo davanti alle due segretarie che da vicino sembrano due modelle di Victoria's Secret, anche se vestite. Ma probabilmente hanno la lingerie coordinata. Lilla anche quella. «Ho appuntamento con la signora Sorensen. Sono…»

«La signorina Frances Moore?» La bionda mi rivolge un sorriso dolce e conciliante. Anche la mora seduta solleva lo sguardo e sorride. Mi conoscono? Sono famosa? «Mi segua, prego.»

«Grazie…»

La seguo, mentre la mora solleva il ricevitore, probabilmente per annunciare il mio arrivo. Ormai non ho altra scelta. L'opzione "togli i tacchi, voltati e scappa" non è contemplata anche se visualizzo chiaramente la scena di me stessa correre fino alla porta a vetri e balzare giù dagli scalini con un grande salto. Molto stile Cheeta, la scimmia di Tarzan.

Raggiungiamo l'ascensore nel silenzio più assoluto. Non tento nemmeno di instaurare un dialogo con la bionda. Ne approfitto per ripassarmi mentalmente la parte. Una parte che non conosco, in realtà. Cosa dovrò dire a Jennifer Sorensen? Se fosse un colloquio normale presenterei me stessa, subito dopo i miei studi, i miei lavori. Mi aspetterei che mi venga chiesto di vedere qualche disegno.

Invece non so cosa Jennifer sappia già di me. E inoltre io ero la ragazza, amante, concubina, collaboratrice del figlio. Cosa si aspetterà da me?

Usciamo dall'ascensore dopo un tempo che mi è sembrato lunghissimo. Non ho nemmeno controllato il numero del piano, ma l'ufficio di Jake non mi sembrava così in alto. O forse ero io che trascorrevo il tempo diversamente, insieme a lui. Comunque, percorriamo un corridoio. Infinito. Poi un altro. Incontriamo due uomini in giacca e cravatta che ci salutano compiti.

Avevo una buona conoscenza del piano di Jake e questo è più o meno una copia. Più elegante e con un tocco più femminile, lo ammetto. Ma dove lo avranno messo questo stramaledetto ufficio? Non arriviamo più! Perché i capi di un'azienda se ne stanno sempre rintanati nell'ufficio più lontano e nascosto? Sembra uno stramaledetto cliché, invece è vero! Forse lo fanno apposta!

No. Non scherzo. Non arriviamo più davvero! E se non arriviamo in fretta io non reggerò tanto a lungo. Crollerò a terra, cadendo dalle scarpe. Mi tremano le gambe, ogni passo, ogni istante di più. Dove sono finite la mia sicurezza e la mia decisione? Posticipate, rimandate alla prossima volta!

Altra scrivania e altra segretaria. Bionda pure questa, però più scura della mia accompagnatrice. Molto graziosa anche lei, ma dimostra qualche anno in più delle altre due.

«Buongiorno, Frances.» Mi accoglie con un sorriso e si alza per porgermi la mano. «Sono Vivien. Ho risposto alla sua e-mail per fissarle l'appuntamento. La signora Sorensen la sta aspettando.»

«Buongiorno, Vivien.»

Sì, certo. L'assistente di Jennifer che mi ha mandato la mail. La seconda, in risposta alla mia. È lei ad accompagnarmi verso l'ufficio. Se mi ritrovassi davanti altri due corridoi infiniti da percorrere potrei arrivarci rotolando. Appena uscirò da qui, comunque vada, toglierò i tacchi. Per prima cosa.

Per fortuna lo raggiungiamo in pochi secondi. Ovvio, se Vivien è la sua assistente non può essere dall'altra parte dell'edificio.

Bussa alla porta. Mentre sento rispondere "Avanti" dall'interno socchiudo gli occhi. Cerco inutilmente di interpretare il tono di voce.

Vivien apre per lasciarmi passare. Seduta alla scrivania proprio di fronte c'è Jennifer Sorensen. Sono costretta a muovere qualche passo verso di lei per permettere a Vivien di chiudere la porta alle mie spalle.

Gli occhi di Jennifer mi scrutano attenti e severi. Sono azzurri e molto luminosi. Mentre li socchiude mi sento quasi inondare da lampi di luce. Ha qualcosa nello sguardo che mi ricorda Jake. Ma gli occhi di Jake sono molto più dolci, ridenti. Anche quando è triste, anche quando… anche l'ultima volta. No, lo sguardo di Jake non è mai stato così tagliente, austero.

«Buongiorno, signora Sorensen.»

«Si accomodi, signorina Moore.»

Ubbidisco e mi siedo sulla poltroncina imbottita di fronte a lei. E ora? Mi aggrappo alla mia borsa e poi alla mia cartelletta come a un'ancora di salvezza.

«Grazie di avermi contattata.»

Cosa devo fare? Iniziare a parlare di me? Perché resta così in silenzio? Sembra mi stia studiando e valutando. Con le belle segretarie da cui è circondata quotidianamente le sembrerò sciatta e insulsa. Per non parlare di quanto è bella lei stessa. Con quegli occhi, quei lineamenti, quell'incarnato perfetto, la tonalità del suo abito color corallo che contribuisce a donarle una luce…

Un attimo! Quella collana! È... mia! Mia e di Jake! Una delle nostre creazioni...

Prima di riuscire a controllarmi sgrano gli occhi, incredula.

«A quanto pare lei e mio figlio siete molto in sintonia.» Accenna un sorriso, anche se ambiguo e un po'... come dire... criptico, ecco. Sfiora la collana con le dita affusolate. Oro bianco intrecciato e piccoli rubini incastonati. «Creativamente parlando.»

«Sì, suppongo di sì.» Confermo ma per ovvie ragioni non posso parlare al presente. «Lo eravamo.»

«Lo siete. Quello che ho visto mi è piaciuto, molto. Ho già analizzato le sue creazioni, non si disturbi a mostrarmi altro.» Jennifer Sorensen si alza, gira intorno alla scrivania e raggiunge il lato in cui sono seduta io. Sollevo lo sguardo su di lei che però si sposta verso la grande vetrata alle sue spalle. Mi chiama con un cenno del capo. «Si avvicini, signorina Moore.»

Non mi resta altro che ubbidire, ancora una volta. Un'ampia visuale di Manhattan mi accoglie. Provo quasi un senso di vertigine.

«Le piace ciò che vede? Io le offro di lavorare per me. A tempo pieno. Da subito. Potrà avere un ufficio accanto al mio.» Mi lancia uno sguardo penetrante. Il sogno della mia vita, insomma. Ma allora perché ho la sensazione di dover firmare un patto col diavolo. «Ma inizialmente ciò che lei produrrà sarà mio. Solo mio, senza recriminazioni, dubbi, ripensamenti da parte sua. Firmerà un contratto, in tal senso.»

Eccola, la fregatura! Il mio nome non esisterà. Come pensavo. Però ha detto... inizialmente? Potrei anche starci. Insomma, è pur sempre un lavoro alla Sorensen.

«Va bene...» Mi mordo le labbra e vorrei sprofondare, giù fino a raggiungere il pian terreno. Dovrei rinunciare? No, non posso perdere questa opportunità. Potrebbe essere l'unica per me. «Ciò che produrrò sarà suo.»

Mi odio mentre pronuncio queste parole. E so che quando uscirò da qui mi odierò ancora di più. Soprattutto quando lo racconterò a Rebecca e a Scarlett. I loro rimproveri mi spingeranno a odiarmi all'ennesima potenza. Sto rinunciando alla mia libertà. Al mio nome. Al giusto riconoscimento che mi spetta. Ma lo voglio questo lavoro! E soprattutto... ne ho bisogno. Si tratta della mia carriera. Se non accetto potrebbe non decollare mai, potrebbe non esistere proprio!

«Su questo possiamo accordarci, di volta in volta. Con il tempo raggiungerà la giusta esperienza, firmerà i suoi gioielli con il suo nome e otterrà i riconoscimenti che le sono dovuti. Non sono una persona infame e del tutto disonesta, Frances. Ho subito anche io ingiustizie in passato e non obbligherei nessuno allo stesso trattamento.» La sua voce improvvisamente si addolcisce quasi. Forse mi ha letto nel pensiero? Mi chiama per nome, in modo più confidenziale. Solo per un attimo. «Però... nella nostra collaborazione ci sarà una condizione su cui non intendo transigere e che lei dovrà accettare.»

«Sì, certo. La accetterò.» La proposta mi sembra sensata. In fondo non credo che otterrei di meglio altrove. Ovvio che sui miei modelli ci sarà il suo nome, almeno all'inizio. Sono una totale sconosciuta. «Grazie dell'offerta, signora Sorensen. Io... spero di meritare la sua fiducia e sono pronta a lavorare anche subito!»

«Mio figlio. La condizione che dovrà accettare. Lei è assunta fin da oggi. Ma dovrà tornare a lavorare con Jake. Voglio che continuiate a ottenere gli stessi risultati. Qualunque sia il vostro rapporto privato ora, dovrete ricucire lo strappo e tornare come eravate quando disegnavate insieme. Prendere o lasciare.»

CAPITOLO 37

Ho lasciato. E davvero una volta fuori dall'edificio mi sono sbarazzata dei miei tacchi. Qualunque cosa avrei potuto tollerare. Ma non questo. Qualunque richiesta. Non lui. Mi sono sentita come... ricattata. E pensare che avrei ceduto anche i miei disegni alla Sorensen, senza alcun riconoscimento e gratificazione personale.

«Mi dispiace, signora Sorensen. Non posso accettare.»

Così, prima di attendere la sua replica, mi sono voltata e sono uscita dal suo ufficio. Con il cuore che batteva in modo incontrollato e le lacrime che mi inondavano gli occhi. Li tenevo forzatamente sbarrati perché sapevo che se li avessi chiusi anche solo per un attimo mi sarei trovata il viso bagnato.

Nella fretta di andarmene mi sono anche persa tra i corridoi. Sono arrivata all'ascensore a testa bassa, con il fiatone, evitando di incrociare lo sguardo di Vivien.

Tutto ma non lui. Mi allontano dall'edificio quasi di corsa, come se temessi di essere seguita e riacciuffata. Scalza, con le scarpe in mano. Non so nemmeno io dove sono diretta, poi decido di avviarmi verso Central Park. Con grande sforzo mi infilo di nuovo le scarpe. Posso resistere ancora un po'.

No, non lui. Non lui che ha creduto che io potessi frequentarlo solo per entrare alla Sorensen. Per ottenere il favore di sua madre. Potevo accettare di incrociarlo, ma lavorare a stretto contatto... no! Come prima... mai!

Mi siedo a terra, indifferente alla sorte del mio bel completo, vicino alla statua di Alice nel Paese delle Meraviglie. Mi sento più o meno così. Come se avessi appena lasciato il mio personale Paese delle Meraviglie e fossi ripiombata nella realtà.

187

Ma la verità… la verità è che eravamo noi, la Meraviglia. Noi due insieme. Il meglio che riuscivamo a dare. Su questo Jennifer Sorensen non ha avuto tutti i torti. Il mio vero talento ha visto la luce solo attraverso la presenza di Jake, al mio fianco.

Tolgo definitivamente le scarpe e le lancio in un angolo. Raccolgo le ginocchia per appoggiarvi la fronte.

Mi ha fatto male. Dover dire di no. Rifiutare il lavoro. E la verità è che mi ha fatto ancora più male rifiutare lui. Ma come posso ricucire i rapporti, o lo strappo come lo ha definito Jennifer Sorensen, con qualcuno che ha potuto pensare così male di me?

Poso la mano sul petto e massaggio leggermente. Ho una sensazione di nausea.

Apro la borsa alla ricerca del telefono. Avevo disattivato la suoneria prima di entrare alla Sorensen. I messaggi che ho ricevuto non mi stupiscono. Rebecca, Scarlett e Jason. Chissà chi altro mi aspettavo?

Rispondo a tutti che sto bene e spiegherò come è andata più tardi, con calma. Probabilmente mi daranno ragione. Diranno che ho agito per il meglio e che è stata la cosa giusta da fare. Non cedere a ricatti, a compromessi. Non lasciare che la Sorensen mi sottragga i disegni, le idee.

Non racconterò la vera ragione. Non posso. E soprattutto non voglio che sappiano quanto mi fa male. Quanto in realtà sarei stata tentata di accettare.

Jason risponde al mio messaggio, ancora prima delle ragazze. Chiede dove mi trovo. Rispondo rapida che sono al parco. Controllo l'ora. La sua pausa pranzo si avvicina. Mi passo il cellulare da una mano all'altra prima di scrivergli un altro messaggio. Forse sto sbagliando tutto, di nuovo. Ma ne ho bisogno.

"Vuoi raggiungermi, Jason?"

Sospiro e chiudo gli occhi per un istante. No, non potevo proprio accettare. Non lui. Non dopo quello che ha pensato di me. Non per scoprire di provare qualcosa di troppo forte, troppo intenso. E capire, giorno dopo giorno, che per lui non è lo stesso. Quando li riapro il messaggio per Jason è ancora lì, in attesa di essere inviato. Ho bisogno di riprendermi. Di ritrovare la serenità. Premo invio e attendo.

CAPITOLO 38

Ho ritrovato me stessa. Forse non avrei mai dovuto perdermi. Abbiamo deciso di ricominciare, di riprovare. Con calma. Sono stata io e chiedere un po' di pazienza. Perché non possiamo far tornare tutto come prima. Forse è meglio così. Sono cambiata in questo periodo. In un certo senso credo che la lezione mi sia servita.

Lui mi ama, ne sono certa. E anche per me è lo stesso. Nonostante la rabbia, nonostante l'umiliazione, nonostante i sentimenti per un altro, quello che ho provato per lui per così tanti anni non è mai andato via del tutto. Devo solo lasciare andare la delusione, il dolore. Poco alla volta.

Jason mi conosce da sempre. Stare con lui è come essere a casa dopo essermi perduta per troppo tempo. La verità è che non ho mai avuto uno spirito tanto avventuroso. Quindi suppongo che nel mio destino non ci saranno Parigi o la Patagonia.

Sono trascorse due settimane dal mio incontro con Jennifer Sorensen. Mi sono rilanciata nella ricerca di un lavoro e intanto ho rinnovato qualche piccola collaborazione con alcuni gioiellieri che vogliono proporre alle loro clienti migliori degli esemplari unici. Sto cercando di fare del mio meglio per accontentarli anche se mi manca la grinta, l'entusiasmo. Come in passato, porterò a termine gli incarichi che mi vengono affidati senza osare eccessivamente e da brava consegnerò un compitino ben fatto.

«Andrà tutto bene, stai tranquilla.»

È quello che Jason mi ripete praticamente da sempre. Soprattutto in questi ultimi giorni. Ma non riesce proprio a tranquillizzarmi. Forse perché ormai ho imparato a considerare me stessa distaccata da lui. So cosa vuol dire essere sola, anzi essere senza di lui... e non mi fa più così tanta paura. Perché so che posso sopravvivere ed essere abbastanza forte.

Ho avuto anche il coraggio di rifiutare un lavoro alla Sorensen, di dire no a Jennifer! Nonostante la netta sensazione che il mio non sia stato coraggio, ma vigliaccheria. Su quel tavolo, in un elegante ufficio della Sorensen Creations, non ci sarebbero stati soltanto i miei disegni, le mie creazioni per la grande azienda, ma i miei sentimenti.

Voglio diventare forte, voglio essere vincente e mi sto impegnando per farmi valere. Però allo stesso tempo mi sembra di vivere sotto una campana di vetro. Come se fossi troppo fragile per affrontare la vita, le sfide, le delusioni.

È stato proprio Jason il primo a deludermi. Jason che ora segue e controlla ogni mio passo, ogni mio gesto. Ma è inutile rivangare il passato. Forse aveva fatto bene a lasciarmi. Per lui ormai ero diventata una noiosa abitudine. Quando avevo capito che stavo per perderlo avevo cercato di cambiare, di inventarmi una nuova personalità. Più divertente, più audace. Più simile alla donna per cui mi stava lasciando. Ma non era servito a nulla e io continuavo a stare male e a disperarmi inutilmente.

La differenza è che ora non mi importa. Forse non mi importa abbastanza. Finalmente capisco cosa significa essere quella che ama di meno in una coppia. Anche se non è giusto, non dovrebbe essere così, non lo auguro a nessuno. Probabilmente è solo una fase. Forse una parte di me non lo ha ancora perdonato e richiede più tempo.

«Lo so, Jason. Devo avere ancora un po' di pazienza. Non ho intenzione di rinunciare. Intanto le commissioni dei gioiellieri mi aiutano ad andare avanti.» Cerco di rispondere al suo tentativo di tranquillizzarmi. Una frase che ripeto ormai da giorni. Poi sorrido, appoggio la testa sulla sua spalla, socchiudo gli occhi. «Prima o poi mi capiterà un'occasione fantastica, unica...»

«Stavo pensando... perché non ti trasferisci da me?»

Percepisco il suo respiro mentre appoggia le labbra sulla mia fronte.

Quando stavamo insieme, prima, passavo spesso la notte da lui. Ma non mi aveva mai proposto di trasferirmi definitivamente. Ora la richiesta mi coglie alla sprovvista. Siamo stati insieme anni e avevamo un rapporto più solido, stabile. Certo, Jason inizialmente condivideva l'appartamento con degli amici. Soltanto da circa un anno abita da solo e siamo stati circa otto mesi separati. Quindi per ovvi motivi prima era impossibile che mi chiedesse di trasferirmi da lui. Però...

«Mi sembra presto, Jason.»

Cerco di non mostrarmi troppo contraria mentre sollevo il viso per incontrare il suo sguardo. Sorrido avvicinando le labbra alle sue. Sto tentando, subdolamente, di distrarlo in modo da abbandonare il discorso.

«Lo so, Fanny.» Ricambia il mio bacio e mi accarezza piano i capelli. Mi fissa serio negli occhi. Non c'è cascato. «Lo so che non ti fidi ancora di me. E capisco anche che tu non mi abbia ancora perdonato del tutto. Hai ragione... e hai avuto ragione quando mi hai detto che io non sono migliore di... Insomma, ho fatto cose di cui mi vergogno davvero molto durante questo ultimo anno. Oltre a non averti mai fatto davvero capire quanto eri importante per me.»

Jason mi conosce. Fin troppo bene. Per quanto io tenti di nascondermi. Ma le mie perplessità sono comprensibili, credo. E non posso nemmeno negare le sue colpe, non sarei sincera.

«Non ci pensare adesso. Per quanto riguarda noi due, mi dispiace... ma credo che l'unica soluzione sia darci ancora un po' di tempo.» Gli accarezzo il viso, stringendomi a lui. «Per me è stato un periodo complicato. Non dipende solo da te, da noi. Sono io.»

Oddio! Mi sembra di essere ricaduta in quelle frasi di circostanza che ho sempre detestato con tutta me stessa. Così banali, così... deprecabili, ecco! "Non sei tu, sono io." Per giustificare qualunque abominevole bassezza in una coppia. E ora ho appena rifilato a Jason la mia personale versione di questa orrenda frase fatta. "Non dipende solo da te, da noi. Sono io."

«Lo so. Rispetterò i tuoi tempi. Ma per te io cambierò, da ora in poi farò cose che non ti aspetti.» Invece di incupirsi, sorride e mi bacia le labbra. «Ti farò dimenticare tutto il male che ti ho fatto. Ti riconquisterò, Fanny Moore. E tu tornerai ad amarmi come prima. Più di prima.»

CAPITOLO 39

Non avevo idea di cosa Jason intendesse con "cose che non ti aspetti." Forse una cena romantica, un viaggio in qualche destinazione da sogno. Magari proprio Parigi. Però per quanto dolci e speciali come gesti rientrano sempre nella personalità di Jason.

Invece farmi recapitare una rosa bianca appena sbocciata non è così tanto da Jason. Non che lui non regali fiori. L'ha fatto in un paio di occasioni. La prima volta durante il mio ultimo anno di liceo, quando mi ha accompagnata al ballo di fine anno. Credo sia stata la serata più bella della mia vita. Quando ero ancora dolce, ingenua, innamorata…

Sospiro e osservo la rosa, perplessa. La sfioro appena con le dita, è talmente delicata che temo di rovinarla. Non ha spine. Quindi non mi può ferire. È questo il significato intrinseco? Una rosa senza spine. Apro il bigliettino minuscolo inserito nella confezione e tutto ciò che trovo scritto è una J.

Sì, proprio una J al centro del biglietto. Nient'altro. Mi mordo le labbra e il mio cuore, indipendentemente dalla mia volontà, inizia a battere a un ritmo incontrollato.

Jason vuole davvero riconquistarmi con gesti inconsueti. Teneri, delicati. Con significati profondi.

Una rosa bianca… Che significato ha? Amore puro da quanto ne so… Deve averci pensato bene, per riuscire a fare colpo su di me. Per riconquistarmi o provare a conquistarmi per la prima volta. Prima non ne aveva mai avuto bisogno.

Come una stupida accendo il mio portatile e avvio una ricerca su internet. I fiori, come le pietre, hanno un significato. Il significato corrispondente a "Rosa bianca" è "Amore puro, segreto". Scorro la pagina della mia ricerca e trovo anche

"Rosa senza spine". Il significato in questo caso è "Amore a prima vista".

Jason non sarebbe arrivato a tutto questo… non è mai stato tanto sottile. Ma non è detto che ci sia un significato recondito dietro. Una rosa può anche essere solo una rosa. Semplicemente.

Del resto, non si conosce mai nessuno abbastanza, nemmeno se stessi. Chiunque può sorprenderci con un gesto che non ci aspetteremmo. Jason potrebbe anche essere cambiato davvero.

Basta Fanny, insomma! Non puoi realmente iniziare a credere che sia stato…

No, no. Non ne avrebbe motivo. La sua idea su di me è stata chiara. Fin troppo. Quindi io devo smettere di pensarci. Non è giusto. Non mi fa bene. Non è corretto nei confronti di Jason, soprattutto. Nonostante mi abbia fatto del male, io ho deciso di perdonarlo e sono stata sincera in proposito. Lo amo ancora. L'ho sempre amato. Solo questo è importante, ora. Il resto devo lasciarlo andare per sempre. Dimenticare tutto e tornare, finalmente, a vivere nel mio mondo. Entro i miei confini. Con Jason al mio fianco. E con i miei amici di sempre.

CAPITOLO 40

Sto litigando con le idee. In modo sempre più furioso. Sembra quasi che non riesca ad afferrarle, a domarle e che si accaniscano contro di me. Come se la mia mano non rispondesse ai comandi quando mi siedo e provo a disegnare, a esprimere ciò che mi attraversa la mente. Maledizione!

Sono bloccata. Ho il blocco della disegnatrice di gioielli. Che forse non è tanto comune come il famigerato blocco dello scrittore ma a quanto pare esiste. E io ne sono vittima. Non lo conoscevo, non mi era mai accaduto prima. Che frustrazione! Sto iniziando a preoccuparmi seriamente. Sono giorni ormai che mi perseguita.

Mi aggiro per la mia stanza come un'anima in pena. Ho sparso i miei nuovi disegni ovunque. I miei tentativi falliti, insomma. Poi mi sono lanciata alla ricerca di quelli che avevo fatto nel corso del primo anno di college e addirittura durante il liceo. Forse ritrovare una buona dose di ingenuità, di spontaneità potrebbe essermi di aiuto.

Sbuffo nervosa chinandomi per guardare sotto al letto. La cartelletta azzurra che avevo portato alla Sorensen è nascosta lì da circa due settimane. Da quando sono rientrata dopo l'incontro con Jennifer. Non voglio più rievocare brutti ricordi. Non voglio assolutamente…

Troppo tardi! Sono già inginocchiata e con la mano l'attiro a me. Sospiro mentre ricompare alla mia vista. E ora cosa faccio? La ributto sotto spingendola in modo da nasconderla del tutto o la trasporto fino al mio tavolo?

Vince la seconda opzione. Mi alzo e mi muovo come se tenessi in mano una bomba a orologeria. La apro e sfoglio i miei disegni. Uno dopo l'altro. Tutto ciò che ho considerato il meglio della mia produzione. Senza… senza lui, ovviamente.

Così lo ritrovo. Certo, lo avevo inserito lì in mezzo come per caso. Sono a metà tra la tentazione di tornare a nasconderlo o strapparlo per sempre, in modo che non compaia mai più. Né per caso né per sbaglio. Ma davvero non comparirà mai più se lo strappassi? Ormai temo che sia impresso nella mia mente... e non se ne andrà. Non mi serve un'immagine per ricordarlo.

Non ho nemmeno una sua fotografia da strappare. Con Jason ne avevo a centinaia. Mi rendo conto che è stato inutile e sciocco farle a pezzi. Anche adesso è inutile, pur non avendo nulla da distruggere. Il ricordo resta lì, come incastrato nella memoria. Non se ne vuole andare. Proprio come non se ne andrà questo disegno. Il colore della pietra che stavo ricercando, come il colore dei suoi occhi quando il suo sguardo diventava intenso, vivo.

Se distruggerlo è inutile, forse l'unica cosa che posso fare è lavorarci. Magari mi sarà di aiuto per debellare il blocco. Quando raggiungerò lo scopo lo rimetterò al suo posto, lo annienterò del tutto e smetterò di pensarci. Devo solo oltrepassare questa fase, per il momento.

Inevitabilmente sono costretta a far rivivere la sensazione. Ma la sto solo usando, non mi provoca alcuna emozione, no. È stato quel momento, le sue braccia intorno a me, i suoi occhi nei miei. Il formicolio sul braccio mentre sorrideva e mi scriveva il suo numero di telefono.

E poi... quel primo bacio sulla panchina. Le prime volte che abbiamo provato a disegnare insieme e le volte in cui creare e fondere in nostri corpi era un tutt'uno. Quando mi ha mostrato i suoi abbozzi e temeva la mia opinione. Come ci siamo sostenuti, come il nostro lavoro si è evoluto insieme.

«Dannazione, Jake...» sospiro e allontano il disegno. «Sei ovunque!»

Sono stata anche io a rovinare tutto. Non posso non ammetterlo. Da quando Jason ha lasciato Amy e si è ripresentato da me, deciso a riconquistarmi. La mia storia con Jake ne ha risentito. Mi sono sentita combattuta, il ritorno di

Jason non mi è stato indifferente... e lui lo aveva capito. Poi è successo tutto il resto. Ma l'inizio della fine tra noi è dipeso anche da me, non solo da Jake. Le mie contraddizioni e i suoi silenzi.

E ora mi manca, mi manca tremendamente. Lavorare con lui. Ridere, scherzare. Quell'atmosfera di segretezza e desiderio alla Sorensen. I suoi baci rubati, le sue carezze.

Afferro i miei colori e mi butto a capofitto sul disegno. Poi lo metto da parte e cerco un altro foglio. La pietra, mi manca la pietra giusta. Oltre a rifinire i dettagli. Non posso lasciarlo, non voglio. Questo è stato il momento dell'incontro, l'abbraccio. Ecco, sì l'abbraccio! La collana si può congiungere al centro come in un abbraccio.

Però mi manca la pietra! Non riesco ad afferrare il colore adatto. Magari potrei variare con un turchese tendente al verde. Una pietra dura. No, non va bene.

Giada, smeraldo... Una certa tonalità di smeraldo, forse. Una variazione...

No, non va bene nemmeno così! Forse... rammento una lezione tenuta durante il corso di specializzazione. Si parlava di particolari qualità di pietre con varianti rispetto al loro colore naturale. L'ametista verde... che si ottiene attraverso il riscaldamento. Così si raggiunge un colore verde, intenso e sfaccettato. Ricordo anche di averla vista, di averla toccata. Sì, potrebbe essere la mia pietra! La pietra giusta per la mia collana! Devo effettuare qualche altra ricerca ma forse l'ho davvero trovata!

Mi alzo entusiasta dalla sedia. Mi avvio verso il soggiorno, per festeggiare aprirò una meravigliosa vaschetta di gelato e me lo gusterò seduta sul divano, prima di tornare al lavoro e rimettermi all'opera con una nuova carica di energia e adrenalina.

Ho quasi raggiunto il frigorifero e un'ombra mi appare, seduta sul divano. In silenzio assoluto, al buio. Si sta facendo sera e a luci spente inizialmente non l'avevo nemmeno vista.

«Rebecca?»

Non mi risponde, ma trattiene ancora la fronte sulle ginocchia. Abbandono l'idea del gelato e mi avvicino a lei, lentamente. Non l'avevo nemmeno sentita rientrare.

«Becky... che succede? Non stai bene?»

Mi siedo accanto e attendo. Perplessa a causa del suo ostinato silenzio. Attendo che mi dia una risposta e le accarezzo piano i capelli.

«Mi ha lasciata, Fanny. Mi ha lasciata per sempre questa volta.» Solleva la testa, lentamente. Lo sguardo che mi rivolge è disperato, completamente perso. «È tornato e io gli ho imposto una scelta definitiva. L'alternativa sarebbe stata non vederci più. Così lui... mi ha lasciata. Non ci ha nemmeno pensato troppo, per lui è stato facile liberarsi di me. Non mi vuole, ha scelto la sua carriera, ancora una volta. Per l'ennesima volta. Non lo rivedrò mai più.»

CAPITOLO 41

Rebecca non avrebbe dovuto farlo. Non ho osato dirlo, ma è quello che ho pensato. Credo di averlo pensato già da quando mi ha confessato la sua idea di scrivere a Tom per costringerlo a una decisione. Non avrebbe dovuto imporgli una scelta definitiva. A nessuno piace essere messo con le spalle al muro. Avrei dovuto fermarla, forse. Anche se ho compreso le sue intenzioni. Probabilmente non era davvero una scelta quella che era intenzionata a imporre a Tom. Si è lasciata trascinare troppo. Voleva soltanto che lui... restasse nella sua vita, una volta per tutte.

Desiderava una promessa, un impegno. Ciò che da Tom non aveva mai avuto, prima. Magari avrebbe solo dovuto parlargli in modo diverso, più dolce. Senza dargli la sensazione di volerlo forzare. Il carattere ostinato e impetuoso di Rebecca ha giocato contro di lei. E mi dispiace che Tom non l'abbia capito e l'abbia lasciata andare.

Ora il fatto che Becky voglia tentare di ricucire con Clint mi sembra una pessima idea. Ancora peggiore di quella di scrivere a Tom.

Ma io chi sono per dare consigli d'amore? Sono io stessa nel bel mezzo di un disastro sentimentale, le mie emozioni continuano a prendere direzioni contrarie alla mia volontà e mi sento devastata dalle sensazioni incontrollate che mi provocano certi ricordi. Non posso più lavorare tranquilla. La mente rincorre sempre lo stesso pensiero. Non riesco a comandarla, a fermarla.

E non riesco nemmeno a trovare le parole adatte per consolare la mia amica. Temo anzi di dirle qualcosa di totalmente fuori luogo. Come, ad esempio, consigliarle di non

200

lasciare andare Tom. Dirgli che lo ama ed è stata tutta una sciocchezza quel metterlo di fronte a una scelta definitiva. Non tornare con Clint, mai più. Buttare via l'orgoglio e seguire Tom ovunque sia la sua destinazione. Per non ritrovarsi a rimpiangerlo per sempre.

Sono una vigliacca. Ed è molto meglio che lasci Rebecca insieme a Scarlett e Rusty. Loro sapranno consolarla e consigliarla meglio di me.

Per evitare di combinare guai anche con la vita sentimentale degli altri, ho deciso di trascorrere la serata con Jason, a casa sua. Siamo completamente soli. E ora lui crede che per me sia arrivato il momento giusto, che sia finalmente pronta a ricostruire la nostra storia, la nostra vita insieme.

Certo, perché lui non sospetta che sono una vigliacca. Che potrei esortare Rebecca a seguire il cuore senza assurdi timori, quando io non sono più in grado di farlo e preferisco ricucire una relazione sicura invece di rischiare di ritrovarmi con il cuore spezzato, ancora una volta.

Però devo ammettere che quando mi stringe tra le braccia, quando mi guarda con quei suoi occhi castani, così dolci... ridesta in me le stesse emozioni di quando ero solo una ragazzina. Di quando vivevo ogni giorno sperando che prima o poi lui si accorgesse di me. Esultando per ogni sguardo, per ogni gesto tenero nei miei confronti.

«Fanny...»

Mi attira a sé sul divano. Dopo una cena deliziosa mi ha chiesto di restare e io mi sono lasciata convincere facilmente. È arrivato il momento, non posso più prendere tempo. Suppongo di averlo punito abbastanza. Anche se in realtà non è per punirlo che gli ho chiesto di aspettare.

«Mmh...»

Chiudo gli occhi e mi stringo a lui, più che posso. Come se volessi essere protetta, salvata. Da tutto e da tutti, compresa me stessa.

«Mi dispiace Fanny, davvero...»

Sento il suo petto sollevarsi e poi abbassarsi mentre sospira. Credo che sappia che non mi è ancora passata del tutto. Che non possiamo essere come prima. Forse non lo saremo mai più. Ma dobbiamo ricominciare tutto dall'inizio. Non riprendere da dove eravamo rimasti, non ricucire. Continuo a ripetermelo ma a volte io stessa ci ricasco.

«Lo so. Ma andrà tutto bene...» Sollevo il viso per baciarlo. Nello stesso momento lui mi afferra per la vita prendendomi in braccio e il suo bacio diventa intenso, carico di passione. Ricambio ma poi mi stacco, per guardarlo negli occhi. «Jason, perché sei tornato da me? Perché hai lasciato...»

No, inutile chiedere. Non credo di volerlo sapere.

«Ti avevo persa. Non facevo altro che cercare te, in lei. E non riuscivo più a trovarti. Ovviamente era una ricerca inutile la mia, non potevo trovarti. Così mi sono accorto che stavo perdendo anche me stesso e non mi piacevo più. In nessun momento, nemmeno sul lavoro o nella vita di tutti i giorni. Mi mancavi tu...» sospira sulle mie labbra, stringendomi a sé. Appoggia la testa sul mio petto accarezzandomi la schiena con le mani, fino a sentire pulsare il mio cuore contro la tempia. Poi torna a guardarmi negli occhi. «Fanny, dimmi la verità. Ti ho davvero persa?»

«Sì, in parte mi hai persa davvero, Jason. Perché non sono più quella di prima, non sono più la ragazza che hai lasciato. Quindi se è lei che cerchi in me, non la troverai più. Ma io sono qui. Vorrei provare a ricominciare tutto. Jason, noi possiamo...»

«Ti ho sempre amata, Fanny. Fin da ragazzini. Avevo dimenticato quanto...» Mi stringe più forte e mi bacia ancora, con un'intensità e una passione che quasi non ricordavo in lui. «Mi mancavi tremendamente...»

Anche a me mancava. È la verità. Mi sento serena ora con lui. Sono in pace, sono a casa. Al sicuro.

«Anche tu mi sei mancato.»

Sorrido e lo guardo negli occhi. Immergo le mani tra i suoi capelli chiari mentre mi accarezza la schiena, mi aiuta a girarmi e a stendermi mettendosi sopra di me e baciandomi dolcemente le spalle, le braccia.

Chiudo gli occhi. Lascio che accada. Devo solo rilassarmi e permettergli di amarmi ancora. Soprattutto devo permettere a me stessa di provare ad essere felice con lui. Ancora una volta, come lo sono stata in passato. Lasciarmi andare.

Sospiro e mi sento spezzare il fiato mentre mi bacia il collo e le sue mani mi percorrono i fianchi per sollevarmi il vestito.

Quanto mi è mancato! Quanto lo desidero ancora. Mi sento fremere mentre il mio cuore ha un sobbalzo e una lacrima mi scorre lungo la guancia. Vorrei, con tutta me stessa, tentare di bloccare il ricordo, di arginare quel brivido incontrollato che tra i gemiti mi obbliga quasi a cedere a un richiamo trascendentale, sublime... e a pronunciare quel nome. Ma prima che io riesca a fermarmi, a impedirmi di parlare, il danno è fatto.

«Oh, Jake...»

CAPITOLO 42

«L'hai chiamato con il nome del tuo ex, non ne farei un dramma!» Chissà perché allora l'espressione di Scarlett contraddice le sue parole. «Insomma, capita tutti i giorni, no? A chi non è mai successo? Primo ex, secondo ex... ci si confonde!»

«A me non è mai successo. E ne ho avuti molti di più di voi due messe insieme!» Rebecca alza gli occhi al cielo e poi punta il dito smaltato di viola cupo su di me. Ha aggiunto una nuova tonalità? Troppo funerea a mio parere. «Di te, sicuramente! Quanti uomini hai avuto nella tua sventurata esistenza? Due? E te li confondi pure...»

Sono seduta tra loro, sul nostro divano. Mi sento una bambina in punizione in questo momento. Però almeno mi hanno concesso una vaschetta di gelato. Ne abbiamo una a testa, mentre guardiamo per l'ennesima volta *Insonnia d'amore*. Uno dei film "sicuri" che conosciamo a memoria.

«Sì, Becky ha ragione. Che poi abbiano nomi simili è proprio una sfiga colossale, però! Questo dobbiamo concedertelo...» Scarlett sbuffa e mi posa una mano sulla testa per dimostrare la sua indulgenza nei miei confronti. «A questo punto sarebbe stato meglio che avessero lo stesso nome. Una meraviglia! Ti porti a letto uno e sei liberissima di pensare all'altro quanto vuoi mentre...»

«Oddio, ma quanto sei cinica! E pensare che giochi a fare la santa della situazione, la regina dei ghiacci!» Rebecca le rivolge uno sguardo a metà tra lo sconvolto e il disgustato. Poi torna ad accanirsi contro di me. «Non potevi semplicemente startene zitta e pensare in silenzio all'altro? Dovevi proprio esprimere ad alta voce i tuoi...»

«Non l'ho fatto apposta! Non ci avrei mai nemmeno pensato!» Mi alzo dal divano e mi volto verso di loro, mi sento ancora più avvilita, desolata. «Mi è sfuggito...»

«Non avrei mai pensato di dirlo, ma... povero Jason!» Lo sguardo di Rebecca mi fa sentire ancora più colpevole, se possibile. «Quelli che dicono che la vendetta è un piatto che va servito freddo hanno ragione. Se fosse stata premeditata non sarebbe venuta così bene! Però, qui la situazione era bollente... Immagino che si sia raffreddato subito...»

«Becky, insomma! Davvero, non l'ho fatto apposta! Solo che...» Vado a riporre il gelato nel congelatore. Mi è passata la voglia. «E poi, Jason... non si è neanche arrabbiato. Anzi, è stato dolcissimo, comprensivo... e non ha nemmeno insistito per...»

«Balle! Te l'avrà solo lasciato credere. Dentro di sé si starà ancora logorando il fegato.» Scarlett esprime il suo pensiero senza mezzi termini.

Ma non era lei quella che diceva che queste cose succedono tutti i giorni? Comunque, ha ragione. Ovvio che Jason ha cercato di non mostrarsi troppo irritato nei miei confronti.

«Io non gli avrei mai fatto del male volontariamente. Solo che...»

«Solo che... non sei riuscita a trattenere la verità. E la verità è che...» Rebecca bisbiglia appena mentre tuffa nuovamente il cucchiaio nella sua vaschetta di gelato al pistacchio. «Ti sei innamorata di un altro. Guarda che capita, eh... è umano!»

«Ma no, io non penso...» sbuffo e mi passo le mani sul viso. La tentazione, evidente almeno per me, è quella di nascondermi. «Sarà per il disegno, credo... Solo per quello ci stavo pensando...»

«Sì, certo... per il disegno. Come no! Se vuoi facciamo anche finta di crederci.» Scarlett scuote la testa con espressione sdegnata. «Insomma, Fanny...»

«Chiamalo!» La voce di Rebecca diventa all'improvviso quasi acuta, stridula. Bloccando ogni mio tentativo di tergiversare.

«No, oggi meglio di no. Aspetto che mi chiami lui, questa sera forse...» sospiro e torno a rannicchiarmi sul divano, in mezzo a loro. «Comunque ci siamo salutati in modo tranquillo, questa mattina. Non era arrabbiato. Abbiamo proseguito la serata guardando un film e poi abbiamo solo dormito.»

«Io non intendevo Jason, sciocca!» Rebecca mi interrompe e sgrana gli occhi chiari su di me. «Jake! Chiamalo subito e diglielo! Digli che lo ami e che vuoi stare con lui.»

«Ma io...»

Mi sento avvampare. Riesco pure ad immaginare la scena. E mi piace, immaginare anche lui, la sua reazione. Lui che mi sorride, i suoi occhi che si illuminano su di me, lui che mi prende tra le braccia...

«Dannazione che testardi!» Rebecca afferra un cuscino e comincia a tormentarlo mentre il suo tono di voce si alza gradualmente. A tal punto che inizio a temere che voglia scagliarlo contro di me e prendermi a cuscinate. «Perché io sono convinta che anche lui...»

Vengo salvata dal campanello prima che la situazione mi sfugga di mano. La verità ipotizzata da Rebecca mi piace forse fin troppo, ma mi spaventa. Va al di là delle mie possibilità, delle mie speranze.

Vado ad aprire e mi trovo davanti una ragazza bionda, carina e minuta. Con gli occhi azzurri, due buffi codini e un enorme zaino sulle spalle.

«Ciao, sono Serena. La cugina di Scarlett.»

Certo, Serena. Me la ricordo bene. Ha quattro o cinque anni meno di noi e occuperà la stanza di Reese. Almeno fino al suo ritorno, sempre che torni. Serena ha appena ricevuto un'offerta di lavoro come stagista in una grande agenzia di pubbliche relazioni. Si ambienterà per qualche mese prima di iniziare a lavorare. Inoltre, è ingiusto che Reese continui a pagare parte dell'affitto qui e noi non possiamo permetterci di pagare anche per lei. Quindi Scarlett ha proposto questo accordo con Serena, che non è del tutto certa che la vita della grande città le piacerà abbastanza da trattenersi a lungo termine.

«Ciao, Serena. Benvenuta!» Sorrido e l'accolgo, cercando di non mostrare troppo il mio pessimo umore.

Le mie coinquiline le rivolgono un'occhiataccia perfida, invece. Anche Scarlett, sua cugina. Sembrano davvero le sorellastre di Cenerentola in questo momento.

«Mi auguro che tu non abbia storie romantiche in corso, tesorino.» Rebecca si alza e le rivolge un sorrisetto forzato. «Perché su questa casa si è abbattuta la sfiga più nera, recentemente. A meno che tu sia come tua cugina, la regina dei ghiacci. In quel caso sei salva, i sentimenti non scalfiranno mai il tuo cuore. E vivrai per sempre cinica, felice e contenta.»

CAPITOLO 43

Le mie amiche non sanno della rosa bianca senza spine. Nemmeno Jason. Del resto, lui non ha accennato al fatto di avermela mandata. Quindi ho preferito non parlarne. Il fatto che non sia un suo gesto tipico non significa che non possa essere cambiato. Ha detto che aveva intenzione di sorprendermi. E poi nessuno è sempre prevedibile, nemmeno io. Ci sono un sacco di cose che non avrei mai pensato di poter fare. Come chiamare il mio ragazzo con un altro nome, ad esempio.

E come mandare un messaggio a Jake, in questo preciso istante. Non riuscire a resistere un giorno di più senza una spiegazione. Un'altra. Devo fare chiarezza nella mia mente e nel mio cuore per poter andare avanti. Rebecca ha esagerato e io mi sono lasciata trascinare. Forse parlava di se stessa, non di me. Dei suoi sentimenti per Tom, non dei miei per Jake. Io credo che tutto sia dovuto al lavoro. Mi sono abituata troppo a lui, alla sua presenza. Non ho ancora ottenuto il giusto distacco.

Insomma, però… ho lavorato anni senza di lui! Quindi non è nemmeno tanto logico sentire questa necessità, questo bisogno di averlo accanto.

Non mi risponde. Mi sembra di rivivere i primi tempi, i primi giorni. Dopo il mio primo messaggio a Jake-Jacob.

D'accordo anche questa volta il testo del messaggio non è stata l'opera di un genio, ma un semplice "Ciao, Jake. Vorrei parlarti se possibile."

Perché quest'uomo deve sempre avere problemi esistenziali con il cellulare? E causarne a me, soprattutto!

Agisco in modo illogico, incosciente e sconsiderato. Mi avvio in pieno pomeriggio, il giorno dopo la mancata risposta, verso la Sorensen Creations. Senza dirlo a nessuno, in totale segretezza. Con un anonimo completo scuro, giacca e pantaloni.

Quello che ha detto Rebecca... "La verità è che... ti sei innamorata di un altro." Non mi abbandona, non mi dà pace. Eppure, proprio lei diceva che io e Jake insieme eravamo tristi. Che con Jason era tutta un'altra cosa. Forse perché non ha conosciuto Jake quella sera... non come me. Jake in alcuni momenti della nostra storia, prima che il dubbio si mettesse in mezzo e si impadronisse di noi, dei nostri pensieri. Prima che lui pensasse che avrei potuto avere doppi fini nei suoi confronti se avessi saputo...

«Ho bisogno di parlare con Jake Knight.» Dopo un respiro profondo prendo d'assalto la mora alla reception con la mia richiesta, che le rivolgo tutta d'un fiato. «Voglio dire... il signor Jacob Knight.»

«Mi dispiace, il signor Knight è fuori città.»

Dallo sguardo che mi rivolge sembra voler sottintendere che più che essere fuori città è fuori dalla mia portata. Non importa, non mi arrendo.

«Capisco. Quando posso trovarlo in città?» Sottolineo volutamente "in città".

E ora questa si chiederà perché non gli telefono, non gli mando una e-mail... una lettera... un piccione viaggiatore... ma vengo qui a rompere le palle a lei.

Ovviamente lei non lo sa. E se lo sa non me lo dice. È una stronza. No. In realtà la stronza sono io. Cosa ci faccio qui? Gli ho solo mandato un messaggio. Ieri sera. Non è nemmeno trascorso abbastanza tempo. Potrebbe anche non averlo visto. Oppure non sapere cosa rispondere. O non aver voglia di rispondere. Ma non so come né perché speravo di incontrarlo proprio qui. Così per caso. O per destino, ecco. Sì, per destino. Faccio parte di quella categoria di stupide persone che crede ancora al destino. Se due sono destinati eh... c'è poco da fare! Non si può andare contro al destino... Tutte cazzate!

Esco e mi siedo sui gradini all'ingresso. Sono un'idiota. Probabilmente lui è passato alla prossima ragazza e se ne infischia di me. Forse poteva ancora darmi una possibilità quando sua madre mi ha offerto di lavorare con lui, ma ora...

Mi alzo stancamente. Non voglio attirare l'attenzione. Alcune persone entrano ed escono dall'edificio lanciandomi occhiate diffidenti. Non mi resta altro da fare che andarmene a casa.

Sento il suono di un messaggio. Per una volta, una soltanto non potrebbe essere...

"Certo, Fanny. Quando vuoi. Però ora sono a Seattle, tornerò a New York domani mattina."

Il cuore mi rimbalza nel petto, al di là del mio tentativo di controllarlo e darmi un contegno. Mi sento avvampare. La segretaria alla reception non mi ha mentito, quindi. Lui non ha lasciato indicazioni di cacciarmi a vista. Ovviamente questo non significa nulla, però...

"Domani va bene, se vuoi. A Central Park, quando sarai tornato in città."

Ecco, domani. Domani riuscirò a capire, a farmene una ragione e ad andare avanti. Non che ci sia poi così tanto da capire. Insomma... ho amato Jason per tutta la mia misera e triste esistenza, come dice Rebecca. Anche quando stava ancora con Amy, avrei dato qualunque cosa per riaverlo con me. L'ho perdonato, non serbo rancore nei suoi confronti, ne sono certa. Allora perché? Perché quando è stato il momento, perché quando ho creduto di poterlo ritrovare... mi è stato così naturale chiamarlo Jake? E non è mai avvenuto il contrario?

Forse perché stavo effettivamente pensando a Jake, alla collana, quindi avevo in mente lui. In ogni caso, devo vederlo. Devo trovare una spiegazione per poter andare avanti. Comunque sia non cambierà nulla tra noi. Devo anche capire se è giusto dare una possibilità alla mia storia con Jason. So di averlo offeso e sto male per lui. Ma in un certo senso ora siamo quasi in una situazione di "parità" dopo quello che mi ha fatto.

Però se decido di restare con lui devo fare in modo che certe confusioni non accadano mai più. Non voglio più dubbi nella mia vita. Non voglio più incertezze.

CAPITOLO 44

Lo sto aspettando a Central Park da circa cinque minuti. Sono in anticipo di quindici. Con i messaggi successivi ci siamo accordati sull'orario e sul luogo esatto. La nostra solita panchina. Sono arrivata prima sperando di trovarla libera. Non so ancora di preciso cosa gli dirò. In realtà ho rivissuto la scena del nostro incontro decine di volte da ieri, quando ha risposto al mio primo messaggio.

Estate a Manhattan. Mi sembra che faccia anche più caldo del solito. Indosso un vestitino bianco con fiorellini rossi e gialli minuscoli. Ai piedi porto dei sandali rossi, leggeri e comodi. Mi sento molto una ragazzina al primo appuntamento. Una ragazzina terrorizzata. E improvvisamente rivivo scene di noi. In particolare, di quando lui c'era e io trascinavo la nostra storia senza particolare entusiasmo. Ora è lui il mio ex, non più Jason. Evidentemente sono gli ex in generale a turbarmi, con il loro "deprecabile tempismo".

«Fanny… scusa, non volevo farti aspettare.»

Arriva alle mie spalle e io mi alzo di scatto, quasi come un soldatino sull'attenti. Mi volto mentre gira intorno alla panchina, seguendolo con lo sguardo. Indossa i jeans e una maglietta blu. Niente tenuta da lavoro.

«Non sei in ritardo. Sono io in anticipo.»

Sorrido in imbarazzo. Anche lui lo è, tanto che per un attimo non sappiamo se stringerci la mano o scambiarci un fugace abbraccio.

Alla fine, nessuno dei due. Restiamo semplicemente in piedi a guardarci. Poi rivolgo un'occhiata alla panchina, mi siedo e Jake si accomoda al mio fianco.

«Stai bene, Fanny…» Ricambia il mio sorriso e i suoi occhi percorrono il mio corpo per poi soffermarsi sul mio viso. Mi scruta, annuisce brevemente e poi torna a sorridere. «Insomma, ti trovo bene.»

«Grazie, Jake. Anche io ti trovo bene. Ti ho chiesto di vederci perché volevo scusarmi per tutto quello che è successo.»

In realtà no. Neanche per idea. Ma ho completamente scordato quello che avevo preparato e avevo intenzione di dirgli, per cui mi sono lanciata sulla prima cosa che mi è venuta in mente. Banale e scontata. Le parole mi sono uscite sfuggendo al mio controllo. Comunque, l'alternativa sarebbe stata restare in silenzio e lasciar parlare lui. Però sono stata io a richiedere questo incontro, quindi toccava a me.

«No, Fanny. È stata colpa mia.»

Piega le braccia dietro alla testa, stirandosi un po'. E ora sono io a percorrere il suo corpo con lo sguardo fino ad arrivare al suo torace, alle sue braccia. Finché mi ritrovo i suoi occhi verdi puntati addosso e mi sento scoperta, smascherata, con le guance in fiamme.

«Io credo che ci siano stati tanti fraintendimenti tra noi, Jake. Fin dall'inizio.»

Seriamente... perché ho voluto vederlo? Che cosa dovevo dirgli? Non scherzo, ho un vuoto di memoria. Dannazione, ho una voglia pazza di baciarlo. Adesso, subito! O peggio... di mettermi a cavalcioni sopra di lui, di sfilargli la maglietta, e poi slacciargli i pantaloni e...

Ma siamo a Central Park, non posso! Okay, non potrei comunque. Tra noi è finita. Quindi devo tirare avanti la conversazione e far finta che questo incontro abbia una motivazione seria. Gli ho chiesto di vederci e lui è appena tornato da Seattle. Probabilmente ha degli impegni, ora. E sta perdendo tempo con me!

«Già, evidentemente non era destino.»

Ora mi sorride, un po' forzatamente. Abbassa le braccia e si ricompone, mettendosi seduto in modo più composto. Mi ha letto nel pensiero? Ha compreso la mia intenzione di saltargli addosso?

Destino? Ha parlato di destino? Ma che si fotta, il destino! Tanto l'ho già detto che non ci credo, lo disprezzo, non lo tollero proprio.

Oddio... sto facendo pensieri indecenti sul il mio ex. Jake, in questo caso. Ah sì, ecco il motivo! Ho chiamato il suo nome al posto di...

«Fanny...» sospira e mi sfiora appena la spalla, lasciando scivolare la mano lungo il mio braccio nudo. Ma perché lo fa? Mi vuole provocare? Perché ora sembra così tanto Jake di quella sera, che io... No, non mi vuole provocare e non è uno scherzo. La sua espressione è troppo seria, i suoi occhi hanno assunto una tonalità troppo cupa. «So perché hai voluto vedermi.»

Ah, sì? Lo sai? No, non lo sai. Non puoi saperlo! Non c'eri! O forse sì, nella mia testa. Dalla mia mente non sei mai andato via. Ma non puoi sapere che stavo facendo l'amore con l'uomo che amo da una vita, l'uomo che desideravo tornasse da me e l'ho chiamato con il tuo nome, non puoi... Non puoi sapere che è vero. Quello che ha detto Rebecca. E che riguarda me, proprio me. Soprattutto, non puoi sapere che io sono stata tanto stupida, tanto imbecille, da non rendermene conto! Perché non avevo mai amato nessun altro prima, oltre a Jason. Oppure ho avuto paura di rendermene conto! Che mi stavo innamorando di te, Jake. Allora... ho voluto fare marcia indietro, ritirarmi, bloccare tutto. Ma era troppo tardi, ormai. Troppo tardi.

Involontariamente sento le lacrime salirmi agli occhi. Devo fermarle, ma non so come fare. Devo dire qualcosa di sensato... ma se parlo rischio di peggiorare tutto.

«Mi vergogno, Fanny. Davvero, quello che ti ha proposto mia madre non ha giustificazione.»

Ora sono i suoi occhi a essere lucidissimi e mi entrano dentro fino a farmi male. Ancora di più. Ma lui è lontano. Da me, da noi, dai nostri momenti.

214

«No, Jake... io...» La verità è che se potessi tornare indietro io ora non so se rifiuterei l'offerta. Non ne avrei la forza. Non per lavorare alla Sorensen, non mi importa più, ma per... Mi passo una mano sulla fronte, devo cercare di ricompormi. «Non ti preoccupare, io credo che tua madre lo abbia fatto senza cattive intenzioni. E comunque non è colpa tua.»

«Non doveva porti quella condizione. Tu non la meritavi. Lo so che non avresti mai accettato di lavorare con me. E per quanto riguarda questo, Fanny... anche io avevo bisogno di parlarti, ti avrei chiamata appena rientrato. Mi hai preceduto di poco.»

Cosa sta dicendo? Sto perdendo il filo del discorso. Lo guardo perplessa e ora mi sento anche un po' inquieta.

«Il lavoro alla Sorensen è tuo, se lo vuoi ancora. Sei brava e te lo meriti. Senza condizioni, senza clausole assurde. E avrai la firma sui tuoi gioielli, Frances Moore.» Mi guarda con dolcezza e io mi sento morire. «Non lavorerai con me, ma con mia madre. Lei ti aiuterà e ti guiderà. È la migliore in questo. Da me non hai proprio nulla da imparare. Poi io credo che vi accorderete giorno dopo giorno. Non è così terribile come sembra...» Sorride e mi strizza l'occhio, rammentandomi il nostro primo incontro nella caffetteria sotto casa, la sua espressione divertita a quella mia domanda sulle donne e sugli uomini. «Anzi, in realtà a volte lo è, te ne accorgerai. Ma te la saprai cavare egregiamente, ne sono certo. Comunque, Jennifer non interferirà più, mai più nella tua vita privata.»

«Io... non so cosa...» Non so cosa dire. In questo momento mi sento tremare di freddo anche se fa davvero caldo. Ho i brividi. Ed è colpa sua, è lui a provocarmeli. «Tu...?»

«Io sono andato a sistemare alcuni affari dell'azienda a Seattle. Sto per trasferirmi di nuovo a San Francisco, quindi non ci saranno problemi. Stai tranquilla.»

No, non voglio. Non voglio stare tranquilla. Non voglio... San Francisco? Perché? Mi sento scivolare a terra e non so come trattenermi. Devo trovare un appiglio, qualsiasi cosa. Intanto mi aggrappo con le mani alla panchina.

«Ora va tutto bene? Intendo l'azienda...»

No, non intendo affatto l'azienda! Perché vuole tornare a San Francisco? Perché?

«Sì, la situazione sta gradualmente migliorando. In parte anche grazie alla nostra "collaborazione". Mia madre sta proponendo i nostri gioielli con successo. Stanno andando bene anche all'estero. Ma ti assicuro che per i prossimi non ci sarà il suo nome sul tuo lavoro. Poco alla volta emergerai e tutti sapranno quanto vali, Fanny. Ed è giusto che tutti lo sappiano, perché tu vali davvero molto. Sei un'artista meravigliosa, una persona meravigliosa.»

Mi sorride, di nuovo. Sembra triste, però. Anzi, severo, distaccato. I suoi occhi non sorridono affatto. Non come quella sera. Sono un'artista meravigliosa. Una persona meravigliosa, per lui. Nient'altro? Sono bellissimi complimenti, però... mi distruggono. Perché essere meravigliosa non mi basta. Voglio altro. Voglio di più, da lui.

«Bene, sono contenta che l'azienda stia riprendendo.» Si è appoggiato con il gomito alla panchina, voltandosi verso di me. Sospiro e sfioro la sua mano, accarezzandola piano. Ho quasi timore a toccarlo, ma non riesco a resistere. Vorrei sapere, capire. «Io... ci penserò. Credo che lavorare con tua madre sarebbe un'opportunità unica.»

Mi stringe la mano, percorrendo il dorso con il pollice.

«Te l'ho già detto, Fanny. Il lavoro è tuo. L'azienda si sta riprendendo anche grazie a te.» Lascia la mia mano con un movimento quasi brusco, si alza e si volta verso di me. «Devo andare a cambiarmi e poi passare in ufficio.»

«Sì, certo...»

Anche io mi alzo. No, non se ne può andare. Perché? La sua vita è qui, ora. Il suo lavoro. No, non può. Non per me.

«È stato bello conoscerti, Fanny...» Si morde le labbra, mi guarda negli occhi. Abbassa leggermente lo sguardo, poi torna a fissarmi. «Tu meriti di essere conquistata, ogni giorno. Io ti auguro di essere felice con...»

«Jake... anche per me lo è stato.» Lo interrompo, non gli permetto di concludere la frase. Ma no, cosa sto facendo? Io non voglio che se ne vada! Non voglio! «Jake, ma a San Francisco...?»

Lascio la frase in sospeso. Non voglio continuare. O forse non voglio sapere. Mi sento come inghiottire da una voragine.

«Sì, anche io cercherò di ricostruirmi una vita. Di riprendere da dove l'avevo lasciata, insomma. Credo che ne valga la pena.»

La sua ex. A San Francisco. Quella di cui mi aveva parlato. Mi aveva detto che stava attraversando una fase simile alla mia, quella sera. Ecco perché ha deciso di tornare a San Francisco. Per lei. Non posso fare altro, quindi. Sono costretta a lasciarlo andare.

Annuisco, senza replicare. Non ne ho più la forza. Mi accarezza la guancia e i suoi occhi si soffermano sul mio viso, come se intendesse memorizzarlo. Come se non dovesse vedermi mai più.

«L'unica cosa che non vorrei, che davvero non sopporterei, è farti ancora del male, Fanny. Te ne ho già fatto abbastanza, in passato.»

«Jake, io ti... ti ringrazio...»

Ma no, che non ti ringrazio! Io ti amo! E non riesco ad accettare che tu vada via da me. Perché mi stai facendo davvero male. Ma non in passato. Adesso, qui!

Sospiro e mi sforzo di sorridergli, trattenendo tutto. Tutte le parole che non posso pronunciare, tutto l'amore, tutto il rimpianto. E vorrei solo che si fermasse, che mi stringesse ancora una volta. Anche se fosse l'ultima.

«Buona fortuna, piccola Frances.»

Si volta e inizia a camminare. Via da me. Via dalla mia vita. Per sempre.

«Jake!» Urlo, più forte di quanto dovrei. Come se fosse dall'altra parte del parco. In realtà ha percorso solo pochi passi. Si volta verso di me accennando un sorriso. «Jake... quella rosa bianca... senza spine...»

«Dicono che significhi purezza. Le spine le ho tolte perché non ti ferissi. Non va bene che un'artista come te rischi di pungersi le dita. Le spine le ho tenute per me.» Inclina il viso e si stringe nelle spalle. «È stato il mio modo di chiederti scusa.»

«Grazie, Jake» sussurro e annuisco, socchiudendo gli occhi mentre si allontana davvero, questa volta. «Lo sapevo che eri tu...»

Certo che eri tu, Jake. Non potevi essere che tu.

CAPITOLO 45

Non ho parlato del mio incontro con Jake. E nemmeno della sua nuova proposta alla Sorensen. Non voglio esprimere quello che provo in proposito.

Continuo a vedere Jason. Come amici. Come qualcosa di più, forse. Ma la stiamo prendendo con calma. La pazienza e la dolcezza di Jason sono ammirevoli. Forse si stancherà di me un giorno di questi, ma io non posso e non voglio forzarmi.

Dopo la conversazione con Jake ho ricevuto una nuova e-mail, direttamente da Jennifer Sorensen. Ho un nuovo appuntamento con lei, lunedì della prossima settimana. Ma non ne parlerò finché non raggiungeremo un vero accordo e inizierò a lavorare alla Sorensen. Voglio evitare intromissioni, questa volta.

Mi concentro sulle disavventure delle mie amiche per distogliere l'attenzione dai miei drammi personali.

«A me sembra una pessima idea uscire con il capo. Non si fa!»

Rebecca sorseggia il caffè che ha appena preparato con aria disgustata. Come siamo tutte sveglie alle otto del mattino è un vero miracolo. Sarà che l'arrivo di Serena ci ha modificato gli orari di sonno e di veglia. Quella non è una ragazza di ventidue anni... è un esemplare geneticamente modificato di donna bionica. Esce all'alba per "esplorare" la città, è sempre attiva, pimpante, sorridente. E sa anche cucinare! Insomma, è la versione più giovane, dolce e solare di Scarlett. Ma non sono ancora del tutto sicura che mi piaccia. Evidentemente ho più simpatia per le persone con alcuni lati oscuri e la vita incasinata. Forse perché Serena mi fa sentire ancora più orribile di quanto io mi senta abitualmente.

«Perché no? Il fine giustifica i mezzi...» Scarlett butta giù il caffè con l'aria di un soldato che si prepara alla battaglia. La sta prendendo un po' troppo seriamente questa citazione del *Principe* di Machiavelli. In alternanza con quella di Rusty Foreman "la vita è una giungla". «Charlie è un uomo interessante, dinamico...»

«E ha trent'anni più di te, Scarlett! È proprio questo che vuoi? Ottenere dei riconoscimenti in modo così lascivo e subdolo?» Rebecca sbadiglia e va a sedersi sul divano.

Io seguo la discussione in silenzio. Mi sembra tutto assurdo. Scarlett non ha bisogno di questi mezzi per arrivare al suo fine.

«Ci sono uscita solo due volte, insomma! Mi ha invitata e ho accettato. Che male c'è? Perché mai avrei dovuto rifiutare? Abbiamo parlato solo di lavoro. Lui è un uomo solo, la moglie è morta da cinque anni ormai. Ha bisogno di compagnia.»

I tentativi di giustificazione di Scarlett sono sempre più deboli. Talmente tanto che non ci crede nemmeno lei. Sbuffa e abbassa lo sguardo sulla sua cartelletta che apre, controlla, richiude.

«E Rusty? Che intendi fare con Rusty?»

Il mio intervento ottiene come risultato quello di farmi attraversare con lo sguardo da entrambe le mie amiche. Scarlett stringe gli occhi e mi fissa come se fossi un tiro a segno contro cui lanciare le freccette. Ci manca solo che prenda davvero la mira e trovi qualcosa da scagliarmi addosso.

«Rusty? Che cosa c'entra Rusty?»

Ecco, appunto. Rusty è colui a cui deve tutto, Rusty le è sempre stato accanto. Ma chissà perché Rusty non c'entra mai nulla nella vita di questa donna senza cuore!

«Niente... a parte il fatto che è innamorato pazzo di te da anni e farebbe qualsiasi cosa per te! E tu da sempre fingi di non accorgertene. Cosa può c'entrare quel povero Rusty?» Rebecca prende spunto e interpreta alla perfezione il mio pensiero, precedendomi.

«Ragazze, voi non capite...» Scarlett ci rivolge un'occhiata a metà tra sprezzante e compassionevole. Raccoglie le sue cose e si prepara a uscire. Pronta per il suo lavoro. Pronta per il suo capo prossimamente amante. Pronta soprattutto a sfoderare i suoi mezzi che la porteranno a chissà quale fine. Che siano mezzi giustificati o no, che importa? «Rusty per me è solo un amico, lo è sempre stato. Se non lo capisce, problemi suoi. Ognuno ha la sua vita, anche lui ha frequentato altre donne. E poi l'amore ormai è sopravvalutato, solo uno sciocco non lo capirebbe. Guardate come siete ridotte voi due... Innamorate perse e con il cuore a pezzi. No, non ci tengo proprio, grazie!»

Né io né Rebecca osiamo replicare. Il discorso di Scarlett non fa una piega. La lasciamo andare e ci guardiamo in silenzio.

«Ho un aspetto tanto orribile?»

Rebecca mi rivolge uno sguardo quasi disperato. Ma non posso mentirle. Le occhiaie non le danno tregua, ultimamente. E anche i capelli spesso arruffati sono insoliti, in lei.

«Abbastanza, in confronto al tuo solito standard. Ma ti riprenderai presto, ne sono certa. Hai solo l'aria un pochino stanca, ecco.» Ha l'aria di una che non dorme da un numero imprecisato di notti e ha urgente bisogno di una piega. E di una buona base di trucco. E di togliersi quello smalto mangiucchiato dalle unghie, anche. In realtà non ho idea di quando e come si riprenderà, ma tento di essere incoraggiante per non deprimerla troppo. «Mmh... e io?»

«Tu sei sempre uguale. Hai l'aria di una che ha ancora il cuore spezzato. Riguardo a questo Scarlett ha avuto ragione. Come se fossi appena stata tradita e sappiamo entrambe che non si tratta di Jason, questa volta. Forse gli altri non lo notano, ma noi sì...» Non avrei dovuto chiedere. Me la sono cercata. «Lo hai più chiamato con il nome dell'altro?»

«No. Ho imparato a tacere.»

CAPITOLO 46

Ho affrontato con successo il nuovo colloquio con Jennifer Sorensen. Le ho mostrato quasi tutti i miei lavori migliori e ne è stata entusiasta. Solo dopo averne avuta la certezza assoluta ho annunciato l'inizio della mia collaborazione con la Sorensen Creations. Ho organizzato una piccola festa con gli amici più intimi. Che poi sono Rebecca, Scarlett, Rusty e Jason. E anche Serena, ovviamente. Abita con noi, non potevo escluderla.

Così ho avuto finalmente la mia vita perfetta. L'uomo che ho sempre amato e il lavoro dei miei sogni. Jennifer è molto gentile con me, apprezza i miei disegni, prende in considerazione le mie idee, mi tratta con grande rispetto. Sto imparando tanto da lei e decisamente in fretta. Mi ha lasciato intendere che la scelta di Jake di allontanarsi da New York è dipesa da me, però non mi tratta con astio o risentimento.

Ma a volte... mi sembra che mi manchi l'aria. Mi sento soffocare. Mi sento sola, abbandonata. Certo non dipende da Jennifer Sorensen. E nemmeno da Jason che sta dimostrando una pazienza sconfinata nei miei confronti. So che mi ama. E lo amo anche io. Abbiamo solo bisogno di tempo. Sì, ancora un po' di tempo. Per il momento siamo solo poco più che amici, anche se non ho voluto approfondire la questione con le ragazze. Ho lasciato intendere a Rebecca e a Scarlett che io e Jason stiamo provando a ritrovarci. Se non fosse che io mi sento completamente persa.

Non ho raccontato a nessuno del mio incontro con Jake. Non riuscirei nemmeno a riviverlo ad alta voce, a ripercorrere quei momenti con lui. Stavo per dirgli tutto. Stavo per dirgli troppo, nel tentativo di fermarlo, di chiedergli di concedermi una possibilità.

Lui se n'è andato. Non oso chiedere dove si trovi. A San Francisco, probabilmente. A ricostruirsi la vita che aveva prima. Con la donna che amava, prima di me. Comunque io spero che sia felice. Se lo merita. E a volte... sì, a volte sono tentata di inviargli un messaggio o una e-mail, solo per sapere come sta. Ma mi trattengo.

Scarlett ha iniziato a uscire più assiduamente con Charlie, il redattore capo di "Big Apple Adventure". Mi ha fatto male leggere la sofferenza nello sguardo di Rusty. Ma allo stesso tempo ha mantenuto la sua forza, la sua sicurezza. Soprattutto non ha spezzato il legame di amicizia che ha sempre avuto con noi e continua a frequentare la nostra casa. Ora sta aiutando Serena a conoscere meglio la città e ad ambientarsi. Forse lo fa solo per distrarsi. In ogni caso spero che gli sia di aiuto. Non riesco a capire Scarlett. E non credo sia vero che non prova nulla nei confronti di Rusty. Forse avrò un'indole troppo romantica, ma non ci crederò mai che le sia indifferente.

Rebecca, contro la mia opinione d'amica, contro il parere di tutti noi in effetti, ha deciso di prendersi una vacanza. Nulla di male in questo, anzi sarebbe un'ottima idea. Se non fosse che la vacanza consiste in una crociera con Clint. Ha preso troppo alla lettera le parole di Scarlett sul fatto che l'amore è sopravvalutato. E si è concentrata al massimo nella sua intenzione di ritornare bella, splendente e meravigliosa come prima. Mi fa male saperla lontana. Soprattutto con la consapevolezza che non è né potrà mai essere felice insieme a Clint Stewart.

Probabilmente sono la più fortunata delle tre. Insomma, ho la mia vita perfetta. Jason è tornato da me, mi ama. Ho avuto una meravigliosa opportunità alla Sorensen, senza compromessi, senza condizioni spiacevoli. Dopo tanto studio e lavoro finalmente mi sento apprezzata e ottengo continui riconoscimenti da Jennifer Sorensen e dai suoi collaboratori.

Continuo a ripetermelo, incessantemente. E spesso riesco anche a convincermene. Sono davvero una ragazza fortunata.

Però… ogni tanto, quando sono sola, non posso fare a meno di guardarlo. Il mio disegno. La collana con l'abbraccio e l'ametista verde che vorrei al centro. Il mio lavoro migliore. L'unico che non ho mostrato a Jennifer. Non credo che lo farò mai. Perché non voglio che appartenga ad altre donne, mai. Voglio conservarlo nel cuore come un segreto prezioso. Così potrò illudermi, almeno nella dolcezza dei ricordi, che sia solo mio.

CAPITOLO 47

Non so se ho scelto il momento più appropriato. Forse è soltanto una scusa. Ma non vedo i miei da un po' e credo sia tempo di andare a trovarli. Tornare a Cherry Hill, almeno per una breve visita. Jason si è offerto di accompagnarmi, rimandando alcuni suoi impegni. In realtà preferisco andare da sola anche se dovrò prendere l'autobus.

Il senso di questa visita, almeno in parte, è proprio questo. Rilassarmi e restare un po' da sola. Lontana dalla città. Lontana da Jason, lontana dal lavoro. Jennifer mi ha concesso alcuni giorni per ritrovare il mio estro creativo. Vorrebbe qualcosa di sensazionale da parte mia. Io devo prendere una decisione. Credo di avere già qualcosa di sensazionale. Il problema è che non so se sono pronta a mostrarlo e a condividerlo con gli altri.

Durante il viaggio chiudo gli occhi. Ho bisogno di stare tranquilla, in silenzio. Magari anche di sognare qualcosa di bello, che mi ridoni gioia e speranza.

Arrivo a casa il giovedì pomeriggio. Mi tratterrò fino a lunedì. Silenzio e tranquillità non sono ciò che troverò qui con i miei genitori e mia sorella. Già so che mi riempiranno di domande, ma dovevo obbligatoriamente staccare dalla solita routine e non avevo un altro posto sufficientemente vicino e sufficientemente economico dove andare.

«Tutto bene, tesoro?»

Mia madre, sulla veranda di casa, mi rivolge uno sguardo vagamente compassionevole appena scarico il mio leggero bagaglio dalla macchina di papà che è venuto a prendermi alla fermata dell'autobus.

Sembra provare ancora pena per me però non vuole esagerare mettendo il dito nella piaga. Sa della mia rottura con

Jason, ma non è a conoscenza dell'evolversi degli eventi. Non ancora. In realtà io stessa non ne sono molto sicura.

«Sì, certo. Benissimo.» Sorrido mostrando l'espressione più felice e rilassata che mi riesce. "Benissimo" è un eufemismo, ovviamente. «Mi fermerò solo per qualche giorno per riprendermi e rilassarmi, devo tornare al lavoro con nuove idee.»

Mentre entro in casa entrambi i miei genitori mi rivolgono "quello sguardo". Devo ancora dare il grande annuncio riguardo il mio nuovo lavoro alla Sorensen. Almeno così non mi guarderanno più come la povera ragazza mollata dal fidanzato dopo anni di relazione. Forse già si immaginavano il matrimonio mio e di Jason. In fondo non hanno torto, ci sono stati momenti in cui l'ho immaginato anche io.

In ogni caso sono calmi, mia madre mi offre tutto quanto di commestibile c'è in casa e mio padre cerca di scherzare in proposito.

«Lasciala respirare, Astrid. È appena arrivata!»

Intanto però mi osserva come per accertarsi che non soffra la fame nella grande città.

«Ma almeno un po' di torta cioccolato e banana... è deliziosa. Mi ha aiutata Crystal a prepararla, appena abbiamo saputo che saresti venuta a trovarci per qualche giorno.»

Ovviamente mia madre sgrana gli occhi scuri su di me, nel tentativo di essere convincente. Non ho fame ma non posso resistere, mi sentirei troppo in colpa.

«Sto bene, davvero. Ma in effetti... magari una spremuta e una fetta di torta seduta in veranda non sarebbe male.» Sorrido stiracchiandomi beatamente. Mi sento a casa. Voglio, soltanto per oggi, liberarmi da tutti i pensieri, da tutti i problemi. Però almeno della novità riguardante il lavoro devo renderli partecipi. Così si toglieranno dalla faccia quelle espressioni preoccupate. «Poi vi racconterò meglio tutti i dettagli. Comunque, in breve... ho un lavoro meraviglioso, alla

Sorensen Creations! Il lavoro della mia vita, quello per cui ho studiato e lavorato finora!»

Arginiamo con cautela le relazioni sentimentali, per ora. Non ne voglio parlare. Anzi, le voglio proprio dimenticare. Almeno finché non arriverà mia sorella Crystal che sicuramente pretenderà aggiornamenti sulla mia storia con Jason. Ha giurato odio perpetuo e irrefrenabile contro di lui e questo non ha fatto altro che accrescere il mio sconvolgimento emotivo e la mia umiliazione facendomi sentire una povera disperata. Nonostante tutto comprendo che le sue intenzioni sono state buone, voleva solo mostrarmi solidarietà e cercare di confortarmi. Per fortuna la mia storia con Jason è iniziata solo quando lui frequentava già il college e io ero alla fine dell'ultimo anno di liceo. Quindi è stata vissuta a New York soprattutto. A Cherry Hill si era mantenuta soltanto su un livello di amicizia.

«Hai sentito, Ron! Io ero certa che ce l'avrebbe fatta!»

Mia madre si avvia verso la cucina per prendere la torta e la spremuta. Io la seguo per aiutarla ed evito lo sguardo un po' diffidente di mio padre.

Parlerò del lavoro in sé. Non di come l'ho ottenuto, ovvio. Assolutamente non di lui. Posso dire che semplicemente avevo mandato alcuni miei disegni e Jennifer Sorensen mi ha chiamata per un colloquio. E in effetti è andata così. Li hanno anche usati i miei disegni, per dare nuovo vigore e nuove idee all'azienda!

Quindi tutto bene, niente di strano. Allora perché mi sento così colpevole? Del resto, lui era stato colpito dalla mia collana indossata da Rebecca e poi…

«Sono stata molto fortunata» ammetto mentre ci sediamo in veranda.

È una splendida giornata d'estate. Tutto va bene. Il profumo della torta è delizioso.

Socchiudo per un attimo gli occhi e non voglio pensare ad altro. Mi lancio nella descrizione della Sorensen, dell'edificio, degli uffici, dei collaboratori. Parlo anche di Jennifer e della sua disponibilità ad accettare nuove idee e proposte. I miei accolgono benevolmente ogni mia parola senza indagare oltre. Anche perché forse sembra una storia normale, comune. Non conoscendo come si sono svolti i fatti non possono immaginare che ci siano dei retroscena oltre al mio semplice racconto.

Sono io a conoscere la verità. Sono io che non riesco a non pensare a lui, al nostro lavoro insieme, alla sintonia che si era instaurata tra noi e dava nuovo impulso e stimolo alla mia creatività. Sono io che non so smettere di sentire la sua mancanza. Mi manca l'amico, mi manca l'amante, mi manca l'artista che riusciva a esprimersi attraverso la mia mano, il mio tocco. Mi manca la purezza e la passione. I suoi baci, la sua pelle, il suo modo di guardarmi e tenermi stretta.

Sono io che ora più che mai mi rendo conto della generosità e della bontà d'animo di Jake. Di quanto mi ha donato, pur privando se stesso. Forse desiderava tornare a San Francisco per motivi personali, però ha lasciato New York a causa mia. Per cedere il posto a me, nell'azienda di sua madre.

Sono io che mi sono innamorata prima del suo corpo, poi del suo cuore. Sono io che non riesco a smettere.

Verso sera mi ritiro in camera mia e mi metto più comoda, infilo i pantaloni della tuta e una maglietta, lego i capelli in una coda morbida. Torno in veranda con il mio blocco da disegno. Non ho intenzione di lavorare, lascerò libera l'immaginazione. Se sarò sopraffatta da qualche nuova idea prenderò qualche appunto, ma senza forzarmi troppo. Ho bisogno assoluto di liberare la mente in questo momento, è una mia esigenza fondamentale.

Chiudo gli occhi e inizio a inspirare ed espirare regolarmente. Devo averlo visto in qualche dvd di yoga di Rebecca.

«Ehi...» La voce mi richiama alla realtà. Apro gli occhi e la vedo. Braccia incrociate ed espressione accigliata. Crystal sembra cambiare completamente umore e sorride felice mentre si china per abbracciarmi. «Scusa se non sono rimasta qui ad aspettarti, ma avevo un appuntamento oggi!»

Si siede sulla sedia a dondolo accanto alla mia e lancia un'occhiata oltre alla porta finestra, per controllare che non ci siano genitori curiosi nei dintorni.

«Ah sì? E con chi?» Mi appoggio sul bracciolo della sedia e mi allungo verso di lei. «Qualcuno che conosco?»

«Dan Walker...» sbuffa e si toglie la fascia elastica fucsia con cui trattiene i lunghi capelli castano chiaro. «Con Michael è tutto finito. Però...»

«Però?»

Ricordo vagamente ciò che mi aveva raccontato a proposito di Michael. Credo di averlo visto una sola volta, quando sono tornata a casa. Più volte quando Crystal era ancora bambina. Oddio, quanti anni sono già passati? Sette, otto... Meglio non pensarci.

«Michael mi rivuole ora che sto uscendo con Dan! Oggi siamo stati in piscina, a casa di Erin. Sì, insomma... con Dan non era un vero appuntamento, eravamo in tanti. Ma ci siamo andati insieme.»

Mi sembra in un istante di fare un tuffo nel passato. Io, Rebecca, Scarlett e Reese da ragazzine. Gli anni passano ma le esperienze, le emozioni restano le stesse più o meno. Anche attraverso le nostre diverse personalità, i nostri dilemmi quotidiani. Rebecca e Reese che si contendevano i ragazzi più carini. Io che facevo del mio meglio per uscire con qualcuno ma ero ossessionata da Jason. Scarlett che disprezzava la nostra superficialità e continuava a ripetere che lo studio e la cultura erano la cosa più importante. E che i ragazzi erano tutti stupidi. Tutti, senza eccezioni.

«E quindi?»

Sorrido alla mia sorellina, mostrandomi interessata ai suoi problemi di cuore. Che in tutta onestà, nonostante i dieci anni che ci separano, non sembrano così tanto diversi dai miei.

«Dan è fantastico. Biondo, carino, ha dei muscoli che...» ridacchia divertita e si morde il labbro. «Non è solo carino, è super sexy. Però... Michael è sempre Michael. Ma accidenti! È stato lui a mollarmi dicendo che toglievo tempo al football, che vuole ora?»

Sì, decisamente questa storia non mi è nuova. Solo che nella mia non c'entrava il football.

«Io credo che abbia capito che potrebbe perderti.» Sorrido e le accarezzo i capelli. «Potrebbe anche essere una sindrome, sai? Il deprecabile tempismo degli ex.»

«Il depre...cosa?»

Crystal aggrotta la fronte, poi sgrana gli occhi e ridacchia divertita.

«Il deprecabile tempismo degli ex.» Sono costretta a ripetere, scandendo le parole. «Avviene quando gli ex si accorgono di aver sbagliato, tornano indietro o almeno ci provano, ma forse è troppo tardi... O magari non lo è, dipende.»

«Ma è bellissima!» Crystal scoppia a ridere e batte forte le mani. «Me la posso segnare? Posso usare la tua citazione con le mie amiche! Sarà un successone, ne sono sicura!»

«Sì, certo. Puoi usarla.» Cosa diventerà? La nuova moda tra le adolescenti del quartiere? «Però, per correttezza, la citazione non è mia. È di Scarlett, in parte anche di Rusty.» E in effetti rischia di diventare attualissima, anche per loro.

«Mmh, va bene... di chiunque sia è spettacolare!» Crystal prende un piccolo diario dallo zaino e prende davvero appunti. «Tu invece dovresti provare a fare ingelosire quel cazzone di Jason, sai? Potrebbe funzionare anche con lui!»

Sospiro e annuisco. Mi trattengo dal dire "già fatto, grazie!".

«D'accordo, ci proverò.»

Meglio mantenermi vaga. Non voglio che la mia vita sentimentale sia argomento di conversazione durante la cena. E nei prossimi giorni di permanenza dai miei.

Ho solo bisogno di riposare, di stare tranquilla. Preferisco concentrarmi sulle mie ispirazioni, sulla mia creatività. Se proprio ne devo parlare, meglio restare nell'ambito degli amori adolescenti di mia sorella Crystal. I miei problemi di cuore sono rimandati a data da destinarsi.

Intanto credo di aver preso una decisione. Proprio in questo preciso istante. Accarezzo con un dito la rosa bianca, ormai seccata, che tengo tra due pagine del mio blocco da disegno. Voglio mostrare al mondo la parte migliore di me, senza più dubbi o incertezze. Perché almeno così avrò la consapevolezza che dopo tutto quello che è accaduto negli ultimi mesi... qualcosa di buono è rimasto. La nostra rosa senza spine.

CAPITOLO 48

Non è un tentativo di sentirmi più legata a lui. Anche perché nessuno è a conoscenza di questo legame. È solo mio. Nessuno, nemmeno lui stesso, può sapere con certezza quando ho iniziato a disegnare e cosa significhi per me.

«Se questo è il risultato ricordami di mandarti in vacanza più spesso.»

Jennifer Sorensen scorre nuovamente il dito sull'intreccio della mia collana. Non riesce a staccare gli occhi dal disegno, sembra quasi incantata, sotto l'effetto di un sortilegio, persa in un labirinto di fili d'oro e d'argento che si annodano e si legano infine in quell'abbraccio centrale. E nella pietra che li congiunge.

«Non l'ho creata in questi giorni in realtà.» Sospiro nervosa sulla sedia di fronte alla sua scrivania. Inizio a dondolare la gamba.

Dopo diversi minuti di assoluto silenzio e sguardi a metà tra il corrucciato e il perplesso le sue parole mi lasciano sperare in un giudizio positivo. Non la frequento da molto tempo, ma incomincio a interpretare le espressioni del viso di Jennifer, i suoi cambiamenti. Se anche mostra un apprezzamento non è detto che sia del tutto d'accordo o favorevole a un progetto.

«Io ci vedo... dedizione ma anche sofferenza. Passione...» Solleva lo sguardo e mi lancia un'occhiata decisa, che non ammette repliche. «Amore, soprattutto. C'è stato molto amore in questa tua creazione, Fanny.»

Mi sento talmente commossa che scavalcherei la scrivania per abbracciarla. Invece devo starmene buona e tranquilla al mio posto. Ricevere i suoi elogi con compostezza.

«Sì, è vero.» Non posso fare a meno di ammetterlo, pur sforzandomi di mantenere una calma quasi imperturbabile. «C'è stato… c'è ancora.»

Non avrei dovuto dirlo. Jennifer inclina leggermente il viso e mi punta addosso uno sguardo imperscrutabile. Cosa starà pensando, ora? Avrà capito chi mi ha ispirato questo amore? Ho quasi voglia di strapparle il mio disegno dalle mani, correre fuori e andare a nasconderlo. E nascondere anche me stessa. Ma ormai è troppo tardi.

«Comunque, Fanny…» Jennifer lo sposta da parte, appoggiandolo sopra a un altro gruppo di disegni alla sua sinistra. «Ho una proposta molto importante per te. Ci ho pensato bene in questi giorni e ritengo che tu sia la persona giusta. Hai lo studio, l'esperienza, il talento… e stai facendo progressi ogni giorno.»

Cosa mi vorrà proporre, ora? Ho quasi paura quando assume un tono così duro e determinato, anche se mi sta facendo dei complimenti. Jennifer è una donna implacabile, dirle di no è sempre difficile. Lo so per esperienza, dal nostro primo incontro. Forse solo così si è affermata e ha consolidato il suo successo. Ha fatto le sue scelte, a volte dolorose. Dovrei imitarla crescendo. Diventare implacabile come lei.

«Ho pensato di mandarti a Parigi. Ci saranno importanti sfilate e alcune serate saranno dedicate ai gioielli e alle pietre preziose. Tra le altre verranno presentate anche le nostre creazioni e soprattutto la nostra ultima collezione, a cui tu hai contribuito in gran parte.»

Mi perdo. Quasi non riesco a seguire il filo del discorso. Le uniche parole che riesco ad afferrare con assoluta certezza sono Parigi, creazioni, tu… Cioè, io. Io a Parigi? Ma sta scherzando? Io a Parigi a presentare le nostre creazioni?

«Io…» Resto bloccata. Se fuori riesco a mantenere una certa freddezza e mi mostro imperturbabile nel vano tentativo di imitare la professionalità di Jennifer, dentro sto tremando. Anzi, in realtà ora che ho assimilato il senso della proposta nella sua totalità mi metterei a saltare e a ballare per la stanza. Insomma, ancora meno professionale del tremare e piangere senza ritegno. Devo mostrare contegno. Contegno e fermezza. «Ma io... da sola?»

Maledizione, sembro una bambina spaventata! Altro che grande professionista! Però, in effetti... cosa potrò mai combinare da sola a Parigi?

«No, ovviamente. Sarai accompagnata da alcuni collaboratori. E poi ci saranno i responsabili della Sorensen Paris a guidarti e a sostenerti per qualunque tua necessità. Sono persone competenti e affidabili, lavorano con me da anni. Tu dovrai solo presenziare ad alcune serate, fare conoscenze, stringere qualche mano al mio posto. Nulla di complicato. Stai diventando una delle mie collaboratrici più promettenti, è giusto che ti faccia conoscere nel nostro mondo.»

Annuisco grata e mi mordo forte le labbra. Se scoppio a piangere rischio di rovinare tutto. E magari Jennifer cambierà idea su di me, penserà che io non sia adatta a un incarico così importante e mi manderà a casa a calci.

«Grazie...» respiro profondamente, mi sforzo di cacciare indietro le lacrime e anche l'eccessivo entusiasmo. «Grazie davvero, Jennifer.»

«Avrai tutto l'aiuto di cui potrai avere bisogno a Parigi, ma sarai tu la rappresentante principale della Sorensen.» Accenna un sorriso ma poi il suo sguardo torna severo, inflessibile. «Non dimenticarlo, Fanny. Ti sto dando la mia fiducia, non deludermi.»

«Va bene. Farò del mio meglio, lo prometto.» Da come mi sta guardando comprendo che è il momento di ritirarmi. Mi alzo e il mio sguardo cade sulla copia del disegno che mi sono decisa a mostrarle, anche se ora sto sprofondando nel dubbio. Forse avrei fatto meglio a tenerlo per me, per sempre. Vorrei riaverlo, vorrei chiederle di restituirmelo, ma non posso. *Thornless rose...*»

«Cosa?» Jennifer mi scruta perplessa e segue la direzione del mio sguardo andando a cadere sul mio disegno. «Rosa senza spine?»

«Mmh... Sì, se mai dovesse decidere di produrre la collana...» sospiro e sento le lacrime bruciarmi gli occhi. Più di prima. Improvvisamente e contro la mia volontà. Ma resisto. Sono forte e resisto. Il nome non lo decido io solitamente, so di essere l'ultima arrivata e di non avere alcun potere decisionale. Ma questa volta... questa volta è diverso. «Vorrei che il nome dato al gioiello fosse questo, se possibile. *Thornless Rose*. Sarà la mia unica richiesta, lo prometto. Per favore.»

CAPITOLO 49

Una settimana. Mi è stata concessa una settimana soltanto per preparare tutto e volare fino a Parigi. Da quanto ho capito dopo questo primo esperimento Jennifer ha intenzione di mandarmi in giro per il mondo come rappresentante della Sorensen. A volte con lei, a volte da sola. Vuole farmi conoscere. Ma proprio la prima volta, perché mi ha lasciata sola? Ho paura, lo ammetto. Se dovessi sbagliare qualcosa... Però non posso rinunciare. E soprattutto non posso fallire! La sua voce mi risuona di continuo nella mente, implacabile.

"Non dimenticarlo, Fanny. Ti sto dando la mia fiducia, non deludermi."

È il mio sogno. Quello per cui ho studiato e lavorato al meglio delle mie possibilità. Il frutto di tanti giorni, tante notti perse a disegnare, a creare, a cercare di perfezionare il mio stile.

Però... c'è una parte di me, profonda, intima... una parte che sto tenendo nascosta e che rinuncerebbe a tutto quanto solo per poter tornare indietro. Ed essere la solita, sciocca, sconclusionata Fanny Moore che una sera, trascinata a una festa, ha incontrato un ragazzo sconosciuto e divertente di nome Jake. Che vorrei non fosse il figlio di Jennifer Sorensen.

«Ti accompagno!» Jason sta dimostrando una pazienza infinita nei miei confronti e io mi sento in colpa, ogni giorno di più. Tenendo conto che Rebecca e Scarlett sono impossibilitate a seguirmi, ha deciso di prendersi qualche giorno per venire a Parigi con me. La scusa è anche quella di andare a trovare Reese.

«Jason...» Sto cercando di catalogare tutto ciò di cui avrò bisogno. Però mi conviene restare calma. Per fortuna avrò ancora un po' di tempo. «Davvero non è il caso, io me la caverò benissimo. Poi a Parigi ci sarà Reese a incoraggiarmi. Non sarò completamente sola in mezzo a estranei.»

«Lo so, Fanny. Insomma, ho capito che tra noi...» sospira e scuote la testa. Socchiude gli occhi per un attimo. «Ma io non voglio lasciarti partire da sola. So che sei spaventata dall'idea di metterti in gioco, ti conosco. E so che per te questo lavoro è importante. Mi dispiace averti sempre sottovaluta, prima. Non ti ho mai sostenuta, non ti ho mai incoraggiata abbastanza. Non ti ho mai detto quanto sei brava, in tutti gli anni che siamo stati insieme. Sono sempre stato egoista con te e non voglio più esserlo.»

«Mmh...» Abbandono la selezione dei miei abiti, tutti inadeguati a mio parere, e mi avvicino a lui. Gli accarezzo la guancia con dolcezza. «Non devi farlo per tentare di ricompensarmi per qualcosa. Insomma, io me la saprò cavare. Davvero! Ma ho bisogno di tempo per...»

«Non dire che hai bisogno di tempo, Fanny. Sappiamo entrambi che non è così.» Prende la mia mano e la stringe nella sua. Se la porta alle labbra, baciandomi il palmo. «Io ci ho sperato, questa è la verità. Ma è stato troppo tardi. In realtà, una parte di me spera ancora che un giorno tutto possa tornare come prima.»

Mi stringo nelle spalle. Non so cosa dire. So solo che l'ho amato tanto. Che gli ho donato tanti anni della mia vita. E una parte di me lo ama ancora, lo amerà per sempre. Jason è stato troppo importante per me. Non posso dimenticarlo, rimuoverlo dalla mente come se non ci fosse mai stato.

«Lascia che io ti accompagni e che ti protegga, almeno questa volta.» Il suo sorriso tranquillo, il suo modo dolce di guardarmi mi riconcilia con me stessa e anche con i miei sentimenti per lui. «So che ci sarà anche mia sorella, ma sarà impegnata con il suo lavoro durante il giorno. Io sarò lì a tenerti la mano... a confortarti. Magari anche un po' a cercare di riconquistarti se ci riuscirò. Però ti prometto che per prima cosa sarò tuo amico. Va bene?»

Non replico. Lo stringo a me e poi lo bacio dolcemente sulle labbra. Non so se annoverarlo come ultimo bacio, bacio d'addio, bacio di un rapporto d'amore che si sta trasformando in altro. Però Jason ha ragione. Sono spaventata. E avrò bisogno di qualcuno vicino. Qualcuno che mi conosce bene e mi sia di sostegno, come lui.

«Va bene. Grazie, Jason.»

Sorride e lancia un'occhiata ai miei abiti sparsi sul letto.

«Vuoi andare a fare shopping o ci riserviamo di prendere qualcosa di più adatto a Parigi? La tua signora e padrona non ha dato ordini in proposito?»

«Da quello che ho capito mi farà trovare un guardaroba a Parigi. Ma volevo comunque portare qualcosa di mio per sentirmi più a mio agio, almeno appena arrivata.» Incrocio le braccia e lo guardo divertita. «Non mi dirai che saresti disposto a sottometterti a ore di shopping selvaggio insieme a me? Sarebbe un miracolo, lo hai sempre detestato!»

«So già che me ne pentirò. Anzi, me ne sto già pentendo! Ma ormai mi sono offerto, quindi ti permetterò di approfittarti di me!» Sorride e si passa le mani tra i capelli. «La Fifth Avenue ci aspetta, vero?»

«Fifth Avenue, Madison Avenue, Times Square...» Inizio a contare sulle dita. Prendo la borsa e di fronte allo specchio mi passo uno strato di rossetto sulle labbra, preparandomi per uscire. «Quando lo racconterò alle ragazze e a Reese soprattutto ti prenderanno in giro per sempre! E sarà così divertente!»

«No, ragazzina! Tu non oserai!»

Mi afferra per la vita cercando di farmi il solletico. Riesco a sfuggirgli e mi precipito verso la porta della mia stanza. Poi con un cenno del capo lo invito a seguirmi.

«Certo che oserò! Puoi scommetterci!»

CAPITOLO 50

In pochi giorni la mia vita è stata completamente rivoluzionata. E non solo la mia. Sto partendo per Parigi e sono totalmente confusa. Jason non è mai stato così dolce con me, nemmeno all'inizio della nostra storia. Jennifer Sorensen mi sta offrendo un'opportunità eccezionale e io mi sento completamente elettrizzata. Sto cercando di allontanare da me il timore di combinare qualche disastro.

Scarlett ha chiuso con il suo capo. La sua carriera non ha subìto conseguenze però è moralmente a terra. Anche se lo nega con tutte le sue forze io sono certa che il motivo principale sia Rusty, che nel frattempo ha deciso di partire per il suo viaggio in Patagonia, come stava progettando da mesi. Portandosi dietro Serena, la dolce e innocente cuginetta di Scarlett.

«Non ha senso!» Scarlett sospira sdegnata. Sarà la quinta volta che ribadisce lo stesso concetto. "Non ha senso!" è diventato il suo mantra in questi ultimi giorni. «Insomma, è troppo giovane per lui! E poi deve impegnarsi per il suo stage, lavorare, fare esperienza… Per questo non ha…»

«Non ha senso, lo hai già detto! Ma scusa, mia cara…» Questa storia della differenza d'età proprio non regge. Serena ha ventidue anni, non è una bambina. «Tu uscivi con Charlie fino a poco tempo fa. Ricordami un po'… quanti anni ha più di te?»

Sono crudele, lo so. Ma Scarlett se lo merita. È stata proprio lei ad allontanare Rusty, a perderlo, quando lui avrebbe fatto qualsiasi cosa per lei. Ora ne paga le conseguenze.

Si stringe nelle spalle ed evita di rispondermi. Rebecca, al contrario di me, è più magnanima e comprensiva nei suoi confronti. La crociera insieme a Clint non ha portato a nulla di definitivo e irrevocabile. Niente matrimonio o convivenza, insomma. Tutto come prima. Per fortuna Rebecca è rinsavita.

«Si è accorta di lui quando è troppo tardi...» sospira mentre continua la "disperata" ricerca del gelato all'interno del frigorifero.

«Ma no! Io non mi sono accorta proprio di niente e di nessuno!» Scarlett è in fase di negazione, lo so. Anche Rebecca lo sa. Ma evitiamo di infierire e di farlo notare alla diretta interessata per non irritarla ancora di più. «Solo che è assurdo che si porti Serena in viaggio! A parte il fatto che sarà solo un peso per lui, i suoi genitori verranno a lamentarsi con me, lo so! È solo una ragazzina inesperta, ingenua. Insomma, me l'hanno affidata, dovevo guidarla nella grande città. E lui, lui...»

Rebecca riemerge con tre vaschette di gelato al cioccolato. Ne porge una a Scarlett che scuote la testa con una smorfia. Rifiuta anche il gelato? Allora è messa ancora peggio di quanto credessi.

«Letty... è solo un viaggio! Poi lui tornerà.» Mi siedo sul divano accanto a lei, con la vaschetta e il cucchiaino che ho ricevuto da Rebecca. Cerco di prenderla con dolcezza e di essere delicata. Prima che scatti di nuovo come una molla. «Non significa nulla. Sai, anche io tempo fa avevo pensato di andare con Rusty in Patagonia, giusto per staccare da un momento complicato.»

«No, Fanny. È diverso...» Scarlett tira su le gambe e appoggia i gomiti sulle ginocchia. «Per te Rusty è solo un amico, lei invece vuole altro. È evidente! Serena non sta attraversando nessun momento complicato. E lui non si è tirato indietro.»

Scarlett sospira e nel suo sguardo leggo un'ombra di rassegnazione. Non confesserà mai i suoi sentimenti per Rusty. Mai, nemmeno sotto minaccia. Inutile cercare di forzarla perché li ammetta. Forse un giorno lo farà, quando sarà pronta. E forse riuscirà a riconquistarlo. Spero per lei che non sarà troppo tardi. E che il suo tempismo non sia pessimo quanto il mio. O che il suo orgoglio non rovini tutto.

«Dobbiamo seguire il cuore, sempre...» Rebecca si siede accanto a me. Ha un suono strano questa frase, pronunciata da lei.

«Appunto!» Scarlett sbuffa, ridacchia e si affretta verso il frigorifero. Prende la vaschetta di gelato che poco prima aveva rifiutato e la solleva verso di noi, trionfante. «Seguiamo il cuore! Visto come sono brava a seguire il cuore?»

«Tu, intanto, te ne andrai in giro a Parigi con Jason...» Rebecca mi lancia un'occhiata obliqua. Non so se ha intenzione di provocarmi o spingermi a confessare qualcosa.

«Non c'è nulla... tra di noi, voglio dire...» Appoggio la schiena al divano e chiudo gli occhi per un attimo. «Gli voglio ancora bene, è ovvio. Lui sa che io non...»

«Che non sei più innamorata di lui.» Rebecca conclude la frase al mio posto. Non sono ancora riuscita a esprimere la verità in modo così drastico, definitivo.

«No, non è proprio così. Io credo che una parte di me lo amerà sempre. È inevitabile, dopo tanto tempo insieme.»

Riapro gli occhi e guardo le mie amiche. Cerco di dire davvero quello che penso, che sento. Ma non è così semplice quando i sentimenti sono ancora troppo vivi e complicati al tempo stesso.

«Fan, il tuo è un modo gentile per dire: "Caro, è stato bello. Ma chiudiamola qui, comunque. Grazie e arrivederci."» La traduzione di Scarlett, anche se un po' spietata, non è del tutto errata.

«Forse non avrei dovuto permettergli di accompagnarmi. Creare illusioni in lui... Non so nemmeno se si tratta proprio di lui, insomma forse non dipende da Jason. Ma io, in questo momento...» Mi sto arrampicando sugli specchi. Un po' come Scarlett che lotta per negare i suoi sentimenti per Rusty. Decido di smetterla e di tacere. Sollevo la mia vaschetta di gelato. «Insomma, seguiamo il cuore!»

«Ci sto provando anche io!» Rebecca sorride e mi imita, seguita da Scarlett. Non so che cosa abbia in mente di fare della sua vita. Ma la nostra rossa sta cambiando. Forse sta crescendo. «L'ho fatto raramente e quando ci ho provato il risultato è stato tragico. Ma non ho intenzione di arrendermi. Potrei anche cambiare completamente stile di vita, chissà! Trovarmi un vero lavoro. Diventare una brava ragazza, come te Fanny.»

«Un bello scambio! Io invece, a quanto pare, mi dovrò adattare alle sfilate, alle feste, alle serate mondane e ad andarmene in giro per il mondo...» E il guaio è che non sono sicura di volerlo o di essere pronta. «Ormai non posso più tirarmi indietro. Parigi mi aspetta.»

CAPITOLO 51

Sono davvero a Parigi. Mi sembra quasi impossibile. Mi guardo intorno ancora incredula. Eppure, sono qui da tre giorni ormai. Per fortuna ho avuto qualche giorno libero per ambientarmi prima delle "serate ufficiali". Così me ne sono andata in giro con Reese e Jason a visitare la città. È una meraviglia, mi sembra un sogno! Reese ormai la conosce talmente bene che è stata un'ottima guida.

La Sorensen ha prenotato per me un hotel a cinque stelle in zona Montmartre, il massimo del lusso, del confort e dell'eleganza. Mi trattano quasi come una principessa. Ma io preferisco trascorrere gran parte del mio tempo nell'appartamento ammobiliato di Reese. Con lei e Jason mi sento più a casa, meno estranea, meno esposta. Mi sento protetta.

«Allora, ti senti pronta per la grande serata?»

Reese sorride e mi sistema i capelli, donando un suo ultimo tocco personale. Ci troviamo nella mia enorme stanza d'albergo. Un autista verrà a prenderci per portarci a una festa in un castello in periferia. Poi, da domani, inizieranno le presentazioni vere e proprie della nostra collezione. Diventerà tutto davvero più ufficiale. Non solo non sono pronta. Sto tremando. Nonostante Reese e Jason. Nonostante la presenza di due collaboratori di Jennifer e altri membri della Sorensen Paris, io mi sento sola. Come se tutto fosse nelle mie piccole e fragili mani.

«Questa sera è solo l'inizio. È domani che mi spaventa. Domani e i giorni che seguiranno.»

Mi passo le mani sul viso. Lo sfioro appena nel timore di rovinare il trucco. E non posso toccarmi i capelli per non distruggere l'acconciatura raccolta da gran dama, non posso mordermi le labbra. Mi massaggio leggermente le spalle che il mio abito blu notte lascia scoperte. Ecco, non posso nemmeno sedermi ora. Per non sgualcire il vestito che mi modella la vita e i fianchi accarezzandomi morbidamente le gambe. Mi sento quasi Grace Kelly. Se lo rovinassi o lo strappassi sarei perduta.

Abito, trucco e acconciatura, tutto offerto dalla Sorensen Creations. E dovrò indossare anche dei gioielli della Sorensen, ovviamente. A ogni mio intervento. Jennifer li ha scelti appositamente per me, insieme agli abiti e agli accessori, dopo avermi consultata in merito alle mie preferenze. Così tutto il mio guardaroba è stato deciso, per questa serata e per ogni presentazione ufficiale. Ho bisogno di aiuto e di una guida finché non diventerò più autonoma. Spero di imparare, prima o poi. Mi serve solo un po' di esperienza.

«Non ti lasceremo, stai tranquilla. Grazie di averci fatto ottenere l'invito.»

Reese sospira, emozionata. È stupenda nel suo abito rosa antico, lungo fino al polpaccio. I capelli castano chiaro le scendono morbidi lungo le spalle.

«Non mi sarei mossa da qui senza te e Jason.»

Non abbiamo ancora affrontato il discorso. Reese ci è venuta a prendere all'aeroporto e ci ha accolti con una naturalezza esemplare. Come se tutto fosse normale. Senza sapere con certezza lo stato della nostra "relazione". E in questi giorni ha continuato così, senza chiedere spiegazioni. Nonostante io e Jason ci comportassimo come semplici amici, non come una coppia. Ora però mi osserva con uno sguardo vagamente interrogativo.

«Chiedi pure, Reese...»

«So già. Insomma, sono riuscita a strappare qualche informazione a lui prima che arrivaste qui.»

Reese va a sedersi sull'enorme letto di quella che potrei definire la mia "suite imperiale" e fissa la punta delle scarpette dello stesso colore dell'abito con eccessiva attenzione.

«Mmh... Io non so che ne sarà di noi. Questa è la verità.» Mi siedo accanto a lei, cercando di non sgualcire il vestito. Mi sento scomoda e a disagio, ma fa tutto parte di quello che sta per diventare il mio futuro. Mi devo adattare. «Ricordi quando mi dicevi di raggiungerti qui, perché tanto non avevo più speranze? Ecco, io invece durante quel periodo continuavo a sperare. Continuavo a sperare con un accanimento tale da farmi male.»

«Sì, ricordo perfettamente. E ora, invece...» Reese lascia la frase in sospeso per alcuni istanti. Forse si aspetta che io prosegua ma non so proprio cosa dire. Così lo fa lei, al mio posto. «Sai che ho sempre incoraggiato la storia tra te e mio fratello. E che ho detestato che ti abbia fatto del male. Vorrei che riusciste a ritrovarvi, davvero. Ma soprattutto vorrei che tu fossi felice, Fanny.»

«Io ci sto provando.» Devo concentrarmi sulla serata, però. Inutile perdermi in stupidi rimpianti. Meglio cambiare argomento di conversazione. «Mi devi raccontare meglio di te, del tuo francese! Voglio sapere tutto!»

Alcuni colpi alla porta mi interrompono. Reese ne approfitta per scivolare giù dal letto e andare a controllare chi ha bussato.

«Sarà Jason che ci avvisa che è arrivato l'autista!»

Invece è Greg, uno degli assistenti della Sorensen Creations, che mi ha accompagnata a Parigi. Una sorta di guardia del corpo. Anche se in realtà più che accompagnare me, ha accompagnato i gioielli che ci sono stati affidati.

Reese lo invita a entrare nella stanza. Greg Warwick entra con aria ossequiosa. Tiene in mano un cofanetto rosso. Suppongo che contenga i gioielli che devo indossare questa sera.

Sorrido e mi alzo. Nello stesso istante Greg apre il cofanetto e io la vedo. Sollevo per un attimo lo sguardo su quell'uomo austero ed elegante che ricambia il mio sorriso e annuisce. Ma non è ciò che mi aspettavo e avevamo concordato.

È davvero... perfetta. È esattamente come io l'avevo sognata, pensata. Come io avevo tentato di riprodurla sul mio foglio da disegno. Anzi, è addirittura meglio!

E tutto riemerge in me e riprende forma, riprende vita. La passione, la fantasia, la dolcezza di quei momenti.

«La signora Sorensen ha insistito che fosse realizzata in tempo perché lei la indossasse questa sera, signorina Moore. È un esemplare unico. Il nome di questa meravigliosa collana è *Thornless Rose*.»

«Lo so... lo so, Greg.»

Sospiro e mi mordo le labbra. Mi accorgo di tremare. Allungo una mano per prenderla ma non oso nemmeno toccarla. Come se la collana, la mia creazione più bella, dovesse bruciare, incendiare il mio cuore, la mia anima.

È perfetta. Continuo a ripetermelo mentalmente. La pietra, l'ametista verde. È proprio la tonalità che io avevo scelto e di cui avevo parlato a Jennifer. È riuscita a trovarla! E sembra quasi che Jennifer abbia migliorato e addolcito la mia idea rendendola più raffinata, con un tocco della sua esperienza, più matura della mia. C'è amore in questa piccola opera d'arte. E non solo il mio.

«Che meraviglia!» Anche Reese la osserva esterrefatta. «Davvero stupenda, Fanny. Non dirmi che è tua! Cioè... che l'hai disegnata tu...»

«Io... sì... anzi, no. Non da sola.» Mi sento avvampare. Non sono più sicura che il trucco si sia mantenuto perfettamente intatto sul mio viso. «Non avrei potuto, da sola.»

Reese mi aiuta a indossarla. È intimorita, tremano le mani anche a lei. Solo in quel momento riesco a sfiorarla, ad accarezzarla con le dita. Jennifer ha aggiunto anche un braccialetto e un paio di orecchini dello stesso modello. Forse Reese comprende lo stato della mia commozione perché mi aiuta a dare una leggera ripassata al trucco. Io mi lascio guidare come un automa. La mia mente è altrove.

Seguo Reese e Greg alla macchina che è venuta a prenderci. Jason è già lì che ci aspetta. Mi guarda come se non mi avesse mai vista. Non avevo mai notato tanta ammirazione nei suoi occhi. Forse non è abituato al mio nuovo look super sofisticato. Nemmeno io, del resto. Anche lui sta benissimo in smoking, con la camicia bianca e il cravattino. Non come l'altra volta, sembra più sciolto e tranquillo ora.

Chiudo gli occhi, una volta salita in macchina. Poi decido di voler vivere questo momento. È tutto mio. La vita che ho sempre sognato. Parigi mi sfila davanti in una serata limpida e io mi sento viva, come non lo sono mai stata. Mi sento una persona apprezzata. Il successo può essere davvero mio. Devo solo prenderlo, afferrarlo, non lasciarlo sfuggire. E non lasciarmi intimidire dalle circostanze.

Le luci, la vita di questa meravigliosa città. La Tour Eiffel illuminata, il Museo del Louvre, la Cattedrale di Notre-Dame, l'Arc de Triomphe. Ho la sensazione di essere una Cenerentola che viene accompagnata al ballo. Mi volto e guardo Jason seduto accanto a me. Mi stringe la mano, poi mi sfiora le dita. Il suo sguardo mi accarezza dolcemente e io all'improvviso mi sento più sicura.

Cerco di socchiudere gli occhi e di rilassarmi per i minuti successivi. Fino a quando l'autista ci avvisa che siamo quasi arrivati al castello. La macchina oltrepassa una radura e io mi preparo e cerco di tranquillizzarmi facendo respiri profondi.

Per un attimo mi assale il vago ricordo di una festa molto simile, qualche mese prima. Scuoto la testa nel tentativo di allontanare il pensiero. La situazione era completamente diversa. Io ero completamente diversa.

Mi risuonano nella mente le note di una canzone che ho riascoltato spesso, nel corso delle ultime settimane, dall'ultima volta che l'ho rivisto. *It's all coming back to me now*, di Céline Dion. Così, inaspettatamente ora, il ricordo di lui torna prepotente in me. E non mi concede tregua. Però invece di distruggermi, mi accompagna, mi dà forza.

"If I kiss you like this
And if you whisper like that
It was lost long ago
But it's all coming back to me
If you want me like this
And if you need me like that
It was dead long ago
But it's all coming back to me..."

L'auto accosta, finalmente. Inizio a pensare che la serata sta iniziando davvero. Conoscerò nuove persone e dovrò imparare a comportarmi come la responsabile della Sorensen a Parigi, diretta collaboratrice e designer di Jennifer Sorensen. Bene, sono pronta.

L'autista mi apre la portiera e mi aiuta a scendere. Jason mi affianca e Greg accompagna Reese. Sollevo la testa verso il palazzo e cerco di riprendermi in fretta dalla meraviglia per non mostrare troppo al mondo quanto io mi senta estranea, lontana da questo ambiente. Mi guardo intorno, anche l'immenso giardino è illuminato a festa. Saliamo le scale e arriviamo all'interno. Mi gira un po' la testa. Il lusso e l'eleganza qui superano di gran lunga quello della festa a cui avevo partecipato insieme a Rebecca. Quella sera in cui tutta la mia vita è cambiata per sempre.

Ma no, non ci devo pensare. Sono qui ora. E indosso la mia creazione migliore. Sfioro con le dita la mia collana, la mia *Thornless Rose*, come se potesse infondere in me l'energia necessaria per superare le ore che seguiranno e poi poter tornare a casa sana e salva.

Greg ci presenta ad alcuni invitati che incontriamo durante il nostro ingresso e subito dopo alla padrona di casa, che raggiungiamo nel salone principale del palazzo. Madame De Montesson e suo marito. Una coppia cortese ed elegante. Si mostrano entrambi entusiasti di accogliermi e di fare la mia conoscenza. I modi raffinati ma affabili della signora, già anziana ma di una bellezza delicata e senza eccessi, mi rincuorano.

Però mi sento presa in un vortice. Devo annuire, sorridere, sfoderare qualche accenno del mio francese scolastico solo per fare un po' di scena. Ma anche quando mi rivolgono la parola in inglese mi sento completamente persa. I camerieri continuano a sfilarmi davanti con i loro vassoi, offrendomi champagne, tartine, caviale.

Mi gira la testa. Temo di non riuscire a resistere. Ma è solo una serata di gala, posso prendere la situazione con calma. Domani inizierà la prima presentazione. Stasera è solo un'introduzione al bel mondo parigino. C'è Greg e ci sono gli altri collaboratori. Poi Reese e Jason non mi abbandoneranno.

Posso stare tranquilla. Continuo a ripetermelo. Ma allora perché non ci riesco? Perché sento questo terrore assalirmi fino a soffocarmi e percorrermi da capo a piedi? Perché mi sento così sola, così persa… così abbandonata a me stessa?

Mi ritiro in un angolo del salone per riprendere fiato.

«Fanny… Ehi, Fanny?» Jason mi segue, mi accarezza il braccio e cerca di incontrare il mio sguardo. «Va tutto bene?»

«Sì. Devo solo cercare di rallentare un po' con queste maledette tartine e con tutto lo champagne che continuano a offrirmi con la loro galanteria francese che mi rende impossibile rifiutare! Mi sento accaldata e ho sete… ma sto bevendo troppo e non sono abituata…» Sorrido e gli prendo la mano. Mi guardo intorno e vedo Reese parlare amabilmente con una coppia di ospiti e con un uomo molto attraente. «Tua sorella è decisamente più allenata a sopravvivere in questo mondo. E anche Rebecca lo sarebbe. Perfino tu sembri a tuo agio. Io invece, nonostante mi abbiano restaurata, non sono…»

«Tu sei perfetta, invece. Devi solo stare calma. E non esagerare con lo champagne.» Mi strizza l'occhio. «Vuoi uscire sulla terrazza a prendere un po' d'aria? Oppure ballare? Passeggiare per il parco? Come tuo cavaliere, sono a tua completa disposizione.»

«Mmh… un film, popcorn e una vaschetta di gelato non sono contemplati nell'offerta, vero?»

Sbuffo e aggrotto leggermente la fronte. Tutte le proposte di Jason mi appaiono come un triste déjà-vu. Sento un groppo in gola che si espande in modo incontrollato. Mi sento sciocca, ridicola.

«Temo di no, per ora. Ma più tardi, se vorrai…» Jason mi passa il pollice sotto l'occhio, asciugando via un principio di lacrima. Nemmeno io mi ero accorta che sarebbe scivolata presto sulla mia guancia. Mi conosce tanto bene da farmi male… non poter più provare quello che provavo prima. Improvvisamente diventa serio. Troppo serio. E io non riesco a comprendere le sue intenzioni. «Ascoltami, Fanny. Ascoltami bene perché io… davvero non so se riuscirò a dirti quello che sto per dirti. A non essere egoista nei tuoi confronti…»

Non capisco dove voglia arrivare. Osservo confusa i suoi mutamenti di espressione. Credevo che avesse compreso, ne ero convinta.

«Cosa vuoi dire, Jason?»

«Tu… stai pensando a lui, vero?»

Tutto mi aspettavo da Jason, tranne queste parole. Abbasso gli occhi per non incontrare il suo sguardo. Se n'è accorto.

«Non ha importanza, ormai. Lui è…»

Scuoto la testa. Il mio cuore accelera i battiti ma cerco di riportare le pulsazioni a un ritmo normale.

«Lui è qui, Fanny.»

Jason mi afferra per le braccia. Forse crede che io cada a terra o che scivoli contro la parete. In effetti alle sue parole mi sento fremere, mi tremano le gambe. Tanto che temo di non riuscire a controllarmi.

Sollevo il viso. Guardo Jason negli occhi e mi aggrappo a lui, alle sue mani, alle sue braccia. Ho quasi paura di ciò che mi ha appena rivelato, ho paura di girarmi intorno, di cercarlo tra la gente. Jason lancia un'occhiata laterale, verso il terrazzo. Io non faccio altro che seguire la direzione del suo sguardo.

E lo vedo. I suoi occhi verdi sono già puntati su di me. Li trattiene per un attimo che mi sembra infinito. Poi si volta e mi accorgo che la sua mano percorre la schiena di una ragazza dai lunghi capelli scuri. Alta, bellissima in un abito color avorio. Sembra quasi una sirena.

«A quanto pare... è troppo tardi.» Mi volto nuovamente verso Jason e alzo gli occhi al cielo. Non posso fare nulla. Non posso piangere, non posso mordermi le labbra. Ma al diavolo, non sono un involucro senza cuore. Non ce la faccio. «Vedi Jason, ultimamente siamo tutti dotati di un pessimo tempismo. Forse è contagioso.»

«Sembra stia uscendo sulla terrazza, Fanny. Vai a parlargli.» Il suo tono è incoraggiante, ma io scuoto la testa decisa. «Fanny... lo sai quanto mi costa spingerti a seguire un altro uomo? Ma mi sono ripromesso di non essere più egoista con te. Di lasciarti libera, di lasciarti scegliere. Come ha fatto lui, del resto.»

«Jason... non devi farlo, non sei obbligato.» Gli prendo la mano e la stringo nelle mie. «Anche perché ormai... Forse noi due potremmo... Tanto con lui non funzionerà mai. Non ha funzionato nemmeno prima.»

«Lo riconosco quello sguardo. Mi fa male vedere che lo guardi come un tempo guardavi me. E sentire la distanza che c'è tra noi. Ti conosco da una vita, Fanny. Mi rendo conto...» Mi stringe a sé e mi bacia sulla fronte. Io mi perdo nel suo abbraccio. «Se mai tornerai da me, io vorrei che tu fossi davvero libera. Non così, non per ripiego o per disperazione. E non lo sarai mai finché non capisci cosa provi per lui, finché non troverai un chiarimento. So che resteresti con me per non farmi del male. Ho tentato di riconquistarti, ma non è così che ti rivoglio con me. Non voglio una storia con te se nella tua mente non ci sono soltanto io. E non c'è nulla che io possa fare, non posso lottare per riaverti se tu provi sentimenti per un altro uomo.»

«Jason...» sospiro e gli prendo il viso tra le mani. «Sai che qualunque cosa accada, tu resterai per sempre il mio primo amore?»

«Lo so. E nessun Jake Knight al mondo mi porterà mai via questo...» annuisce e posa le mani sulle mie. «E ora vai, prima che io cambi idea e che cerchi di tentarti con un divano comodo, un bel film e un'abbuffata di popcorn e gelato.»

CAPITOLO 52

Non so come ma i miei passi mi conducono da lui. Una forza superiore alle mie possibilità fisiche deve avermi guidata fin qui. Potrei svenire. Lo champagne mi ha dato decisamente alla testa. Resto però ferma tra la porta a vetri e la terrazza.

Non lo vedo. Non c'è più. Se ne sarà andato via con lei, con quella splendida ragazza. Con uno slancio raggiungo la balaustra, cerco un angolo laterale più appartato e mi appoggio con le mani al cemento, per tentare di sorreggermi. Non c'è più nulla che io possa fare. Nulla. Se non dare libero sfogo alle mie emozioni. Sono stanca di trattenermi. E lo so che non è il momento e non è nemmeno il luogo più indicato. So che rischio di rovinare tutto. Ma la verità è che io ho già rovinato tutto. La mia vita, i miei sentimenti, il mio cuore. Il resto si potrà sistemare, aggiustare in qualche modo. Ma non quel "noi" che avevamo creato insieme.

E all'improvviso rammento anche le parole che avevo rivolto a Jason, tempo fa. Quando, di fronte alla sua richiesta, inconsapevolmente gli avevo ribadito la mia indifferenza, la fine del mio amore per lui. Perché avrei dovuto insultarlo o prenderlo a schiaffi, quando in me non era rimasto più nulla che lui potesse ferire? Subito dopo però avevo schiaffeggiato Jake. Ed è stato come prendere a schiaffi me stessa, il mio cuore. Prendermi a botte, calpestarmi.

«Jake...» Lascio che le lacrime invadano il mio viso. Mi piego ancora di più sulla balaustra per tentare di trattenermi. Avrei voglia di urlare, invece devo asciugarle, ricompormi, reagire e rientrare. Sperando che nessuno si accorga del mio stato... i padroni di casa, gli invitati. Ma non ci riesco. Per me esiste solo lui, i suoi occhi su di me, anche se per un brevissimo istante. «Oh, Jake…»

Mi risollevo e volto lo sguardo intorno. E all'improvviso lui è lì, a poca distanza da me anche se di spalle, nell'angolo opposto al mio, scarsamente illuminato. Guarda il cielo stellato, tiene la testa sollevata. Riconosco le sue spalle ampie, fasciate nella giacca nera. Sembra quasi infastidito, compresso in quell'abito scuro. Ogni tanto la giovane donna lo distrae, gli sussurra qualcosa, lui si volta verso di lei e sorride. Così io riesco a scorgere il suo profilo.

Ma lei è davvero bellissima. E io mi sento di troppo. No, non posso. Devo girare letteralmente i tacchi e sparire da qui. Prima che si volti del tutto e mi veda, di nuovo. Voglio annientare per sempre questa sensazione di maledetto déjà-vu. Mi sta facendo troppo male, è atroce e devastante per me.

Abbasso gli occhi e mi passo i polpastrelli sul viso, pronta a girarmi e a rientrare nel salone. Se qualcuno si accorgerà che ho pianto racconterò che è stata l'emozione della serata, di Parigi. Mi inventerò una scusa qualunque. Voglio filare via. Da brava concluderò il mio compito di rappresentante della Sorensen. Poi cercherò Jason e accoglierò la sua proposta di film, gelato e popcorn. Non ci sarà più il grande amore tra noi, ma c'è sempre la dolcezza, l'amicizia. Chissà che fine ha fatto Reese? Dovremmo portarla con noi, sempre che non abbia incontrato qualcuno di eccezionale.

«Fanny…»

Non ho fatto in tempo, dannazione! La sua voce pronuncia il mio nome. E mi colpisce proprio alle spalle. Devo trovare la forza di voltarmi.

«Ciao, Jake.»

Nella frazione di secondo in cui mi volto verso di lui cerco di ritrovare il mio sorriso migliore, ma non sono per niente sicura del risultato. Anzi, sento le lacrime risalirmi agli occhi, minacciose e implacabili.

«Ti ho vista anche prima, ma...» Mi rivolge un sorriso un po' tirato. «Stavi parlando con Jason, non volevo disturbare.»

«Ah sì, Jason... mi ha accompagnata qui. E c'è anche Reese, sua sorella. Lei è una delle mie migliori amiche.» Faccio un ulteriore sforzo per sorridere e mi stringo nelle spalle. Invece mi sento un nodo in gola e soffoco un singhiozzo. «Sai, tua madre mi ha affidato questo incarico... e io mi sentivo un po' sola, nonostante i collaboratori della Sorensen.»

«Sì, lo so. Ma ci sono anche io, se hai bisogno di aiuto.»

Socchiude appena gli occhi, perplesso. Come per chiedersi se Jennifer non mi avesse informata della sua presenza. No, non mi aveva informata. Forse temeva che rifiutassi l'incarico.

Sento il nodo in gola opprimermi sempre di più. Potrei scoppiare di nuovo a piangere da un momento all'altro, senza ritegno. Anzi, forse lo sto facendo davvero, perché mi asciugo il viso automaticamente. La splendida ragazza segue la nostra conversazione con un sorriso appena accennato. Ha una sicurezza invidiabile. Non si sente minimamente minacciata da me. Del resto, come potrebbe?

«Io comunque sono Helen.» Talmente sicura e disinvolta da avvicinarsi a me e stringermi la mano. «Vi lascio parlare, rientro a bere qualcosa.»

«Ah... io sono Fanny. Frances...»

Le stringo la mano intimidita. Non riesco ad aggiungere nulla perché in un attimo è già scivolata elegantemente verso il salone.

Così restiamo soli in quel punto della terrazza. Io e lui.

«Fanny, anche tu hai questa maledetta sensazione di...?»

Jake arriccia il naso e si passa una mano tra i capelli.

«Déjà-vu. Sì, decisamente.»

Inavvertitamente sfioro la collana con la mano, come per ritrovare un po' di sicurezza. Cosa devo fare? Dirgli la verità, una volta per tutte? Anche rischiando di essere respinta?

«È davvero splendida...»

Per un attimo non so di cosa stia parlando. La sua ragazza? Poi mi accorgo che i suoi occhi si sono soffermati sulla mia collana.

«*Thornless Rose*» sospiro appena e mi mordo le labbra. «Una rosa senza spine. Una rosa bianca.»

Mentre muove un passo verso di me e poi un altro, un altro ancora, il battito del mio cuore accelera nuovamente. Mi accorgo che ha una piccola rosa bianca nel taschino dello smoking.

«Amore a prima vista.» Mi ha raggiunta ormai. Prende la mia mano, ma solo per allontanarla dalla collana. In modo da ammirarla meglio.

«Sì... tua madre ha fatto realizzare anche orecchini e bracciale, seguendo lo stesso modello. Io ho pensato tanto a questo legame centrale e alla pietra... E sai, per giorni non sono riuscita a trovarla, da quando ho iniziato a disegnarla, il giorno dopo che...»

Mi rendo conto che sto parlando troppo in fretta, tanto da incespicare tra le parole e rendere la mia spiegazione poco comprensibile. Sì, una parola dopo l'altra per tentare invano di nascondere il dolore, lo strazio che sto provando. Alla fine, dubito che lui sia riuscito ad afferrare qualcosa di ciò che ho detto perché le mie parole si mescolano ai tremiti e ai singhiozzi che non riesco più a frenare.

«Fanny...» Le sue mani mi scendono lungo le spalle, poi risalgono al mio viso, muovendo piano gli indici per accarezzarlo. Mi costringe a guardarlo negli occhi. «Troppe emozioni per la piccola Frances Moore? Ma tu meriti tutto questo successo e anche di più! Io l'ho sempre saputo.»

«Jake, io... Grazie, ma non è questo. Io lo so che ho sbagliato tempo, ho sbagliato tutto...» Cerco di scostarmi da lui, di fare un passo indietro. Se ora lo toccassi rischierei di non riuscire a resistere, finirei per baciarlo ed essere respinta. Non voglio, mi farebbe troppo male. Però devo dirgli la verità, una volta per tutte. «Ma tu devi saperlo. Io devo ringraziarti per quello che mi hai dato, per quello che ho provato... e per quello che tu hai fatto per me. Te ne sei andato da New York perché io avessi la mia occasione. E io ti avevo anche preso a schiaffi!»

«Io dovevo farlo, per te. Credo di essermeli meritati, gli schiaffi.» Accenna un sorriso e mi strizza l'occhio. Anche se c'è un velo di malinconia nel suo sguardo. «Ma dimmi... sei felice adesso, Fanny? Il tuo lavoro è finalmente stato riconosciuto. Hai spiccato il volo, grazie al tuo eccezionale talento. Hai riconquistato il tuo ex... o forse lui ha riconquistato te, come meriti.»

Si irrigidisce e si stacca da me. Sta davvero finendo tutto qui, così? Ci incontreremo solo per lavoro, certo. Poi ognuno per la sua strada.

«No, io...» Cerco di frenare un singhiozzo simulando un colpo di tosse. A questo punto è inutile spiegare. «Tu, invece... sei arrivato qui con la tua ex da San Francisco?»

«Ci siamo rivisti, abbiamo provato a frequentarci di nuovo, ma non ha funzionato.» Increspa le labbra e scuote appena la testa. «Helen non è la mia ex, lei è...»

«È comunque splendida... congratulazioni! Sono felice per te, insomma. Anche tu meriti tutto il meglio!»

Lo interrompo prima di lasciarlo continuare. Non voglio sapere i dettagli del loro incontro e della loro relazione. Già immaginarlo insieme a lei mi sta logorando.

E gli urlerei in faccia tutto ciò che provo davvero ma che sono costretta a trattenere e che forse solo i miei occhi riescono ad esprimere. Ti amo, Jake. Lo so che è tardi. So che sono egoista, ma per quanto lei possa amarti, io ti amo di più.

«Helen è la figlia di mio padre e della sua seconda moglie. È mia sorella.» Stringe gli occhi verdi e li punta su di me. «Vive e studia a Londra, ha deciso di concedersi un week end a Parigi e di accompagnarmi qui.»

«Lei è...»

«Esattamente. Mia sorella.» Jake mi afferra nuovamente e mi ritrovo a piangere sulla sua spalla con le mani posate sul suo petto. «Oh, Fanny... Io non sono come te. Non sono ancora innamorato della mia ex. Ormai è finita, non provo più niente per lei.»

Sollevo il viso e lo guardo seria negli occhi. E decido di dirlo, finalmente. Di liberarmi, sperando che lui riesca a comprendere ciò che provo.

«Io invece amo il mio ex. Follemente, disperatamente. Talmente tanto da non riuscire a strapparmelo dalla mente e dal cuore. Non mi dà pace, da quando l'ho incontrato e ho trovato questa connessione speciale con lui. Perché lui è con me sempre, sempre. Solo pensando a lui sono riuscita a lavorare e a creare qualcosa di meraviglioso. È stato il mio amore per lui a permettermi di creare la *Thornless Rose*. Amo la sua generosità, non solo il suo corpo, il suo cuore buono e onesto, nonostante gli errori, le incomprensioni. E per quanto un'altra possa amarlo, io lo amo di più! E sono talmente gelosa, quando lo vedo con un'altra donna, che mi sembra di impazzire.»

«Sei stata chiarissima, Fanny...» annuisce, si morde le labbra e abbassa gli occhi. Ora è lui a staccarsi da me. «Riesco a comprendere perfettamente la sensazione. L'ho vissuta anche io... la vivo...»

«Jake, guardami...» Gli accarezzo la guancia e lo forzo ad incrociare il mio sguardo. Resiste ma alla fine è costretto a cedere. «Ma non capisci, Jake? Insomma, prima tua madre, ora...»

«Non devi sentirti costretta. Fanny, la richiesta di mia madre era stata assurda. E anche ora... non ti ha detto che io ero qui, costringendoti ad accettare. Non ti ha permesso di scegliere e così non va bene!» La sua voce è dura, roca. Scuote la testa, deciso. «Insomma, Jennifer deve capire che non può permettersi di manipolare la vita delle persone, anche se le piace sistemare le situazioni a modo suo. Non è giusto. Le parlerò e farò in modo che non si ripeta più. Non voglio crearti imbarazzo, ti prometto che non dovrai più avere a che fare con me se ti fa sentire a disagio.»

«Tua madre non mi ha costretta. È vero, non mi ha detto che ti avrei trovato qui. Ed è vero che mi sono sentita in imbarazzo. Però non per la ragione che credi tu...» Faccio un respiro profondo, prima di continuare. «Questa collana, Jake. Sai quando ho iniziato a disegnarla? Il giorno dopo che ti ho incontrato, quella sera alla festa. Durante il pomeriggio successivo, in cui pensavo se fosse il caso di chiamarti subito o... aspettare un ragionevole periodo di tempo. Non riuscivo a trovare l'intreccio giusto, poi ho immaginato le tue braccia intorno alla mia vita durante quel ballo. E il colore dei tuoi occhi, per la pietra... ametista verde. Ho cercato disperatamente la tonalità perfetta. Ed è vero che vorrei riavere una possibilità con il mio ex... ma non con Jason. Con te.»

«Io tornerò in California e così...»

Improvvisamente mi osserva confuso. Possibile che non abbia ancora afferrato il senso delle mie parole?

«Io ti amo, Jake. Stavo parlando di te, prima. E vorrei assolutamente avere a che fare con te. Ogni giorno, ogni notte. Ma se tu credi ancora che io abbia secondi fini perché sei figlio di Jennifer, io... non so come farti cambiare opinione su di me. Davvero, non lo so. Ti chiedo solo di darmi una possibilità, di permettermi di dimostrarti che...»

Ora il suo sguardo è diventato incredulo. Non aveva capito? No, come avrebbe potuto? Nel corso della nostra storia i miei sentimenti erano troppo confusi e io, nella mia ostinazione, non ero ancora pronta a rinunciare alla mia relazione ideale con Jason, al mio sogno di ragazzina. Nemmeno io avevo capito che il mio cuore stava prendendo un'altra direzione.

Non mi risponde. Continua a guardarmi, i suoi occhi diventano lucidi e io ho così l'assoluta certezza che non avremmo potuto scegliere di meglio. Ametista verde... rosa senza spine. Prima che io possa aggiungere altro mi afferra per la vita e mi bacia con una passione tale da togliermi il fiato. Così i nostri corpi combaciano in modo perfetto, fino a fondersi, amalgamarsi in un abbraccio in cui i nostri cuori battono all'unisono.

«Perdonami, Fanny. Perdona la versione peggiore di me stesso...» sorride e torna a baciarmi, con ancora più intensità, percorrendo la mia schiena, i miei fianchi, premendomi contro di sé. Indifferente al fatto di potermi rovinare definitivamente l'acconciatura e di sgualcirmi il vestito. «Perdona Jacob Stephen Knight e quel palo infilato...»

Scoppio a ridere sulle sue labbra e lo stringo a me, accarezzandogli il viso.

«Ti perdono. Ma non costringermi a seguirti in California, a Londra o dovunque deciderai di andare a nasconderti. Perché potrei anche disubbidire alla grande Jennifer Sorensen per venire a cercarti.» Appoggio la fronte alla sua circondandolo con le braccia. «Mandando all'aria il mio lavoro e tutto quanto... per riuscire a riconquistarti, ogni giorno. Perché tu meriti di essere conquistato ogni giorno, Jake. Sarei pronta a tutto pur di averti, anche a sfidare un esercito di ex o di nuove ragazze, non mi importa.»

«Non hai bisogno di essere così agguerrita. Non hai nessuna ex e nessuna nuova ragazza da sfidare. Perché io appartengo a te. Da molto prima di andarmene via...» Sorride e mi bacia, ripetutamente. «Ti amo, Fanny. Ti ho amata dal primo momento. Quella rosa aveva un significato ben preciso, non l'ho scelta a caso. Come questa.» Sfiora con un dito la piccola rosa bianca nel taschino. «Ti ho lasciata andare perché credevo che fossi felice, insieme a Jason. E io volevo il meglio, per te. Volevo la tua felicità e la voglio ancora. Perché tu occuperai sempre il primo posto, per quanto mi riguarda. Credevo che tu volessi lui, che avessi scelto lui, ancora. Invece io... io ero convinto di averti persa.»

«Anche io...» sospiro e mi lascio andare tra le sue braccia. Finalmente so che potrò affrontare tutto insieme a lui. Non ho più paura. Jake mi fa sentire forte, coraggiosa, sfrontata. Proprio come la nostra prima sera insieme. «Mi sono innamorata di quel ragazzo sfacciato e un po' arrogante fin dal primo momento. Mi ha dato forza, caparbietà... e la grinta che mi mancava per sfidare il mondo. Mi ha fatto sentire bella e desiderata come non lo ero mai stata. Non ho apprezzato particolarmente il freddo e rigido Jacob Stephen Knight della Sorensen Creations, ma Jake... il mio Jake... Non c'è stato un attimo in questi mesi in cui io non abbia pensato a lui, in cui non abbia scelto lui.»

«Jake è tutto tuo, mia cara signorina "le donne amano gli stronzi"...» Sfiora con le dita la mia collana, poi si sfila la rosa bianca dal taschino e inaspettatamente si inchina di fronte a me, inginocchiandosi in modo esageratamente plateale. Solleva lo sguardo e io lo riconosco, il mio Jake. Che ora si morde le labbra e scoppia a ridere insieme a me per quella prima battuta tra di noi. Per poi tornare improvvisamente serio, con la sua meravigliosa luce negli occhi. «Ogni giorno, ogni notte se riuscirò ancora a ispirarti qualcosa di così bello. Non posso smettere di guardarla... è stupenda, quasi quanto te.»

«Che sia stupenda non c'è dubbio.» Gli accarezzo il viso, poi gli prendo la mano e mentre si rialza intreccio le dita con le sue ripercorrendo l'intreccio stesso della collana, l'abbraccio della nostra *Thornless Rose*. «Ma non è stata solo opera mia.»

«Cosa vuoi dire?»

China il viso per baciarmi le dita, poi sorride.

«L'abbiamo disegnata insieme, Jake. Non ci sarei mai riuscita senza di te.» Gli sfioro le labbra con un bacio poi torno a incrociare il suo sguardo. I suoi meravigliosi occhi verdi, il suo sorriso. «Sei stato tu a ispirarmi, da quella sera in poi. Così, anche senza rendermene conto, ho iniziato il mio progetto segreto. Ogni volta che lo riprendevo, tornavo a vivere, a respirare, a sentirmi felice. Passo dopo passo, la nostra creazione ha preso forma. Mentre tu entravi nel mio cuore, occupando sempre più spazio. Giorno dopo giorno io sono diventata completamente tua. Non so come sia accaduto, ma mentre tentavo di donare al mondo il meglio di me... mi innamoravo sempre più di te.»

«Sai cosa faremo adesso, mia piccola Frances Moore?»

«Che cosa, Jake?»

«Qualcosa che abbiamo già fatto, altrove.» Sorride e mi bacia ancora. Le mie labbra sono sue, come il corpo, il mio cuore. «Ti porterò via da questa maledetta festa, amore mio... e ti avrò per me, tutta la notte. Ma sarà solo la prima di tante altre notti. La prima della nostra vita insieme.»

PLAYLIST

Audrey Hepburn: "Moon River"

Whitney Houston: "All at once"

Céline Dion: "Because you loved me"

Céline Dion: "It's all coming back to me now"

RINGRAZIAMENTI

Questa storia ha avuto un percorso abbastanza travagliato. Era uscita, inizialmente, con un altro mio nome, Blake Williams. È stata un mio personale esperimento. Poi ho sentito crescere sempre di più il legame nei confronti della storia e dei suoi personaggi e ho compiuto una piccola rivoluzione, rivedendola completamente.

Sono quindi molto felice ed entusiasta di riproporla, in questa nuova edizione.

Ringrazio voi lettori che siete arrivati fino a qui.

Ringrazio le sensazioni di dolcezza, di spensieratezza, ma anche il forte legame che è nato e cresciuto tra i me e i personaggi, principali e secondari, che mi hanno accompagnata nel corso della stesura e che io ho imparato ad amare davvero tanto.

Ringrazio i libri, le canzoni e i film che mi hanno accompagnata nel mio percorso di vita e nella scrittura.

Ringrazio Ghostly Whisper Ltd., i miei editor e correttori di bozze.

Ringrazio la mia famiglia per essermi stata di grande aiuto da quando ho iniziato a scrivere le mie storie, praticamente da tutta la vita.

Ringrazio i blog e tutti coloro che hanno avuto la gentilezza di condividere la pubblicazione del mio romanzo.

Spero che abbiate gradito la storia di Fanny, Jake, Jason e tutti gli altri amici. Spero, con tutto il cuore, che le avventure e le disavventure di questi EX e il loro deprecabile tempismo vi abbiano strappato qualche risata e magari anche qualche emozione.

Barbara Morgan legge e scrive da sempre. Predilige urban fantasy, horror, distopici e fantascienza ma si avventura spesso in altri generi. Lavora nell'ambito della scrittura, dell'editoria e della moda. Laureata in lingue e letterature straniere, specializzata in letteratura inglese, letteratura americana e letterature comparate, ha vissuto tra Inghilterra, Francia, Italia, Svizzera e Stati Uniti, per poi trasferirsi in Irlanda, dove organizza eventi culturali e book club. Traduce dall'inglese e dal francese.

Ghostly Whisper, la Casa Editrice che ha fondato in Irlanda, è un po' la sua storia.

Website: https://www.barbara-morgan.com

Facebook: https://www.facebook.com/BarbaraMorganAuthor/

Instagram: https://www.instagram.com/barbaramorganbooks/

Twitter: https://twitter.com/BabsiMorgan

www.ingramcontent.com/pod-product-compliance
Lightning Source LLC
Chambersburg PA
CBHW032023240626
47154CB00003B/771